Kaisermord

Kriminalroman

Stefanie Elisabeth Auffanger

Für alle Bad Ischlerinnen und Bad Ischler

und

für alle Freundinnen und Freunde

der Kaiserstadt Bad Ischl

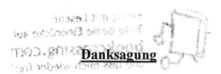

Danksagung

Ich bedanke mich herzlich bei meinem Mann Gustav und meiner Familie und allen anderen sehr herzlich, die mich bei meiner Arbeit durch Tatkraft und Anerkennung unterstützt haben.

Alle Jahre wieder feiert das Kaiserstädtchen Bad Ischl den Geburtstag des wohltätigen Monarchen Kaiser Franz Josef I. Die Festlichkeiten dauern mehrere Tage und erfreuen sich großer Beliebtheit. Doch in diesem Jahr läuft etwas gewaltig schief und eine schier unfassbare Majestätsbeleidigung geschieht – weil ein skrupelloser Verbrecher das Kaiserdouble erschießt. An jenem Unglückstag war das Kaiserdouble beruflich verhindert und bat den Sohn das Ehrenamt zu übernehmen und an seiner statt als *Kaiser* einzuspringen. Hat der Mörder den Sohn mit dem Vater verwechselt und irrtümlich den Falschen gekillt?

Als dann auch noch die Leiche des ermordeten Kaiserdoubles gestohlen wird, driftet der rätselhafte Mordfall eindeutig ins Mysteriöse ab. Da weder konkrete Anhaltspunkte noch verwertbare Spuren existieren, ermittelt die pfiffige Kriminalinspektorin Marina Pascale verdeckt und findet heraus, dass jemand eine alte Rechnung mit der Familie des Ermordeten offen hat ...

Der amüsante Kriminalroman „Kaisermord" ist das vierte Buch einer vierbändigen Krimireihe, die den Leser auf eine spannende Erkundungs- und Ermittlungstour durch das Salzkammergut führt.

Die voran gegangen Bücher der Serie heißen: „Goiserer Krawatte", „Schneiderfahne" und „Hirschtränen".

Alle vier Bände der Serie sind als E-Book im Kindle-Shop unter www.amazon.de erhältlich.

Hinweis: Manche Wörter – zum Beispiel Kompjuter, sörfen, Händi und andere mehr sind absichtlich falsch geschrieben.

INHALTSÜBERSICHT

1. Alles Kaiser
2. Schuss aus dem Hinterhalt
3. Beim Calypso ist dann alles wieder gut
4. Seelenverwandtschaft
5. Im Arsch daheim
6. Die Hühnerleiter
7. Rache
8. Die seltsamen Methoden des Doktor Katzenbeißer
9. Jugendsünde
10. Durst ist schlimmer als Heimweh
11. Böse Überraschung
12. Liebeskummer
13. Zoran zeigt Nerven
14. Der Denkzettel
15. Nur die Liebe lässt uns leben
16. Kommissar Maigret und Miss Marple
17. Die Beichtmutter
18. Der Yeti schwingt die Keule
19. Die Schulkameraden
20. Verdeckte Ermittlung
21. Doktor Katzenbeißer verlangt Schadenersatz
22. Heiße Spur?
23. Vom Wahnsinn gebissen
24. Das nackte Grauen
25. Du kannst nicht immer siebzehn sein
26. Ein Jahr später

Glossar

Weitere Informationen

1.

Alles Kaiser

In der Kurstadt Bad Ischl verwob sich das Augustlicht mit dem Gold der Erinnerung an Kaiser Franz Josef den Ersten. Die Bewohner brachten dem wohltätigen Monarchen große Dankbarkeit entgegen, der dem lieben Bad Ischl lebenslang eiserne Treue hielt, aber leider leider – längst das Zeitliche hat segnen müssen. Der Tod war und blieb ein unbestechliches und unveränderliches Naturgesetz. Dennoch schwelgten die Seelen der Gegenwart glücklich im Glanz der imperialen Vergangenheit. Auf vielen Gesichtern fand sich ein verträumter Ausdruck und so manches feuchte Auge schwamm in verklärter Nostalgie. Zu Ehren des Kaisergeburtstages war das Rathaus festlich beflaggt worden. Gehsteige und Schaufenster waren blitzblank geputzt, in der Innenstadt wurde ein roter Teppich ausgerollt und im Kurpark leuchteten die aufs Prächtigste gepflegten Blumenbeete in frohen Farben. Vorfreude lag in der Luft. Unter den Dirndlblusen und Trachtenjankern hob sich in Erwartung der Festlichkeiten die Brust. Aus der Ferne hörte man den alten Dampfzug pfeifen, der erlauchte Gäste zum Kaiserfest nach Bad Ischl brachte. Die Organisatoren krempelten die Hemdsärmel hoch. Kurdirektor Köhl nahm zur Stärkung einen Schluck Schönramer Bier und der medienscheue Bürgermeister versuchte sich mental auf den kommenden Presseansturm vorzubereiten. Vor dem Bahnhof buhlten die Taxifahrer um die besten Standplätze. Das Taxigeschäft lag in der Hand von zwei Konkurrenten, die sich seit Jahren einen erbitterten Kampf um die Kundschaft lieferten. Der Augusttag war heiß und schwül. Der Taxl-Steff lehnte nervös an der Autotür. Der kleine, drahtige Mann hatte etwas von einem hochgezüchteten Windhund an sich, paffte fahrig eine Zigarette und fuhr sich mit der Linken dauernd über die Halbglat-

ze. Die hinter einer Pilotenbrille versteckten blauen Augen blickten auf die Armbanduhr: In fünf Minuten kam der Dampfzug an. Dem Taxl-Steff fiel eine Möglichkeit ein, wie er dem Konkurrenten die Kundschaft wegnehmen konnte, und öffnete rasch den Kofferraum des Taxis. Der andere Taxiunternehmer sah haargenau wie der verstorbene Kaiser Franz Josef aus und doubelte den Monarchen bei Festivitäten und anderen offiziellen Anlässen, weshalb er von allen Bad Ischlern Kaiser Franz genannt wurde. Kaiser Franz pflegte den weißen Bart jeden Morgen mit einem Lockenstab zu kräuseln, damit outfitmäßig alles seine Richtigkeit besaß. Kaiser Franz hatte das Mercedestaxi am Bahnhofsvorplatz stehen lassen und saß im Bahnhofsrestaurant bei einem Verlängerten an der Bar, wo er sich mit der hübschen Kellnerin Gerli über die Härten des Lebens unterhielt. Ein Deckenventilator sorgte im Lokal für angenehme Kühle. Die Kellnerin Gerli und Kaiser Franz steckten die Köpfe zusammen und jammerten sich gegenseitig die Hucke voll. Als der Weltschmerz auf den Höhepunkt zusteuerte, wurden sie von einem Stammgast, der nach der Rechnung verlangte, beim Seufzen gestört. Gerli warf dem Störenfried ein aufgesetztes Lächeln zu und steuerte – die dicke Brieftasche in der Hand – den Tisch in der Ecke an und sagte, Herr Kalteis, Sie wollen zahlen, ein Tagesmenü und ein gespritzter Almdudler, das macht genau elf Euro bitte.
-Stimmt so, meinte der Stammgast und drückte ihr einen Zehneuroschein und einen Fünfeuroschein in die Hand.
Just als die Kellnerin Gerli und Kaiser Franz das Gespräch an der Bar fortführen wollten, betraten weitere Gäste das Lokal. Gerli zwinkerte Kaiser Franz Achsel zuckend zu und kümmerte sich um die anfallenden Bestellungen. Kaiser Franz zündete sich eine Wetschina an. (Kaiser Franz Josef I. hatte einst dieselbe Zigarrensorte bevorzugt). Der stets schwarz gekleidete Austronom, ein beliebter Musiker und Journalist, der als lebendes Lexikon des Austropop galt, wählte das Zweier Menü und ein Glas Rotwein. Der Universalkünstler

Spucka – der eigentlich Stucka hieß, aber vor allem für seine farbigen Spuckbilder berühmt war, was ihm den Spitznamen Spucka einbrachte – bestellte das Gleiche. Der Bestatter Toden-Toni und sein Gehilfe Toden-Gü orderten zwei Riesenbratwürste und Bier. Die Mobilfriseurin Jutta Mayer hatte Lust auf ein Steak mit Fisolen und Pommes und die Figur bewusste Boutiquenbesitzerin Berta Zacherl bestellte einen Salat mit Putenstreifen. Als über den Bahnhofslautsprecher die Ankunft des Dampfzuges durchgesagt wurde, dämpfte Kaiser Franz die Wetschina aus, legte die Zeche auf die Bar und eilte zum Taxistandplatz hinaus. Und – was er dort zu sehen bekam, ließ seine Zornader dick anschwellen: An der Windschutzscheibe und am Heckfenster seines Mercedes lehnte je ein Karton, auf dem in schwarzer Blockschrift zu lesen, stand: **TAXI AUSSER BETRIEB**

Kaiser Franz lief rot an und stürzte sich auf den Taxl-Steff, packte ihn am Kragen und schüttelt ihn und schrie, du räudiger Beutelschneider, du verrecktes Dreckmannderl, du neidiger Hund! Ich zeig dich an! Das ist Geschäftsschädigung. Du hinterfotziger Saukerl! Ich bring dich vors Gericht. Ich schwör dir, du wirst dich noch anschauen!

Während der alte Dampfzug die Fahrgäste auf den Bahnsteig ausspuckte, machten sich die beiden Taxiunternehmer gegenseitig nieder. Der Taxl-Steff brüllte Kaiser Franz an, du hast einen kapitalen Klescher! Was weiß ich, wer die Taferln auf deinen heiligen Mercedes gestellt hat?! Ich nicht! Du musst auf schnellstem Weg ins Narrenhaus. Steig ein, ich fahr dich umsonst! Eigentlich müsste man dich sofort erschießen.

Obwohl Kaiser Franz die Faust mächtig juckte, riss er sich zusammen, schloss für einen Moment die Augen und dachte intensiv nach. Dann nahm er das Händi und fotografierte die Sabotagetaferln am Mercedes. Als er sich anschickte, die Polizei telefonisch zu verständigen, wurde er von zwei gut gekleideten Damen angesprochen, die seine Dienste in Anspruch zu nehmen dachten. Er verstaute die Koffer, ließ die Fahrgäste einsteigen und gab Gas. Die Straßen waren sehr

belebt. Sowohl die mit einem roten Teppich ausgelegte Innenstadt als auch die Esplanade waren für den Verkehr gesperrt. Flüche lagen Kaiser Franz auf der Lippe, die Fahrzeuge stauten sich überall, im dichten Verkehr gab es kaum ein Durchkommen. Den Damen im Fond gefiel der Trubel. Im Rückspiegel sah Kaiser Franz ihre fröhlichen Gesichter. Er dachte, die beiden Auslaufmodelle sind noch gut erhalten. Manche Frauen lassen sich mit dem Altern Zeit. Eine einbiegende Pferdekutsche verlangsamte die ohnehin schleppende Fahrt in die Ortschaft Ahorn noch zusätzlich. Die beiden Damen fanden die Pferdekutsche sehr romantisch und hatten es offenbar nicht eilig, zum Zweitwohnsitz zu gelangen. Kaiser Franz versuchte anhand ihres Dialektes die Herkunft zu erraten, und kam zum Schluss, dass er zwei Münchnerinnen im Mercedes sitzen hatte. Obwohl die Klimaanlage auf Höchststufe lief, war es ihm viel zu heiß, was weniger an der hohen Außentemperatur lag, sondern mehr am ständigen Ärger mit dem Taxl-Steff, der offenbar nicht haltmachen wollte, bis er ihm den letzten Nerv gezogen hatte. Endlich habe ich etwas gegen den Querulanten in der Hand, ging es ihm durch den Kopf, die Händifotos von den Sabotagetaferln werden den linken Hund überführen. Mit etwas Glück erreiche ich einen Verweis vom Standplatz, spekulierte er, dem Saukerl werde ich Manieren beibringen, so wahr ich Kaiser Franz heiße.
Eine der beiden Münchnerinnen fragte, hat Kaiser Franz Josef heute Geburtstag?
-Nein, am achtzehnten August. Die Kaisermesse in der Stadtpfarrkirche sollten Sie sich nicht entgehen lassen, die Kaiserhymne wird gesungen, Mitglieder ehemaliger Adelsfamilien sind zugegen, es werden die alten Uniformen der Traditionsregimenter und Kronländer getragen. Und am Abend gibt es eine Benefizveranstaltung im Kurhaus bei der sich junge Adelige als Modells und Dressman zur Verfügung stellen.

-Das hört sich echt pfundig an, erwiderte die Münchnerin begeistert, ich liebe alte Mode! Bad Ischl ist sowieso herrlich. Überall kann man leicht ins Ohr gehende Operettenmelodien hören, die das Gemüt beflügeln, die Mehlspeisen vom Zauner sind fantastisch, da kann man gut und gern zwei Kilo an einem Tag zunehmen, ohne dass es einen im Geringsten stört! Und das Weißbier kommt aus Bayern. Was will man mehr?
-Sie sagen es, gnädige Frau! Bad Ischl ist ein hübsches Städtchen, in dem es sich leben lässt. Ich würde für kein Geld der Welt meine Heimat verlassen.
-Sie haben eine frappante Ähnlichkeit mit Kaiser Franz Josef, stellte die Münchnerin fest, sind Sie mit ihm verwandt?
Kaiser Franz fühlte sich geschmeichelt, verneinte aber wahrheitsgetreu, ich bin kein Habsburger, sondern ein einfacher Bauernbub.
-Es gibt aber Gerüchte, dass Kaiser Franz Josef so mancher Sennerin unter den Rock geschaut haben soll, vielleicht sind Sie doch mit ihm verwandt, vielleicht sind Sie sogar sein Enkel?
So nette Fahrgäste müsste man öfter haben, dachte Kaiser Franz, die sind mir lieber als die rauschigen Puffgänger und die penetrant parfümierten Huren. Er lächelte in den Rückspiegel und sagte, gnädige Frau, danke für das Kompliment. Ich habe die Ehre, den Kaiser an seinem Geburtstag bei der Wohltätigkeitsveranstaltung im Kongress & Theaterhaus zu doubeln. Es würde mich freuen bei der Gelegenheit, ein Glaserl mit Ihnen trinken zu dürfen.
-Sie sind ein wahrer Kavalier! Jetzt bin ich sicher, dass Sie mit dem Kaiser verwandt sind. Woher hätten Sie sonst die vollendeten Manieren? Ihr blaues Blut kann gar nicht anders!
Kaiser Franz lachte schallend.

Am Rückweg von Ahorn zum Bahnhof erblickte Kaiser Franz eine Stadtwachtel (einen Stadtpolizisten). Er hielt beim Strafzettel schreibenden Erwin Wimmer an. Die Gesichtshaut des Polizisten erinnerte an eine gegrillte Käsekrainer. Aus

den Kratern leuchteten gelbe Punkte. Die unappetitliche Akne brachte Erwin Wimmer den unschönen Beinamen Wimmerlbomber ein. Kaiser Franz stieg aus dem Mercedes, sagte Servus, und hielt dem Wimmerlbomber das Händi auffordernd unter die Nase, schau dir die Fotos an, der Taxl-Steff will mich ruinieren! Ich möchte eine Anzeige machen.
-Ge, stöhnte der Wimmerlbomber und machte eine wegwischende Handbewegung, ich hab´ jetzt keine Zeit. Siehst du nicht, dass ich die Falschparker abkassieren muss. Ich habe meine Vorgaben. Wenn nix in die Kasse kommt, haut mir der Chef eine auf die Nuss. Komm einfach in den nächsten Tagen auf der Dienstelle vorbei, dann deichseln wir die Sache. Sonst noch was?
-Nein, knurrte Kaiser Franz und dachte, dir sollen die Wimmerln auch am Arsch wachsen. Scheiß Stadtwachtel.
Bei der Ankunft am Bahnhofsvorplatz war der Taxistandplatz unbesetzt. Kaiser Franz atmete auf und hoffte, der Taxl-Steff würde bald einen tödlichen Unfall haben oder vom Teufel geholt werden. Er parkte den Mercedes und ging ins Bahnhofsrestaurant. Hinter der Bar flocht sich die hübsche Kellnerin Gerli gerade einen neuen Zopf. Kaiser Franz hielt die Blondine für die netteste Kellnerin seit Menschengedenken und unterhielt sich liebend gern mit ihr. Im Laufe der Zeit hatte sich zwischen ihnen ein Vertrauensverhältnis gebildet – was nicht unbeobachtet blieb – und bei manchen Mitmenschen Eifersuchtsgefühle auslöste. Unter anderem bei der Boutiquenbesitzerin Berta Zacherl. Sie war mit einem Schotterbaron verheiratet und ging nur ins Bahnhofsrestaurant Mittagessen, weil sie dort ihrem langjährigen Schwarm Kaiser Franz schöne Augen machen konnte. Aber Kaiser Franz hatte seine Prinzipien und fing sich mit einer verheirateten Frau kein Pantscherl an – und respektierte sozusagen – das Eigentumsrecht des Ehemannes. Er war selbst verheiratet und hätte eine allfällige Untreue seiner Frau Annamirl schwerlich verkraftet. Schließlich musste im Leben Ordnung herrschen! Als die Kellnerin Gerli Kaiser Franz an der Bar

anlächelte, hätte Berta Zacherl – sie saß bei einer Melange und einem Zwetschgenkuchen allein am Tisch – der blonden Ebenseerin liebend gern die vergissmeinnichtblauen Augen ausgekratzt. Und dann stürmte Zoran, Gerlis serbischer Freund, ins Lokal und pflanzte sich, wie ein aggressiver Truthahn vor Kaiser Franz auf, der den halbstarken Mechaniker im ölverschmierten Blaumann demonstrativ ignorierte. Seiner Meinung nach war der ungehobelte Serbe weit unter Gerlis Niveau. Aber in dem Punkt war Gerli völlig anderer Ansicht: Ihre vergissmeinnichtblauen Augen strahlten Zoran verliebt an. Berta Zacherl beobachtete alles und lachte sich schadenfroh ins französisch manikürte Fäustchen. Es herrschte angespannte Stille im Lokal. Nur der Deckenventilator summte. Dann platzte der Taxl-Steff mitten ins Geschehen und grantelte Kaiser Franz an, stell deinen heiligen Mercedes gefälligst so hin, dass mein Auto auch noch Platz hat. Was bildest du dir ein? Auch wenn du hin und wieder den Kaiser spielen darfst, heißt das noch lange nicht, dass du dich wie ein Kaiser aufführen kannst!

Gerli verdrehte die vergissmeinnichtblauen Augen und dachte, die ewige Streiterei der beiden geht mir echt auf den Geist! Die Kellnerin wies den Taxl-Steff scharf zurecht, jetzt bist aber gleich still! Entweder du benimmst dich anständig oder ich hol den Wirt, damit er dir Lokalverbot erteilt!

Während die Parteinahme der Kellnerin für das Gemüt von Kaiser Franz Balsam war, bewirkte sie in Zoran eine wahre Eruption an Eifersucht. Der Serbe im ölverschmierten Blaumann stänkerte Kaiser Franz an, du immer reden mit Gerli, sie meine Freundin, verstehst, meine Freundin!

-Keine Angst, ich nehme sie dir nicht weg, beruhigte Kaiser Franz den Hitzkopf, obwohl sie natürlich viel zu schade für dich ist.

-Da sind wir ausnahmsweise einer Meinung, sagte der Taxl-Steff zu Kaiser Franz und kassierte für die Äußerung einen serbischen Kinnhaken.

-Tschutschen haben bei uns nichts zu melden, brüllte Kaiser Franz und packte Zoran am schulterlangen schwarzen Haar und hielt ihn, solange fest, bis ihm der Taxl-Steff die Faust ins Gesicht gerammt hatte. Als Zoran unter dem heftigen Schlag rückwärts taumelte, grinsten der Taxl-Steff und Kaiser Franz um die Wette.
-Zoran, bitte geh jetzt, flehte Gerli ihren Liebhaber an, bitte, sei g´scheit! Tu es mir zuliebe. Wir sehen uns am Abend.

2.

Schuss aus dem Hinterhalt

Annamirl Plasser ärgerte sich über die zerrissenen Socken ihres Mannes und stellte ihn deswegen beim Frühstück zur Rede, hör einmal zu Franz, deine langen Zehennägel ruinieren alle Socken. Muss das sein? Ich bestehe darauf, dass du dir sofort die Hufe schneidest!
Kaiser Franz saß im Pyjama am Tisch und hatte noch die schwarze Schlafhaube am Kopf. Er hatte unzählige Bücher über das Leben und die Gewohnheiten von Kaiser Franz Josef dem Ersten gelesen und unter anderem dabei erfahren, dass sich der Monarch stets mit einer schwarzen Schlafhaube zur nächtlichen Ruhe gebettet hatte. Er gähnte erst einmal ausgiebig, ehe er gedehnt antwortete, ja, Annamirl. Ich tu eh immer, was du sagst. Leg mir den Nagelzwicker her, damit ich es nicht vergesse.
Annamirl rückte das transparente Kopftuch zurecht, unter dem die Lockenwickler verborgen waren, stand auf und holte den Nagelzwicker aus dem Spiegelschrank im Badezimmer. Am Waschbeckenrand lag der Zungenschaber – den ihr Mann genau – wie Kaiser Franz Josef der Erste täglich benutzte. Am Tisch strich Annamirl Ribiselmarmelade aufs Butterkipferl und schenkte Kaffee in die Tassen nach. Wieder einmal hatte sie im spartanischen Eisenbett schlecht geschlafen, aber ihr Mann weigerte sich, trotz inständiger Bitten hartnäckig, das Eisenbett gegen ein bequemeres Modell einzutauschen, weil Kaiser Franz Josef der Erste aus Sicherheitsgründen – Eisenbetten konnten nicht zusammenbrechen – auch ein solches gehabt hatte. Und so war Annamirl gezwungen, jeden Abend eine Schlaftablette zu schlucken. In dem grottenschiachen Ungetüm von einem steinharten Bett konnte sie ohne Beruhigungsmittel beim besten Willen nicht einschlafen! Annamirl empfand es als pures Wunder, dass

bei ihrem Mann trotz des spartanischen Eisengestells zumindest am Anfang ihrer Ehe sogar Lust auf Geschlechtsverkehr aufgekommen war. Ja, mei, dachte Annamirl wehmütig, die Verliebtheit ist längst fort und dahin. Die Leidenschaft hat sich abgekühlt. Nun ist das Sockenstopfen mein Los.

-Wo ist unser Bub, fragte Franz, während er ein Blatt Schinken (Kaiser Franz Josef der Erste aß, fast täglich Schinken) auf die Gabel spießte, hat er wieder bei seiner Freundin Anna übernachtet?

-Ich habe dir doch gestern gesagt, antwortete Annamirl, dass Ferdi seinen Bruder Rudi in Salzburg besuchen fährt. Unsere Söhne verstehen sich gut. Das ist recht erfreulich. Ferdi kommt heute am Spätnachmittag mit dem Bus zurück.

-Von mir aus, brummte Kaiser Franz und fragte, hast du die Galauniform gebügelt und den Säbel poliert?

-Natürlich. Ich habe sogar den grünen Federbusch am Hut abgestaubt.

-Dankschön, Annamirl. Wenn nur der Ärger bei der Arbeit nicht wäre! Der Taxl-Steff bringt mich noch ins Grab. Der Wadlbeißer gibt keine ruh. Der Neidhammel ärgert mich Tag und Nacht. Aber ich lasse mir das Geschäft und die Stammkunden nicht abspenstig machen. Morgen zeig ich ihn an! Jetzt werden andere Seiten aufgezogen!

-Lass dich nicht deppert machen, kommentierte Annamirl die Klage, wahrscheinlich legt er es darauf an, dass du vor lauter Aufregung einen Herzkasperl kriegst. Den Gefallen darfst du ihm aber nicht tun, gell?!

-Hast ja recht. Eigentlich sollte ich die Querschüsse ignorieren. Andererseits kann ich die frechen Übergriffe auf keinen Fall dulden. Sonst scheißt mir der Taxl-Steff eines Tages noch auf den Schädel.

-Um welche Zeit geht heute Abend das Spektakel im Kongress & Theaterhaus los? Erkundigte sich Annamirl.

-Die Modenschau? Um acht. Ich komme vorher zum Umziehen nach Hause. So und jetzt schneide ich mir die Zehennägel, damit du Ruhe gibst.

Vor Beginn der Kaisermesse sammelten sich vor der Stadtpfarrkirche zahlreiche Festgäste. Viele benützten die Kaiser-Franz-Josef-Straße. In jungen Jahren ging der Kaiser diesen Weg im Sommer oft zu Fuß, um die heilige Messe um sieben Uhr zu besuchen. Die Tische in den Kaffeehausgastgärten waren von Schaulustigen okkupiert. Der Tag war hell und sonnig, die drückende Schwüle der vorangegangenen Tage war wie weggeblasen. Eine Wolke der Feierlichkeit schwebte über dem Geschehen. Die Festgäste hatten sich anlässlich des Kaisergeburtstages fein zurechtgemacht. Eine gertenschlanke Dame im nostalgischen Reitkostüm und schwarzem Zylinderhut erinnerte frappant an Kaiserin Sissi. Ein Herr in der Uniform des königlich-ungarischen Husarenregiments stand breitbeinig da und war sichtlich stolz auf die roten Hosen und die zackigen Stiefel mit Sporen. Ein Fahnenträger weidete die Augen an der Uniform der Kecksholmer Gardeinfanterie, die der Kaiser bei seinem Besuch in St. Petersburg getragen hatte. Die dunkelgrünen Pumphosen, die Pelzmütze und der im Sonnenlicht glänzende Silbergürtel sahen sehr vornehm aus. Dann wanderten die Blicke des Fahnenträgers weiter zur englischen Feldmarschalls-Uniform. Rot gestickter Waffenrock, weiße Reithose, Mantel, Hut mit Federbusch, Achselschnurgarnitur, Schärpe, Marschallstab, Säbel mit Kuppel und Portepee, hohe Stiefel samt Stahlsporen mit Kette. Ein Mädchen im Dirndl bestaunte offenen Mundes die ungarische Uniform. Den Galapelz, die mit Schnüren besetzte Husarenjacke, den Reiherbusch und den Paletot. Daneben gab es noch Uniformen der Deutschmeister, der Bürgergarden und Traditionsregimenter der ehemaligen Kronländer zu sehen.

Kurz vor Beginn der Messe bildeten die Uniformierten vor der Stadtpfarrkirche ein Ehrenspalier. Erzherzog Markus Salvator von Habsburg-Lothringen grüßte die Versammelten per Handgeste und schritt durch das Ehrenspalier in die festlich geschmückte Stadtpfarrkirche. Beim Kaiser Franz lief das Taxigeschäft auf Hochtouren und er musste einen Aushilfsfahrer engagieren, um den enormen Kundenandrang zu bewältigen. Unterdessen in der Stadtpfarrkirche die Kaiserhymne gesungen wurde, kutschierte er eine deutsche Urlauberfamilie nach Hallstatt.

Annamirl nahm in der Küche die Lockenwickler aus dem Haar und kümmerte sich anschließend um den Abwasch.

Die hübsche Kellnerin Gerli saß verzweifelt in der kleinen Wohnung und schüttelte fassungslos den Kopf. Auch der zweite Schwangerschaftstest war positiv ausgefallen, womit die inständige Hoffnung, es habe sich beim ersten Testergebnis um einen Irrtum gehandelt zunichtegemacht wurde. Gerli saß in der Unterwäsche, das Kinn auf die Hände gestützt, gelähmt im Wohnzimmer und starrte apathisch beim Fenster hinaus. Die ungewollte Schwangerschaft verursachte immensen Stress. Da sie bereits im zweiten Monat war, blieb für die Entscheidungsfindung nur noch wenig Zeit. Erst neunzehn Jahre und schon ein Kind! Die Jugend verdorben, vorbei und hin! Gerli nahm den gläsernen Aschenbecher vom Couchtisch und schleuderte ihn an die Wand, wo er eine tiefe Scharte in die Streifentapete schlug. Zu den Eltern nach Ebensee konnte sie nicht, soviel stand fest, die Ehestreitigkeiten der beiden zogen sie zu sehr runter. Alleinerzieherin! Die Schlampe kann keinen Mann halten. Alleinerzieherin! Kein leichtes Schicksal. An eine Heirat dachte Gerli keinesfalls. Das Kind musste weg. Ein Abbruch stellte heutzutage kein Problem dar. Nachdenklich lutschte Gerli am rechten Daumen. Auf leisen Sohlen schlich sich von hinten das schlechte Gewissen an, breitete die Arme aus und hüllte sie in einen drückend schweren, erstickenden Mantel. War es rechtens, das junge Leben zu vernichten? Stand ihr diese Willkür zu? Durfte sie sich ungestraft als Herrin über das Leben aufspielen? Der Magen verkrampfte sich bei dem Gedanken. Gerli schloss die vergissmeinnichtblauen Augen und seufzte tief. War es ein Bub oder ein Mäderl? Falls sie es wegmachen ließ, konnte ihr das Geschlecht egal sein. Gerli zog den nassen Daumen aus dem Mund und ballte die Rechte entschlossen zur Faust, um den Prozess der Willensfindung zu beschleunigen.

In Salzburg streunte Ferdi Plasser durch die anheimelnde Altstadt. Im umgeschnallten Rucksack waren Kleidung und Waschzeug verstaut. Sein älterer Bruder Rudi arbeitete in einem großen Autohaus an der Alpenstraße. Er fuhr frühmorgens zur Arbeit und steckte Ferdi beim Abschied etwas Taschengeld zu. Ferdi kaufte ein Tüteneis. Während des Eisschleckens dachte er, dass er möglicherweise die letzten Sommerferien seines Lebens verbrachte, bereits im nächsten Frühjahr würde er das Gymnasium beenden und das Maturazeugnis in der Tasche haben. Danach wollte er Biologie studieren. Ferdi schlenderte zum Mirabellgarten und schlug auf einer Parkbank die Zeit tot. Seine Freundin Anna rief am Händi an. Er mochte die Schulkollegin sehr gern und plauderte verliebt mit ihr, bis am Mirabellplatz der Bus nach Bad Ischl vorgefahren kam.

Ferdis Vater war mit Fahrten ausgelastet und hetzte von einem Fahrgast zum nächsten. Er fand keine Zeit, auf die Toilette zu gehen. Alle Taxifahrer bekamen früher oder später ein Prostata- oder Rückenleiden. Doch der Umsatz war sensationell und die dicke Brieftasche gestrichen voll. Geld besaß einen höheren Stellenwert als Gesundheit. Kaiser Franz wurde zur Kaiservilla gerufen. Er parkte den Mercedes direkt vor dem Haupteingang, vor dem sich Mitglieder der Bürgermusik Bad Ischl und nostalgisch Uniformierte tummelten. Erzherzog Markus Salvator von Habsburg-Lothringen begleitete einen Ehrengast, der einem Empfang für geladene Gäste beigewohnt hatte, persönlich zum Taxi und trug Kaiser Franz mit leicht nasaler Stimme auf, fahren Sie schön langsam, passen Sie gut auf den Auersperg auf, er bekommt leicht Schwindelanfälle und wir wollen doch nicht, dass sich alles um ihn dreht, nicht wahr?!

Kaiser Franz nickte ergeben und fragte den Fahrgast, wohin es gehen solle. Unterwegs rief die Stammkundin Adelheid Pammer an und wünschte am Abend zu einer Privatfeier nach Wien gefahren zu werden. Kaiser Franz ächzte innerlich und sagte, er müsse heute bei einer Veranstaltung den Kaiser doubeln, weshalb ein Aushilfsfahrer den Auftrag übernehmen werde. Doch er hatte die Rechnung ohne Adelheid Pammer gemacht. Sie bestand hartnäckig darauf, von ihm persönlich nach Wien gefahren zu werden. Selbstredend wollte Kaiser Franz ungern auf die einträgliche Fuhre verzichten – die Arbeit als Kaiserdouble war ehrenamtlich – also lenkte er zähneknirschend ein und sicherte Frau Pammer zu, sein Bestmögliches tun zu wollen, ohne ihr im Moment eine definitive Zusage zusichern zu können. Adelheid Pammer bedankte sich und kündigte an, sich bezüglich der Wienfahrt im Laufe des Spätnachmittags noch einmal zu melden. Bei der Rückfahrt zum Bahnhof kam er am nach wie vor Strafzettel schreibenden Wimmerlbomber vorbei und zeigte der Stadtwachtel in Gedanken den Stinkefinger. Noch ehe er den Mercedes am Bahnhofsvorplatz abgestellt hatte, erhielt er einen Anruf von Berta Zacherl. Sie legte viel Erotik in die Stimme und bestellte für eine Kundin ein Taxi zur Boutique. Kaiser Franz verdrehte die Augen und dachte, dann wollen wir doch einmal sehen, welchen Balztanz die Zacherl diesmal zum Besten geben wird. Die Auslage der Boutique in der Schulgasse war mit schicken Kleidern für die Dame ab vierzig dekoriert. Berta Zacherl winkte durchs Schaufenster auf die Gasse und lächelte Kaiser Franz zuckersüß an. Er blieb stocksteif im Taxi sitzen und hob die Hand zu einem unverbindlichen Gruß. Berta Zacherl trug ein dunkelgrünes Seidenkleid und schob den kurvenreichen, füllligen Körper durch die Eingangstür auf die Gasse und klopfte an die Fensterscheibe der Fahrertür, wobei sie sich bückte und das großzügige Dekolleté in den Mittelpunkt rückte. Kaiser Franz schaute die fleischliche Pracht an und spürte ein Ziehen in der Leiste. Als er anschließend die Fensterscheibe herunterließ, machte er ein mürrisches Gesicht, um die ungebetenen Lustgefühle zu unterdrücken. Berta Zacherl schenkte ihm einen einladenden Blick, der sagte, greif zu und ich bin dein.

Genau genommen war sie sein Typ, aber das hätte er sich um nichts in der Welt eingestanden. Berta Zacherl vertraute dem Instinkt und ließ sich durch die abweisende Haltung nicht beirren, sie wusste, dass ihr Schwarm sie attraktiv fand und berauschte sich am Spiel mit dem Feuer, als sie aufreizend sagte, die Kundin ist vorhin von ihrem Sohn abgeholt worden, er war zufällig in der Gegend. Tut mir leid. Wie kann ich dich entschädigen? Mit Geld? Mit einer Tasse Kaffee? Oder soll ich dir den verspannten Nacken massieren?
Diese Frau ist eine Naturkatastrophe, dachte Kaiser Franz, sie kommt über einen, ohne dass man sich wehren kann. Er biss auf die Unterlippe und erwiderte, ohne ihr in die Augen zu blicken, lass es gut sein, Berta, ich hab's grauenhaft eilig, die Arbeit überrollt mich. Ich muss wieder.
-Schade, flötete Berta Zacherl, du solltest auch einmal an dich denken und dir zur Abwechslung etwas Entspannung gönnen.
-Den Luxus kann ich mir nicht leisten, sagte Kaiser Franz und legte den Gang ein.
Berta Zacherl sah dem Davonfahrenden wehmütig nach und sagte leise, lauf nur weg, du entkommst mir nicht. Zapple nur, ich habe dich fest am Haken.
Die Unterhaltung hatte bei Kaiser Franz eine Verstimmung ausgelöst. Es ging ihm durch den Kopf, dass Berta Zacherl bei der Wohltätigkeitsveranstaltung im Kongress & Theaterhaus heute Abend anwesend sein würde. Um den gefährlichen Avancen des männermordenden Biestes zu umgehen, beschloss er, die Stammkundin Adelheid Pammer nach Wien zu fahren. Er rief seinen Sohn Ferdi an und bat ihn, für ihn als Kaiserdouble einzuspringen. Ferdi saß im Autobus und verfluchte sich, weil er das Gespräch entgegengenommen hatte. Nun musste er am Abend den Affen machen. Um die Details des bevorstehenden Auftrittes zu besprechen, vereinbarten Vater und Sohn ein Treffen im Bahnhofsrestaurant.
   Die Kellnerin Gerli brachte Toden-Toni das dritte Bier und betrachtete die geplatzten Äderchen auf Nase und Wangen,

die das verlebte Gesicht des Bestatters röteten. Dann kam Herr Kalteis und bestellte ein kleines Gulasch und wie üblich einen gespritzten Almdudler. Gerli mochte den angenehmen Gast, er gab gutes Trinkgeld und hielt im Allgemeinen den Mund. Verglichen mit ihm, redete der Künstler Spucka wie aufgezogen und nichts und niemand konnte ihn stoppen. Er habe ein Spuckbild nach Amerika verkauft, erzählte er enthusiastisch, und fühle, dass er kurz vor dem großen Durchbruch stehe. Er habe einen Spezi in New York, der ihm eine Ausstellung in einer berühmten Galerie organisieren werde. Ab dem Zeitpunkt sei alles nur noch ein Kinderspiel und der Wert der Bilder werde um das Hundertfache steigen. Jeder, der den Künstler kannte, hätte ihm den Erfolg von Herzen gegönnt. Ferdi Plasser nahm an der Bar Platz und bestellte einen Vitaminsaft. Unmittelbar darauf kamen zwei Schulkollegen aus dem Gymnasium hereingeschneit und setzten sich neben ihn. Der Reporter der *Ischler Woche* Geier-Harry stieß auch noch dazu. Da für Kaiser Franz kein Barhocker mehr frei war, ging er mit Ferdi an einen Tisch und erklärte seinem Sohn, wie er sich am Abend zu verhalten habe.
-Als Kaiserdouble musst du vor allem erhaben winken. Du darfst auf keinen Fall zu oft lächeln. Deine Aufgabe ist es, Würde zu verbreiten. Du hast die Rolle damals bei der Weinverkostung des Kaiserweines prima gespielt. Ich weiß, du wirst alles richtig machen. Ich werde eine Stammkundin nach Wien taxeln. Noch etwas, pick den falschen Bart fest auf. Im Kongress & Theaterhaus wird es heiß werden und der Schweiß weicht den Klebstoff auf. Für Fragen steht dir Kurdirektor Köhl jederzeit zur Verfügung. Er wird dir die entsprechenden Anweisungen geben. Danke, dass du für mich einspringst, sagte Kaiser Franz und klopfte seinem Sohn anerkennend auf die Schulter, Ferdi, du bist ein toller Bursch!
Du meinst wohl, ein toller Trottel, dachte Ferdi und versuchte gute Miene zu machen, obgleich er überhaupt keine Lust auf die alberne Maskerade hatte. Als sein Vater zum Taxi-

standplatz zurückgekehrt war, wurde er von den Schulkollegen belagert. Sie verspotteten ihn, na, Ferdi, fragte Valentin frotzelnd, müssen wir jetzt Eure Majestät zu dir sagen?
-Mit dem weißen Ziegenbart im Gesicht, meinte Max, schaust du wie ein Vollhammer aus.
-Ich wette, du findest unter den adeligen Gänschen im Kongress & Theaterhaus eine reiche Braut, zog ihn Valentin weiter auf, die blaublütigen Görlis stehen auf Uniformen und als Kaiser bist du ein kapitaler Bock. Die mit Klunkern behangenen Rehlein werden reihenweise schwach werden.
Ferdi wünschte die beiden auf den Mond, stand abrupt auf und verschwand grußlos aus dem Lokal.

Beim Ankleiden ging Annamirl Plasser dem Sohn zur Hand. Die Uniform war etwas zu weit. Ferdi ließ das Aufkleben des falschen Bartes ohne Murren über sich ergehen. Nachdem er den Säbel umgeschnallt hatte, war die Kostümierung vollständig. Ferdi drehte sich vor dem Spiegel um die eigene Achse. Erfreut klatschte Annamirl in die Hände und japste, Ferdi, als Kaiser bist du eine Wucht! Achte auf eine gerade Haltung und vermeide jede rasche Bewegung! Die weiße Uniformjacke steht dir blendend!
-Gib dir keine Mühe Mama, sagte Ferdi leidenschaftslos, ich wünschte, die Zirkusvorstellung wäre bereits vorbei.
-Du wirst es überleben, antwortete Annamirl verschnupft, den kleinen Gefallen kannst du dem Vater doch tun. Ich werde mich dafür im Gegenzug bei ihm für deinen Studienwunsch starkmachen.
-Danke, Mama, das ist echt lieb, sagte Ferdi angenehm überrascht, ich muss los. Ich nehme das Moped.
-Der Kaiser und Moped fahren?! Ich bitte dich, das ist kein standesgemäßes Fahrzeug für einen Monarchen. Hiergeblieben! Ich rufe unseren Aushilfsfahrer an, damit er dich im Mercedes zum Kongress & Theaterhaus bringt.
Ferdi zupfte ungehalten an den weißen Handschuhen, die er noch in den Händen hielt, beugte sich aber dem mütterlichen

Willen, um die Durchsetzung des angestrebten Biologiestudiums tunlichst nicht zu gefährden.

-Zieh den Hut bitte eine Spur aus der Stirn, ordnete Annamirl an, ehe sie Ferdi endgültig entließ.

Hinter dem Kongress & Theaterhaus stieg Ferdi am Parkplatz aus. Im Kurpark wuselte es vor Menschen. Vor dem Hintergrund des hell beleuchteten und beflaggten Monumentalgebäudes wechselten die drei Wasserfontänen des Springbrunnens zu Operettenklängen aus Franz Lehárs Feder die Farben. Auf der Terrasse vor dem Restauranteingang vollendeten majestätische Palmen den festlichen Rahmen. Als Ferdi im Gehen die weißen Handschuhe anzog, bekam er plötzlich Lampenfieber. Es würde Vater kränken, dachte er bang, falls ich den Auftritt verpatze. Anderseits kann ich kaum etwas falsch machen, überlegte er weiter, ich brauche ja bloß dazustehen wie ein Zinnsoldat, muss hin und wieder die Hand zum Gruß heben und Habe die Ehre sagen – Kaiser Franz Josef zu doubeln, ist wahrlich keine große Sache. Die realistische Einschätzung der Rolle drang allerdings nicht bis zu seinen Knien vor, ärgerlicherweise fühlten sie sich weich an. Ferdi griff zu einem Helferlein, das er vorsorglich aus Mutters Hausapotheke mitgenommen und in die Tasche der roten Uniformhose gesteckt hatte, und schluckte die Beruhigungstablette ohne Wasser. Danach atmete er durch, legte die Linke auf den Griff des umgeschnallten Säbels und betrat die pfropfenvolle Eingangshalle. Vor der Garderobe stand Kurdirektor Köhl und bemerkte Ferdis Ankunft sofort. Er hob die Hand über die Köpfe der Gäste und winkte ihn zu sich. Ferdi winkte zurück und quetschte sich mühsam durch das Gedränge.

-Ja, schau einer an, sprach eine silberhaarige Dame im bodenlangen violetten Paillettenkleid Ferdi neckisch an, Kaiser Franz Josef höchstpersönlich! Majestät sind sehr fesch. Wirklich ein stattlicher Mann. Gepflegt vom Scheitel bis zur Sohle. Und so elegant! Ach, seufzte sie, wir Frauen sind heutzutage arm dran. Sobald ein Mann einigermaßen gut ausschaut, handelt es sich garantiert um einen Schnucki.

Ferdi lächelte und begann, sich in die Rolle des Kaisers einzufühlen, gnädige Frau, er verneigte sich, Sie sind sehr charmant. Küss die Hand! Amüsieren Sie sich gut.

Zur Begrüßung legte Kurdirektor Köhl jovial die Hand auf Ferdis Schulter und meinte freundlich, du hast das Kaiser-Gen deines Vaters, das sieht man sofort. Die Imperiale-Fashion-Show dient einem guten Zweck. Das schaffst du mit Links. Der Kaiser Geburtstag ist immer noch die größte Melkkuh des heimischen Tourismus. Zu welchem Zeitpunkt haben wir sonst Hunderte von Adeligen in Bad Ischl, deren Anwesenheit Blitzlicht geile Prominente und jede Menge Zaungäste aus dem Volk anlockt? Die Hausfrau aus Niederlumpenbach möchte halt auch einmal unter dem blauen Schatten des Hochadels gestanden haben und der pensionierte Lehrer aus Oberstinkenbrunn kann sich zu Hause am Stammtisch mit dem Umstand brüsten, einen echten englischen Lord und die dazugehörige Lady gesehen zu haben. Du entschuldigst mich einen Moment, ich muss den Wiener Kammersänger Laubensprenger begrüßen, andernfalls reagiert der sensible Herr schnell pikiert.

Die fünf Garderobieren glichen Hindugottheiten: Jede arbeitete mit zehn Händen. Ferdi stand inmitten der aufgeregten Menschenmenge, die eiligst Mäntel und Taschen loswerden wollte. *Cool Water* hing in den Seilen der vibrierenden Luft, *Chanel Nr. 5* schwang sich elegant dazu, leider zog Mottenpulvergeruch die Kunstnummer der dezenten Körperbeduftung herunter und der Gestank von Haarspray und billigem Aftershave ruinierte sie in Grund und Boden. Die gut duftenden Menschen konnten einem leidtun: Kein gesunder Apfel gesellt sich freiwillig zu einem Faulen.

Bürgermeister Hannes Heide klopfte Ferdi auf den Rücken und sagte schüchtern, Hallo, die Uniform steht dir gut. Richte bitte Papa und Mama recht schöne Grüße aus.

Dann schlugen die hochempfindlichen Antennen seiner Sinne hektisch aus und Hannes Heide sah zu, dass er dem nahenden Filmteam des oberösterreichischen Fernsehens entkam. Sämtliche Medien waren ihm ein Gräuel! Von Politikern wurde erwartet, dass sie vor laufenden Kameras strippten und zu jedem Nasenbären einen Kommentar abgaben. Als rettende Idee bot sich der Weg auf die Toilette an. Und schon tauchte der graue Anzug des Bürgermeisters in der gefliesten Bedürfnisanstalt unter. Draußen im Foyer wurde Ferdi kurz von Geier-Harry geblitzt. Der Kaugummi kauende Reporter der *Ischler Woche* sah wild und verwahrlost aus, als käme er gerade von einer wochenlangen Wüstenrallye. Anschließend machte er mit dem Gebaren eines Großwildjägers mehrere Schnappschüsse der Menschenmenge, wobei er die zerzauste Haarmähne martialisch schüttelte. Langsam wurde Ferdi der Trubel zu viel. Zunächst wollte er den Fluchtreflex unterdrücken, schlängelte sich aber dann im nächsten Augenblick durch das Menschendickicht und hastete treppauf in den ersten Stock. Dort befand sich eine Halle der Ruhe. Er atmete auf und trat ein. Die Bar war noch unbesetzt und wurde erst nach der imperialen Modenschau geöffnet. Ferdi war völlig allein. Aber hier ging irgendetwas Seltsames vor. Eine nie da gewesene Kälte ergriff von ihm Besitz. Ferdi ging mit trockenem Mund zum großen Fenster und schaute auf die zum Eingang strömenden Menschen hinunter und rätselte, woher das plötzliche Gefühl der Beklemmung rühren mochte. Hinter seinem Rücken bewegte sich ein Vorhang. Ferdi fasste an den Säbelgriff und drehte sich um. Plötzlich stand der Tod vor ihm und zielte auf seine uniformierte Brust. In Ferdis Augen gellte ein Schrei. Er verhallte ungehört. Zwei Sekunden später knickten die Knie ein. Ferdi taumelte und sein Körper schlug am Boden auf.
Mit letzter Kraft stemmte der Siebzehnjährige ein Wort über die bebenden Lippen und hauchte, Anna.

Die Medienscheuheit trieb Schweißperlen auf des Bürgermeisters Stirn, als er die schützende Toilette verließ. Den politischen Förderern von Hannes Heide bereitete die Schüchternheit des talentierten und intelligenten Schützlings einiges Kopfzerbrechen, da er andererseits die Bürde des Bürgermeisteramtes mit der famosen Leichtigkeit eines Herkules zu tragen wusste. Hannes Heide befürchtete zu Recht, dass ihm draußen Kameraleute und Journalisten auflauern würden. Da pflanzte sich vor ihm das relativ betrachtet geringere Übel Geier-Harry auf und knirschte beim Lächeln mit dem Sand in den Zähnen, den er bei der letzten Wüstenrallye eingeatmet hatte. Der Reporter der *Ischler Woche* ersuchte Hannes Heide um ein Interview, ließ sich aber im Hinblick auf die in fünf Minuten beginnende Veranstaltung auf einen späteren Zeitpunkt vertrösten. Dem Bürgermeister fiel ein Stein vom Herzen, der ihm aber wie ein Bumerang über die Treppe in den ersten Stock nachflog und ihn beim Anblick des leblosen Kaiserdoubles mit voller Wucht traf und ihn – sozusagen bildlichen gesprochen – neben dem Leichnam zu Boden streckte. Hannes Heide starrte in die offenen Augen des Kaiserdoubles und erlitt einen Schock. Die eng gebundene Krawatte schnürte den Hals zu und er rang verzweifelt nach Luft. Hastig löste er den Knoten. Nachdem er Atem geschöpft hatte, bückte er sich und tastete, genauso, wie man es in Kriminalfilmen sieht, die Halsschlagader des Kaiserdoubles ab. Als ihm bewusstwurde, dass Ferdi Plasser tot war, überfiel ihn eine Heidenangst vor den bohrenden Fragen der Presse. Er sah sich den leblosen Körper näher an und entdeckte zu seinem Entsetzen in Brusthöhe der Uniformjacke ein kleines Loch. Und als Hannes Heide das wahre Ausmaß der Katastrophe dämmerte, schlug die Medienfurcht in kolossalischen Wellen über seinem Kopf zusammen! Denn: Wenn er sich nicht täuschte, hat jemand das Kaiserdouble erschossen!

3.

Beim Calypso ist dann alles wieder gut

Die Kriminalinspektorin Marina Pascale machte sich in der Linzer Plattenbauwohnung Gedanken über ihr Alter. Ihr Freund, der Hallstätter Gemeindearzt Oskar Zauner war um ganze zwölf Jahre jünger als sie. Wäre sie ein Mann gewesen, hätte sie der Altersunterschied keine Sekunde lang beschäftigt. Oskar wollte sie heute Abend seinen Eltern vorstellen. Das bevorstehende Ereignis drückte auf den Magen und pumpte Starkstrom in die Adern. Marina Pascale glich einem Zitterrochen, der bei der leisesten Berührung einen elektrischen Schlag aussandte. Sie überlegte, ob sie sich Mut antrinken sollte, verwarf den Gedanken aber, da sie Oskar nicht kompromittieren wollte. Ein Blick auf die Stereoanlage brachte die Lösung. Marina Pascale beschloss, sich Mut anzutanzen. Eine Platte von Caterina Valente fiel ihr in die Hände. Als sich die Saphirnadel des Tonarms auf die erste Rille senkte, ging sie in die Küche und öffnete eine Flasche Rotwein. Rotwein hatte noch nie geschadet und war keiner wie auch immer gearteten Gemütslage abträglich. Rotwein war eine Art Weichzeichner und nahm Ängsten und Problemen die Schärfe. Marina Pascale gurgelte das volle Glas ex hinunter. Zwölf Jahre waren schließlich keine Kleinigkeit. *Tipitipiti Tipitipitipso, beim Calypso ist dann alles wieder gut, ja, ja's ist mexikanisch ...* sang die Valente. Hallstatt und Mexiko, dachte Marina Pascale, liegen weit auseinander, aber halt, es gibt eine Gemeinsamkeit, Mexiko hat einst einen österreichischen Kaiser gehabt. Der Geschichtsunterricht war doch nicht völlig umsonst gewesen. Er war ein Bruder von Kaiser Franz Josef dem Ersten und hieß Maximilian. Und so weit sie sich noch erinnerte, wurde der arme Kerl erschossen. *Pedro kaufte sich bitte sehr eines Tages Schießgewehr, weil ein Mexicano das macht so großen Spaß. Tipitipiti Tipiti-*

pitipso beim Calypso ist dann alles wieder gut, ja, ja's ist mexikanisch ... Marina Pascale tanzte Samba zum aus Jamaika stammenden Calypso, was einen gewissen Stilbruch darstellte, jedoch dem in Schwung kommenden Kreislauf herzlich egal war. Nebenbei begann der flüssige Weichzeichner zu wirken und rötete die Wangen. Der angelockte Mut rempelte Marina Pascale kumpelhaft mit dem Ellenbogen an. Der angenehme Gesellschafter ließ ihr Herz erstarken, selbstbewusst warf sie beim Tanzen die blauschwarze Haarmähne in den Nacken. Was gehen mich Oskars Eltern an, sagte sie sich, falls sie mich nicht mögen, ist das ihre Sache. Sie müssen mich so nehmen, wie ich bin, ansonsten sollen sie es eben bleibenlassen.

-He, Mama, was ziehst du hier für eine Schau ab, fragte Marco beim Betreten des Wohnzimmers amüsiert, dass du mit den hohen Stöckelschuhen überhaupt tanzen kannst, kommt einer akrobatischen Meisterleistung gleich.

Marina Pascale lächelte den Sohn, der das Gesicht eines Engels besaß, breit an und drehte eine ihrer berühmten Pirouetten, *Coco zielt und schießt sogar Loch in Wand von Billy's Bar, so entsteht ganz nebenbei schöne Schießerei. Tipitipiti Tipitipitipso beim Calypso ist dann alles wieder gut, ja, ja's ist mexikanisch ...*

-Mama, dein Diensthändi rotiert am Couchtisch, sagte Marco.

-Oh, nein, meinte Marina Pascale, was will der Nervtöter schon wieder?

-Welcher Nervtöter?

-Der Staat, sagte sie und ergriff missmutig das Störobjekt.

Es war der Yeti, ihr Vorgesetzter Dr. Max Grieshofer, der in zwei Wochen sein dreißigjähriges Dienstjubiläum beging, tut mir leid, sagte er, Frau Pascale, ich störe nur ungern, insbesondere da Sie Zeitausgleich genießen, aber der Kaiser ist tot und es soll sich eindeutig um Mord handeln. Spurensicherung und Gerichtsmedizin sind bereits informiert. Kollege Urstöger wird Sie nach Bad Ischl begleiten.

-Hää, fragte Marina Pascale wenig elegant, was ist los? Welcher Kaiser? War denn einer auf Staatsbesuch?
-Unser Kaiser, Frau Pascale, kein fremder.
-Jetzt versteh ich gar nichts mehr, antwortete sie verdutzt, in Österreich ist die Monarchie längst abgeschafft.
-Offiziell ja, erwiderte Dr. Max Grieshofer, aber in jedem österreichischen Herz hockt ein kleiner Untertan, der insgeheim noch immer an die Monarchie glaubt. Österreich war einmal ein großes Land, sagte er wehmütig, ein mächtiger Doppeladler, von dem nur die Schwanzfeder übriggeblieben ist. Die einstige Größe werden wir nie wieder erreichen.
-Bitte, Herr Dr. Grieshofer, flehte Marina Pascale verwirrt, klären Sie mich auf, welcher Kaiser soll da ermordet worden sein?
-Das Kaiserdouble von Bad Ischl. Wissen Sie, dass sich die Habsburger früher auch doubeln ließen? Kaiserin Sissi ließ sich öfter von ihrer Kammerzofe vertreten. Und die Weltgeschichte hätte vermutlich einen anderen Lauf genommen, wäre damals der im Staatsdienst stehende schottische Doppelgänger namens Kidd für Erzherzog Franz Ferdinand in Sarajevo wie vorgesehen eingesprungen. Angeblich hat die Post das entsprechende Einsatztelegramm verschlampt.
-In historischen Belangen wissen Sie gründlich Bescheid.
-Österreichische Geschichte war das Hobby meines Vaters. Kollege Urstöger holt Sie in zehn Minuten in der Fabrikstraße ab. Danke. Und viel Erfolg.
-Ja, danke, sagte Marina Pascale und dachte, Scheiße, ungünstiger geht's nun wirklich nicht mehr. Ich darf Oskar heute keine Enttäuschung bereiten. Irgendwie muss ich es rechtzeitig nach Hallstatt schaffen.

Während der Autofahrt stopfte Marlon Urstöger wütend einen Schokoriegel nach dem anderen in sich hinein und schwieg Marina Pascale frostig an. Genau genommen war er seit drei Tagen in Rage. Chantal hatte zwei Monate bei ihm gewohnt und war aus heiterem Himmel ohne jede Vorwar-

nung zum Ehemann nach Gosau zurückgekehrt. Die angestaute Wut entlud sich vor allem durch intensives Kauen. Marlon Urstöger bekämpfte den Liebesfrust durch den Verzehr von Süßigkeiten in rauen Mengen. Selbstredend wurde ihm davon schlecht, obwohl in seinen Magen unheimlich viel hinein ging, irgendein Kollege hatte ihn erst unlängst wieder scherzhaft Container genannt. Kurz vor Bad Ischl zwitscherte das Privathändi. Es war Oskar Zauner. Er erzählte Marina Pascale, dass seine Mutter eigens Rinderbraten mit Eierschwammerl zubereitet habe und sich alle sehr auf ihren Besuch freuen würden. Sie deutete an, dass sie sich eventuell leicht verspäten könnte, und schickte vorab liebe Grüße an Oskars Eltern. Marlon Urstöger kaute, was die Kiefer hergaben. Auf dem Boden lagen jede Menge Verpackungshüllen zwischen den Fußpedalen: *Mars, Snickers, Bounty, Nussini, Gittis Müsliriegel* und *Milky Way*. Es brauchte wenig Einfühlungsvermögen, um zu bemerken, wie ungemein schlecht es um Marlon Urstögers Laune bestellt war, daher tippte ihn Marina Pascale mit ungewöhnlich sanfter Stimme an, Marlon, was ist über den neuen Fall bekannt?
-Angeblich hat jemand den Kaiserdarsteller umgeblasen. Ziemlich schwerer Schlag für Bad Ischl. Kaiser Franz Josef feiert nämlich heute Geburtstag.
-Ausgerechnet. So was. Das klingt nach Majestätsbeleidigung. Wer ist unser Ansprechpartner vor Ort?
-Erwin Wimmer. Ich habe gehört, er soll den Tripper im Gesicht haben.
Marina Pascale runzelte die Stirn zu einem Fragezeichen, verzichtete aber darauf, genauer nachzufragen.
  Als die Kriminalinspektoren vor dem Kongress & Theaterhaus eintrafen, hörten sie aus dem Veranstaltungssaal Applaus ins Freie dringen. Der Stadtpolizist Erwin Wimmer ging ihnen entgegen. Als er die Polizeimütze zum Gruß lüpfte, schaute Marina Pascale entsetzt in das von Akne zerfressene Gesicht und schlug vor Ekel die Augen nieder. Auch

Marlon Urstöger musste bei dem ungustiösen Anblick Luft holen.
-Wimmer, freut mich, stellte sich der Wimmerlbomber freundlich vor, die Öffentlichkeit weiß zum Glück nichts von dem Vorfall. Die Wohltätigkeitsveranstaltung ist noch in Gang. Die adeligen Models und Dressmen spazieren gerade über den Laufsteg. Kurdirektor Köhl und ich konnten die Leiche unbemerkt ins Kellerlokal schaffen. Wir haben sie in einen Teppich gewickelt. Raffiniert nicht?
-Sie haben die Leiche bewegt, fiel ihm Marina Pascale entrüstet ins Wort, sagen Sie, sind Sie noch ganz bei Trost?
-Ja, aber, der Wimmerlbomber breitete die Arme aus, als wolle er zu einer Umarmung ausholen, worauf Marina Pascale erschrocken einen Satz nach rückwärts machte, Sie haben leicht reden. Der abgeknallte Kaiser lag direkt vor der Bar. Wir müssen doch unsere Gäste bewirten. Sie wollen ihren Pausensekt einnehmen. Sollen wir sie vorher über eine Leiche steigen lassen? Wir mussten den Toten wegtragen. Sonst hätte es einen Skandal gegeben. Kurdirektor Köhl ist fix und fertig, das kann ich Ihnen sagen, er klammert sich verzweifelt an sein geliebtes Schönramer Bier und bemüht sich, in der Ausnahmesituation Haltung zu bewahren. Aber am ärmsten ist unser Bürgermeister dran. Er hat den toten Kaiser als Erster entdeckt. Nach dem Fund war er blass wie ein Schneeglöckchen. Momentan versteckt er sich vor den Journalisten am Häusl. Medienphobie, sagen die Ärzte, er ist krankhaft schüchtern.
-Uns interessiert das Opfer, bellte Marina Pascale den Wimmerlbomber aggressiv an, Name, Tathergang, Tatwaffe und so weiter. Da kein Mensch auf die Idee gekommen ist, das Gebäude abzuriegeln, ist der Täter vermutlich längst über alle Berge. Haben Sie wenigstens den Tatort abgesperrt?
Die Lippen des Wimmerlbombers verbissen sich schuldbewusst.

Marina Pascale verdrehte die Augen, Mann, Sie sind Polizist, gebärden sich aber wie die rechte Hand des Kurdirektors. Führen Sie uns zur Leiche!
Marlon Urstöger blies empört die Luft aus den Backen und warf Marina Pascale einen Warum-haben-wir-es-immer-mit-Idioten-zu-tun-Blick zu, als beide dem vorangehenden Stadtpolizisten folgten, dessen Gesicht aussah, als habe jemand Mayonnaisespritzer darauf verteilt. Das finstere Kellerlokal, das nach Staub und Sauerkraut miefte, war gähnend leer, die angeschlossene Kegelbahn war wegen eines technischen Defektes außer Betrieb. Auf dem Stammtisch lag besagter Teppich, der für den Leichentransport hatte herhalten müssen.
-Los, Wimmer, befahl Marina Pascale, wickeln Sie das Opfer aus!
Marlon Urstöger hatte die Linke in der Hosentasche und fuhr sich mit der Rechten nervös durch den blonden Schopf. Marina Pascale setzte die randlose Lesebrille auf, um den Leichnam aus der Nähe begutachten zu können. Als der Inhalt ausgepackt war, beugten sich beide Kriminalinspektoren über den toten Mann in Uniform.
-Die Kugel, stellte Marina Pascale fest, ist genau auf Herzhöhe eingetreten. Siehst du, Marlon, genau unter dem goldenen Orden da.
-Hmm, meinte Marlon Urstöger und herrschte den Wimmerlbomber an, wir brauchen den Namen des Opfers!
-Ferdinand Plasser, antwortete der Stadtpolizist wie aus der Pistole geschossen, aber das ist schon eine komische Sache. Normalerweise doubelt Ferdis Vater, Franz Plasser Kaiser Franz Josef den Ersten, weil er aber heute Abend verhindert war, ist sein Sohn Ferdi für ihn eingesprungen. Mit dem weißen Bart im Gesicht und der Uniform kann man Vater und Sohn nicht voneinander unterscheiden. Vielleicht wollte der Mörder eigentlich Franz Plasser erschießen. Ich meine ...
-Reine Spekulation, würgte ihn Marina Pascale ab, fand aber den Umstand durchaus interessant, dann wandte sie den Blick von der Leiche ab und sah ungehalten auf die Uhr, wo

bleiben die Spuronauten so lange? Auch die Gerichtsmedizin ist sonst schneller.
-Kollege Wimmer, sagte sie, ohne den Aknehaufen anzublicken, Sie haben berichtet, der Bürgermeister hat die Leiche gefunden. Holen Sie den Mann her.
Der Wimmerlbomber nickte und schwirrte ab. Marlon Urstöger knöpfte die Hose auf. Der Bund spannte über dem gemästeten Bauch und er dachte ärgerlich, langsam werde ich zum Kugelbauchschwein, Chantal wird staunen, sobald ich mich dann endgültig zu Tode gefressen habe und der Pastor an meinem Grab sagen wird, dass der Verblichene seinen Kummer und Schmerz unter einem Berg Süßigkeiten begraben hat. Inzwischen drang der Wimmerlbomber in die Herrentoilette ein, wo er Hannes Heide vermutete. Der Stadtpolizist klopfte energisch an die versperrte Kabinentür. Tatsächlich saß dahinter der Bürgermeister zusammengekauert auf der Kloschüssel und fragte vorwurfsvoll, wer stört?
-Entschuldigung, Herr Bürgermeister, die Kripoleute aus Linz möchten dich sprechen.
Es folgte eine lange Stille, die zuerst von einem Seufzer und dann von einer Frage gebrochen wurde, sind Journalisten dort?
-Nein. Herr Bürgermeister, sei unbesorgt. Und falls einer mit einer Kamera auftaucht, hau ich ihn persönlich nieder.
Das Drehschloss quietschte und Hannes Heide kam aus der Kabine heraus.
-Jessasna, Herr Bürgermeister, du bist ja immer noch ganz weiß wie ein Schneeglöckerl! Ist aber auch kein Wunder. Schließlich bekommt man nicht alle Tage eine Leiche zu sehen, meinte der Wimmerlbomber mitfühlend, das kann einen freilich ganz schön mitnehmen.
Hannes Heide betrat das Kellerlokal und steuerte die Kriminalinspektoren an, die neben der Leiche am Tisch standen. Marina Pascale musterte das Stadtoberhaupt: Hannes Heide steckte in einem grauen Anzug mit noch grauerer Krawatte, quasi in Tarnkleidung, um tunlichst keinem Journalisten ins

Auge zu fallen. Marina Pascale stellte zuerst sich, dann Marlon Urstöger vor und reichte dem Bürgermeister die Hand. Dieser schüttelte den Kopf und sagte, das Ganze ist eine Katastrophe! Es ist unfassbar! Wenige Minuten vor Ferdis Tod habe ich noch ein paar Worte mit ihm gewechselt. Er war bei allen beliebt. Der Mörder muss ein Geisteskranker sein.
-Wie steht es um die Beliebtheit von Ferdis Vater, erkundigte sich Marina Pascale, hat Franz Plasser Feinde?
-Einen Feind, soviel ich weiß, den Taxl-Steff, Stefan Ramskogler, er versucht, das Taxigeschäft an sich zu reißen, und ist in der Wahl der Mittel wenig zimperlich. Aber, ob ihm ein Mord zuzutrauen ist, da bin ich echt überfragt.
-Haben Sie heute Abend eine verdächtige Person bemerkt?
-Nein. Am Kaisergeburtstag herrscht viel Trubel. Bei der großen Menschenmenge geht der eine oder andere unter. Die Masse ist seit je her ein gutes Versteck. Bitte, er faltete flehend die Hände, ermitteln Sie möglichst diskret. Der Fremdenverkehr nimmt sonst Schaden. Das Gemeindesäckel ist ohnehin durch ein Haushaltsdefizit belastet.
-In welcher Haltung haben Sie den Ermordeten am Fußboden aufgefunden?
-Er lag leicht gekrümmt auf der Seite. Ich dachte zuerst an einen Kollaps. Dann bemerkte ich, dass er tot war. Puh, Hannes Heide wischte sich mit dem Handrücken über die Stirn, mein Lieber, da ist mir dann übel geworden. Die Wohltätigkeitsveranstaltung muss nun ohne Kaiserdouble über die Bühne gebracht werden, auf die Schnelle konnten wir keinen Ersatz finden. Kurdirektor Köhl tut sein Bestes, damit der Ausfall unbemerkt bleibt.
Letztgesagtes entsprach der Wahrheit. Der Kurdirektor hielt im illuminierten Veranstaltungssaal gerade eine Rede.
Ein Gast rief dazwischen und fragte, wo bleibt der Kaiser?
Worauf der Kurdirektor schlagfertig antwortete, er ist gerade unabkömmlich, er weilt bei seiner Geliebten, bei Katharina Schratt.

Der Ansager brachte das Publikum zum Lachen und Kurdirektor Köhl konnte danach mit der Rede fortfahren.

Die Gerichtsmedizinerin Leonilla Grampelhuber stürmte gleich einer Rachefurie in den dunklen Raum des Kellerlokals, was ist das hier? Eine Gruft, rief sie, kann einmal jemand Licht machen!
Der Wirt zuckte hinter der Bar zusammen und betätigte den Schalter. Marlon Urstöger trat rasch beiseite, sodass die Grampelhuber ungehinderten Zugang zur Leiche bekam.
-Ai, ai, ai, was haben wir den da Hübsches?
-Das Opfer hat als Double für Kaiser Franz Josef gearbeitet, sagte Marina Pascale.
-Verstehe, es handelt sich um ein totes Möchtegernkaiserlein. Schuss ins Herz. Gut gezielt. Keine hässlichen Blutflecke. Saubere Arbeit. Kann ich ihm den albernen Großvaterbart abnehmen?
-Bitte warten Sie, sagte Marina Pascale, bis die Spurensicherung die Arbeit erledigt hat.
-Wo bleiben die Schlafmützen? Ich habe nicht ewig Zeit.
-Trinken Sie doch in der Zwischenzeit einen Kaffee, regte Marina Pascale an, ich kann mir die Verzögerung nicht erklären. Die Spusi müsste längst hier sein.
-Sie Ärmste, Leonilla Grampelhuber tätschelte Marina Pascale die Hand, so ganz allein unter lauter unfähigen Männern. Das muss der blanke Horror sein.
Marlon Urstöger wünschte der Männerhasserin die Krätze an den Hals. Kurz darauf traf der Chef der Spurensicherung Michael Krebs, der sich selbstherrlich *Speedy Gonzales* nannte, in Begleitung seines Trupps ein. Gleich einem Hochleistungssportler zogen er und seine Mannen in Rekordzeit die weißen Schutzanzüge an.
-Schauen Sie sich die Leiche an, sagte Marina Pascale zu Michael Krebs, das hier ist nicht der Tatort.
Zur selben Zeit beging der Wimmerlbomber einen verheerenden Fehler. Er setzte sich arglos neben die Kaffee schlür-

fenden Leonilla Grampelhuber an die Bar und sprach die Gerichtsmedizinerin an.
-Entschuldigung, Frau Doktor, werden Sie unseren toten Ferdi obduzieren?
Frau Doktor Grampelhuber riss angewidert die Augen auf, als sie das Zombiegesicht neben sich sah, und sagte bissig, Ihre Hässlichkeit müsste man gesetzlich verbieten. Scheren Sie sich weg! Sonst stecken Sie mich noch mit Ihrer Akne an.
Schwer beleidigt räumte der Wimmerlbomber das Feld und dachte, was will man von einer, die Leichen aufschneidet auch anderes erwarten, die Alte ist wahrscheinlich total verbittert. Es kränkte ihn tief, dass für die Mitmenschen immer nur das Aussehen zählte. Schließlich hatte er alle erdenklichen Mittel gegen die Akne probiert, doch das zähe Luder, das seit der Pubertät an ihm klebte, war nicht kleinzukriegen. Es war ein endloser Kampf. Täglich schossen neue Eiterpunkte aus der Haut. Täglich drückte er sie aus. Manchmal entzündeten sie sich auch, sodass rote Punkte neben gelben Punkten blühten. Hübsche Farbzusammenstellung für ein Blumenbeet – jedoch in einem menschlichen Gesicht völlig fehl am Platz. Die Akne stand einer Familiengründung im Weg. Er hätte gern Kinder gehabt. Eine Frau, die ihm gefiel, sagte zu ihm, du bist ein netter Kerl, aber so dunkel kann es gar nicht sein, dass ich mich von dir besteigen lasse, da müsstest du dir vorher den Kopf abschneiden lassen. Auch Michael Krebs war unglücklich, an der Leiche waren, außer zwei fremden Fasern keine relevanten Spuren zu finden. Er räusperte sich ärgerlich und fragte, Frau Pascale, wo ist der Tatort?
Hannes Heide übernahm das Antworten, dorthin können Sie nicht. Bitte warten Sie, bis die Veranstaltung zu Ende ist. Wir müssen unnötiges Aufsehen vermeiden.
-Die Spuren sind längst zertreten, beruhigte Marina Pascale den vor Empörung rot anlaufenden Michael Krebs, in der Pause sind die Gäste darüber gelatscht. Ich glaube kaum,

dass aus dem Spurensalat für uns noch irgendetwas zu holen ist. Eine weitere Verzögerung spielt keine Rolle.
-Jut, meinte der Chef der Spurensicherung verstimmt, aber auf Ihre Verantwortung.
-Marlon, nimm dem Opfer den Bart ab. Ich möchte das Gesicht sehen.
Warum immer ich, dachte Marlon Urstöger und sagte möglichst gleichmütig, ja, Marina, dann will ich das Weihnachtsgeschenk einmal auspacken.
Die Entfernung des Bartes gestaltete sich keineswegs einfach. Das künstliche Haarteil bewegte sich keinen Millimeter, obwohl Marlon Urstöger wie ein Berserker daran zerrte.
-Halt, schrie die Grampelhuber und hopste vom Barhocker, was machen Sie da? Sie Grobian! Sie reißen ihm noch das Fleisch aus der Wange. Lassen Sie mich das machen.
Marlon Urstöger überließ ihr gern den Vortritt. Die Grampelhuber bückte sich über die Leiche und versuchte den Bart anzuheben, und meinte anerkennend, mmh, guter Klebstoff. Superkleber, wie's scheint. Da ist im Moment nichts zu machen. Ohne Lösungsmittel kriegen wir den Bart nicht ab.
-Wann ist denn nu die Veranstaltung zu Ende, wollte Michael Krebs ungeduldig wissen, meine Frau wartete mit dem Abendbrot auf mich.
Alle Augen richteten sich erwartungsvoll auf den Bürgermeister. Er sah auf die Armbanduhr, in zwanzig Minuten, sagte er, ist der Hokuspokus vorbei. Dann müssen wir abwarten, bis die Gäste das Kongress & Theaterhaus verlassen haben.
-Herr Bürgermeister, Ihnen ist hoffentlich klar, dass wir das Gebäude abriegeln und jeden Gast einzeln befragen müssen, belehrte ihn Marina Pascale, es könnte immerhin sein, dass einer etwas gesehen hat, das der Aufklärung dienlich ist. Ich fordere einmal die notwendige Verstärkung an.
-Bitte, Hannes Heide nahm erneut die demütige Haltung eines Betenden an, bitte nicht! Dann wäre unser Ruf ruiniert. Das gäbe einen Riesenwirbel. Das ganze Kaiserstädtchen

würde in Aufruhr geraten. Ich bitte Sie inständig, jegliches Tamtam zu unterlassen.
Marina Pascale blickte ihn scharf an, das, was Sie als Tamtam bezeichnen, nennen wir Polizeiarbeit. In dem Fall muss ich Rücksprache mit meinem Vorgesetzten halten. Oder noch besser, schildern Sie ihm den Fall doch gleich persönlich.
Marina Pascale wählte die Nummer von Dr. Max Grieshofer und hielt Hannes Heide das Diensthändi hin. Der Bürgermeister von Bad Ischl redete um sein Leben und stellte sich schützend vor die Stadt, die als Tourismusort eine Sonderstellung in Oberösterreich einnehme und somit eine Ausnahmebehandlung verdient habe, da die Bürger auf die Einnahmen aus dem Fremdenverkehr angewiesen seien. Doch er biss bei Dr. Max Grieshofer auf Granit. Der Yeti weigerte sich strikt, den Mord zu vertuschen, weil das seiner Meinung nach gar nicht funktionieren könne, da sowieso irgendwann irgendjemand der Presse einen Tipp geben werde.
Mit den Worten, das überlebe ich nicht, gab Hannes Heide Marina Pascale das Händi niedergeschlagen zurück. Er holte ein Pillendöschen aus der Sakkoinnentasche und verleibte sich drei Baldriankapseln ein und machte eine Leidensmiene wie der Heiland, der kurz davor stand ans Kreuz geschlagen zu werden. Da durchzuckte Marina Pascale ein Schreckensblitz: Oskars Eltern warteten auf ihren Besuch! Wahrscheinlich war der Rinderbraten bereits verschmort und das Fleisch zerfallen. Hektisch rief sie Oskar Zauner an und ging zum Telefonieren an die Bar.
-Oskar, sagte sie, Amore, es tut mir so leid, aber wir haben eine Leiche in Bad Ischl, was soll ich bloß tun? Ich kann hier nicht weg. Ihr müsst den Braten ohne mich essen. Bitte grüße deine Eltern recht lieb von mir und sag ihnen, sie möchten mir bitte nicht böse sein, ich habe mich sehr darauf gefreut, sie kennenzulernen.
-*Marina, Marina, Marina*, sang Oskar Zauner, der mittlerweile ganz passabel Italienisch sprach, *ti voglio piu presto sposar*! Aber ich fürchte, dein Beruf wird es verhindern.

-War das eben ein Heiratsantrag? Fragte sie gerührt, Amore, du machst mich fliegen.
-Ich werde allein vor dem Traualtar stehen und dem Pfarrer den Ring anstecken müssen.
-Ich mache es wieder gut, das verspreche ich!
-Da bin ich aber gespannt, sagte Oskar, du solltest dir wirklich etwas Besonderes für meine Eltern einfallen lassen. Ich wünsche noch einen schönen Abend, meinte er mit sarkastischem Unterton, wahrscheinlich müssen sie erst ermordet werden, damit du für sie Zeit hast. Ciao.
Er legte auf. Im Moment konnte sie zur Entschärfung der geplatzten Einladung nichts beitragen, was sie erheblich verstimmte. Marlon Urstöger verstand es, in ihrem Gesicht zu lesen, kam angesprungen und bot ihr – sozusagen als Rettungsanker – ein Zigarillo an. Er gab ihr Feuer und fragte den Wirt, haben Sie *Red Bull*?
-Eh klar, sagte er, Hochprozentiges dazu oder Eiswürfel gefällig?
-Beides, sagte sie, *Red Bull* mit Eis und einem doppelten Gin.
Plötzlich klingelte ein Händi. Marina Pascale sah sich unter den Anwesenden um, aber keiner zog ein Mobiltelefon aus der Tasche. Sie sprang vom Barhocker, stöckelte zur Leiche, fischte das Händi aus der Uniformhose und sagte gespannt, Hallo?
-Falsch verbunden, hörte sie eine junge Frauenstimme sagen, ehe das Gespräch abbrach.
Dem Displäi war zu entnehmen, dass die Anruferin Anna hieß. Michael Krebs und seine Leute hatten sich einen Superlapsus geleistet und das Händi des Toten glatt übersehen. Der Perfektionist Michael Krebs schämte sich zu Tode. Ihm fehlten die Worte. Das Versagen stürzte ihn in einen tiefen Abgrund. Es sollten ganze zwei Stunden vergehen, bis er sich die Schludrigkeit selbst vergeben konnte. Marlon Urstöger warf ihm einen schadenfrohen Seitenblick zu und dachte, endlich hält der aufgeblasene Piefkinese einmal die Klappe. Marina Pascale trank seelenruhig den *Red Bull* Cocktail und

gab die noble Dame. Sie verzichtete auf jeden Kommentar und wandte sich stattdessen an den Bürgermeister und fragte, kennen Sie zufällig eine Anna?
-Zu viele Annas, befürchte ich. Was Ferdis Privatleben betrifft, habe ich keinen Tau, er zuckte bedauernd die Schultern, da fragen Sie am besten seine Eltern. Werden Sie sie informieren?
Marina Pascale nickte, trank, rauchte, wartete. Die Verstärkung aus Linz rückte an. Marlon Urstöger instruierte die Kollegenschaft. Anschließend postierten sich zehn Polizisten an allen Ausgängen. Als die Wohltätigkeitsveranstaltung zu Ende gegangen war, quollen die Gäste aus dem Saal an die Bar, ins Restaurant als auch ins Foyer, wo sich die Garderobe befand. Nicht alle waren mit einer Leibesvisitation einverstanden. Es wurde eine schwierige und lange Prozedur. Zum Leidwesen der Kriminalinspektoren tauchte die Tatwaffe nicht auf. Geier-Harry, der Journalist der *Ischler Woche* witterte eine Sensationsstory und fotografierte wie besessen. Mit etwas Glück konnte er die Bilder an eine Agentur verkaufen und ein Vermögen machen. Geier-Harry bedrängte Hannes Heide so lange, bis der Bürgermeister den versiegelten Mund aufmachte und einen leisen Satz von sich gab.
-Wir haben einen Mord in Bad Ischl.

4.

Seelenverwandtschaft

Um zwei Uhr früh schlummerte Annamirl Plasser tief und fest im spartanischen Eisenbett. Die Schlaftablette zeigte gute Wirkung und es dauerte lange, bis die Hausfrau vom Sturmgeklingel an der Haustür wach wurde. Tapsig knipste sie die Nachttischlampe an und murmelte im Aufstehen verärgert, ich habe dem Franz noch gesagt, er soll den Schlüssel mitnehmen. Aber auf mich hört ja keiner. Oder ist es Ferdi, der ihn vergessen hat?
Annamirl Plasser ließ sich durch die hysterische Klingelei an der Tür nicht aus der Ruhe bringen, schlüpfte bedächtig in Pantoffel und rückte sich die verrutschten Lockenwickler zurecht, ehe sie den wattierten Morgenmantel anzog, auf dem ein üppiges Blumenmuster der Marke: Ich speib mich gleich an – prangte. In ein Brechmittel der Extraklasse gehüllt, schlurfte sie in den Flur und betätigte den Lichtschalter. Sie schaute im Halbschlaf durch den Spion und bekam weder Franz noch Ferdi zu sehen, sondern zwei fremde Gesichter, weshalb sie augenblicklich Verdacht schöpfte und sich fragte, was diese unverschämten Leute um die Uhrzeit wollen könnten? Da sie sehr auf Sicherheit bedacht war und in den Zeitungen oft genug von dreisten Dieben und Einbrechern die Rede war, nahm sie vom Öffnen der Haustür Abstand. Marina Pascale und Marlon Urstöger bemerkten das angehende Licht im Hausflur. Marina Pascale klopfte an die Haustür und sagte, Frau oder Herr Plasser, es ist wichtig. Können wir kurz mit Ihnen reden?
-Um die Uhrzeit ist nur eines wichtig, erwiderte Annamirl Plasser barsch, der Schlaf. Ich traue euch zwei Figuren nicht, ihr wollt mich doch bloß ausrauben. Ihr könnt euch die Mühe sparen. Es ist kein Bargeld im Haus. Gute Nacht.

-Frau Plasser, bitte, nicht so voreilig. Wir sind von der Polizei.
-Den Trick kennt heute jedes Kind. Sobald ich euch aufgemacht habe, haut ihr mir eins über die Birne.
-Hier, Marina Pascale hielt den scheckkartenförmigen Dienstausweis vor den Spion, schauen Sie bitte durch das Guckloch, dahinter können Sie meinen Ausweis sehen.
-Ohne Lesebrille sehe ich gar nichts, sagte Annamirl Plasser, der erste Zweifel kamen, weshalb sie schließlich fragte, worum geht´s denn?
-Um Ferdinand Plasser.
Sie war mit einem Schlag hellwach und fragte mit banger Stimme, ist dem Ferdi etwas zugestoßen?
-Das würden wir Ihnen gerne drinnen sagen.
-Hat er sich einen Rausch angetrunken?
-Bitte, machen Sie auf!
Im Flur hing ein großes Bild von Kaiserin Sissi im feenhaften Kleid mit offenem Haar. An den Küchenwänden befanden sich Fotos und Bilder von Kaiser Franz Josef dem Ersten. Den Bauch des Porzellansalzstreuers am Küchentisch zierte ein schwarzer Doppeladler. Marina Pascale zog die Nase kraus, sie nahm intensiven Veilchengeruch wahr, ein Umstand, der sich als Gesprächsthema anbot, Frau Plasser, tat sie bewundernd kund, in Ihrer Küche duftet es herrlich nach Veilchen.
-Das war Sissis Lieblingsduft, antwortete sie angetan, die Kaiserin liebte Veilchen und aß sie sogar als Dessert. Auch die Farbe der Blumen liebte sie sehr. Mein Mann Franz hat einen Kaisertick und eifert Kaiser Franz Josef dem Ersten nach. Er hält sich sogar weitgehend an den Speiseplan des Kaisers. Nur mit dem Frühaufstehen funktioniert es schlecht und für die Jagd bleibt ihm wenig Zeit. Er behauptet steif und fest, er und der Kaiser seien Seelenverwandte. Glauben Sie mir, auch ich kann Kaiserin Sissi gut verstehen: So ein Ehemann ist kaum auszuhalten! Kein Wunder, dass sie bei jeder Gelegenheit die Flucht ergriffen hat. Wenn ich das nötige

Kleingeld hätte, würde ich auf öfter auf Reisen gehen. Aber mein Mann ist halt ein armer Taxler und kein reicher Kaiser. Und so hocke ich Jahr und Tag in Bad Ischl. Einmal haben wir uns einen Urlaub in Ungarn gegönnt. Sie wissen ja, Kaiser Franz Josef hielt sich auch in Ungarn auf. Das Essen hat nur so geronnen vor Fett, ach und dieser ewige Karpfen und es gab keine Speise ohne Paprika. Nur die Zigeunermusik, die war nett. Vor zwei Jahren wollte mich mein Mann zum Suezkanal schleppen. Aber, da hab´ ich gestreikt, nur weil der Kaiser dort war, wollte ich die Strapaze nicht auf mich nehmen. Dort gibt es nur Kamele und Sand. Mein Mann ist dann mit unserem ältesten Sohn Rudi hingefahren. Dann sind sie wuzelbraun heimgekommen und haben, wie die Wahnsinnigen vom Roten Meer geschwärmt.
Marlon Urstöger trat nervös von einem Bein aufs andere. Marina Pascale hörte mit einer Engelsgeduld zu und bedauerte es tief, der Frau Kummer bereiten zu müssen. Als Annamirl Plasser den Mund schloss, schlug Marina Pascale vor, setzen wir uns doch.
Alle folgten dem Kommando.
-Frau Plasser, kommen wir zur Sache. Sie schluckte, Ihr Sohn Ferdi ist heute im Kongress & Theaterhaus tot aufgefunden worden. Er wurde durch eine Kugel getötet. Wir vermuten aber, dass er Opfer einer fatalen Verwechslung wurde und der Mörder eigentlich Ihren Mann erschießen wollte. Hat Ihr Mann Feinde?
Annamirl Plasser kniff die Augen zusammen und blickte Marina Pascale scharf an. Dann haute sie auf den Tisch, dass der schwarze Doppeladler am Salzstreuer einen Hüpfer machte, sag, was redest du da für einen Stuss daher? Mein Ferdi ist pumperlgesund und putzmunter.
-Ihr Sohn hat doch heute den Kaiser gedoubelt. Er wurde in der Uniform erschossen.
Annamirl Plasser wandte unsicher den Blick ab und starrte mit verschränkten Armen demonstrativ an die Wand.

-Frau Plasser, fuhr Marina Pascale fort, der Tod Ihres Sohnes tut uns unendlich leid. Bitte helfen Sie uns, den Mörder Ihres Sohnes zu finden. Wie ich bereits erwähnt habe, glauben wir, dass es der Täter eigentlich auf Ihren Mann abgesehen hatte. Deshalb wiederhole ich die Frage von vorhin, hat Ihr Mann Feinde?
-Wo ist Ferdi? Fragte Annamirl heiser.
-In der Salzburger Gerichtsmedizin. Er wird obduziert.
-Erschossen? Hast du gesagt?
-Ja, nach unserem derzeitigen Informationsstand wurde Ferdi mit einem einzigen Schuss ins Herz getötet. Natürlich interessiert uns auch, ob Ihr Sohn Feinde hat.
Annamirl Plasser saß wie gelähmt am Sessel. Auf ihrem Gesicht hatte der Schock eine tiefe Spur hinterlassen. Sie schüttelte den Kopf, als könnte die Geste bewirken, wieder zu sich zu kommen, heiser sagte sie, das muss an den vielen Schlaftabletten liegen, dass ich Leute sehe, die es gar nicht gibt und Sachen höre, die niemals stimmen können. Ich rufe jetzt sofort meinen Mann an, er ist der Einzige, der mir in der Not helfen kann.
Marina Pascale hielt der verwirrten Annamirl Plasser das Diensthändi hin.
-Franz, hallo, da ist die Annamirl. Du bist am Rückweg. Gott sei Dank. Ja, komm bitte so schnell als möglich nach Hause. Bei mir sitzen zwei Fremde in der Küche und behaupten, dass unser Ferdi erschossen worden ist. Ich glaube, dass die Halluzination von den vielen Schlaftabletten kommt. Was soll ich tun? Ich soll die beiden angreifen und sehen, ob sie aus Fleisch und Blut sind. Ja, gut. Ich soll die Frau in den Arm zwicken. Au! Hast du's gehört, Franz? Du meinst, eine Halluzination schreit nicht Au. Aha. Du willst mit der Frau sprechen. Moment, ich gebe sie dir. Hier spricht Marina Pascale von der Kripo Linz. Herr Plasser, Ihre Frau hat keine Halluzination. Ihr Sohn Ferdinand – es tut mir leid, dass Sie es am Telefon erfahren müssen – ist heute Abend erschossen worden.

In der Leitung war außer Rauschen nichts zu hören. Marina Pascale gab Franz Plasser Zeit, die Todesnachricht zu erfassen und schwieg taktvoll. Annamirl Plasser verlor die Haltung und saß gekrümmt am Sessel. Sie fiel in sich zusammen, schien regelrecht zu schrumpfen. Obwohl Marlon Urstöger durstig war, verkniff er sich die Bitte um ein Glas Wasser. Er bohrte ungeniert in der Nase und hegte abgrundtiefe Hassgedanken gegen Chantal. Sie hatte ihm falsche Hoffnungen auf ein Zusammenleben gemacht und ihn auf übelste Weise an der Nase herumgeführt. Seid sie ihn schmählich verlassen hatte, spielte sich in seinem Kopf mehrmals täglich eine befriedigende Szene ab: Er, Urstöger – der gnadenlose Rächer – greift zur Pistole und pustet Chantals Ehemann eine Kugel in den Schädel, genau zwischen die Augen, versteht sich.
-Hallo, meldete sich Franz Plasser, Frau Pa...Pasternake, sind Sie noch da? Ich bin kurz vor Gmunden und in einer halben Stunde zu Hause. Bitte warten Sie so lange auf mich.
-Ihr Mann wird bald hier sein, sagte Marina Pascale zu Annamirl Plasser, soll mein Kollege Kaffee kochen?
Bin ich hier das Dienstmädchen, oder was, dachte Marlon Urstöger ärgerlich, andererseits war die Idee mit dem Kaffee alles andere als schlecht, also sprang er auf und machte sich ans Werk. Marina Pascale stellte Annamirl Plasser eine Reihe von Fragen, doch war mit ihr nichts Rechtes anzufangen, sie war mehr oder minder apathisch und antwortete, wenn überhaupt nur sporadisch einsilbig mit Ja oder Nein. Obgleich Marina Pascale Verständnis für den Schock hatte, fand sie es im Hinblick auf die Ermittlungen hinderlich, dass sie vorerst keine hilfreichen Informationen über das Opfer bekam. Anschließend trank sie aus der servierten Tasse Kaffee und stellte fest, dass Marlon Urstöger ein miserabler Kaffeekoch war, er hatte viel zu wenig Kaffeepulver verwendet, weshalb die dunkle Brühe nach Abwaschwasser schmeckte. Annamirl Plasser rührte den Kaffee nicht an. Ist auch besser so, dachte Marina Pascale, sonst bekommt sie gleich den

nächsten Schock. Die Zeiger auf der Küchenuhr rückten langsam vorwärts. Dann fiel Scheinwerferlicht in die Einfahrt des Einfamilienhauses und das sonore Brummen eines Mercedes drang hörbar in die Küche. Die Autotür fiel zu. Die Kriminalinspektoren staunten nicht schlecht, als ein lebendes Abbild des verstorbenen Kaisers Franz Josef I. erschien. Die ebenso erstaunten als auch neugierigen Blicke blieben am weißen Bart hängen. Franz Plasser sieht dem Kaiser tatsächlich täuschend ähnlich, dachte Marlon Urstöger, wogegen Annamirl Plasser Lichtjahre von Kaiserin Sissis eleganter Erscheinung entfernt ist und gerade einmal als k.u.k. Stallknecht durchgehen mochte.
-So, sagte Kaiser Franz bestimmt und richtete einen stahlharten Blick auf Marina Pascale, was soll mit Ferdi passiert sein?
-Wie ich bereits am Telefon erwähnte, sagte sie leicht von oben herab, da ihr der Befehlston gegen den Strich ging, ist Ihr Sohn heute Abend im Kongress & Theaterhaus erschossen worden.
-Wer hat euch den Blödsinn erzählt, schrie Kaiser Franz aufgebracht, wollt ihr mich verarschen?
Dass sich der Vater des Mordopfers wie ein Wilder gebärdete, regte Marlon Urstöger so sehr auf, dass er den Mann an den Unterarmen packte und brüllte, hinsetzen und Gosch'n halten! Hören Sie zu! Ferdinand Plasser befindet sich in der Gerichtsmedizin Salzburg. Sie können Ihren Sohn dort jederzeit besuchen. Wir bedauern, was geschehen ist. Wir werden den Mörder finden. Ich weiß, das ist alles sehr schwer für Sie. Aber, bitte beruhigen Sie sich. Wir stehen hundertprozentig auf Ihrer Seite.
-Ferdi macht nächstes Jahr die Matura, meinte Kaiser Franz gebrochen. Der Bub lernt fleißig. Er wird es weit bringen. Das kann doch nicht wahr sein! Ferdi erschossen. Das gibt's doch nicht, dass uns der Himmelvater derart im Stich lässt. Das will mir nicht in den Schädel. Es hat doch niemand etwas gegen den Ferdi gehabt. Er war bei allen beliebt.

-Wir vermuten, dass es der Mörder eigentlich auf Sie abgesehen hatte. In der Verkleidung war Ferdi leicht mit Ihnen zu verwechseln. Haben Sie Feinde, Herr Plasser?
Kaiser Franz sah Marina Pascale mit großen Augen an, natürlich, er schlug die Handfläche gegen die Stirn, der Ferdi hat für mich den Kopf hinhalten müssen. Das war bestimmt der Taxl-Steff, der krumme Hund! Ich bring ihn eigenhändig um, ich breche ihm mit Wonne das Genick! Der Fallot ist fällig. Und zwar jetzt gleich!
-Geh, Franz, meldete sich, die aus der Apathie erwachte Annamirl zu Wort, es ist lange nach Mitternacht, den Taxl-Steff kannst du auch morgen noch umbringen.
-Herr Plasser, ich muss Sie bitten, schlug Marina Pascale den Amtston an, jegliche Selbstjustiz zu unterlassen. Die Überführung des Täters fällt in den Zuständigkeitsbereich der Kripo. Ziehen Sie keine voreiligen Schlüsse. Möglicherweise hat Ihr Feind mit dem Mord an Ihrem Sohn gar nichts zu tun. Wie heißt der Taxl-Steff mit vollem Namen?
-Stefan Ramskogler, knurrte Kaiser Franz, sobald Sie die Verbrechervisage sehen, werden Sie keine Zweifel mehr an seiner Schuld haben. Der Taxl-Steff geht über Leichen. Er würde alles tun, um das Monopol über das Taxigewerbe in Bad Ischl zu bekommen.
-Sie halten Stefan Ramskogler für fähig aus Geschäftsinteresse einen Mord zu begehen?
-Ja, das sage ich doch die ganze Zeit.
-Das ist eine schwere Anschuldigung, sagte Marina Pascale, der wir selbstverständlich nachgehen werden. Existieren aus Ihrer Sicht noch andere verdächtige Personen?
Dem Kaiser Franz kamen noch zwei andere Leute in den Sinn, aber da er der felsenfesten Überzeugung war, dass der Taxl-Steff hinter dem Mord an seinem Sohn steckte, schüttelte er verneinend den Kopf.

5.

Im Arsch daheim

Der Taxl-Steff saß seit vierundzwanzig Stunden ununterbrochen hinter dem Lenkrad. In den seltenen Fahrpausen sann er über die grenzenlose Gutmütigkeit seine Frau Leni nach. Andere Ehemänner aus dem Bekanntenkreis hatten einen Drachen, Feldwebel oder Besen daheim, aber auf ihn wartete zu Hause ein stets mild gestimmter Engel. Lenis ausgeprägtes Harmoniebedürfnis stellte an sich kein Problem für Steff dar, aber die damit verbundene Freigebigkeit stellte seine Engherzigkeit permanent infrage. Leni war, was wenige wussten, die Tochter eines katholischen Priesters, also ein Kind der verbotenen Fleischeslust, ein Kind der Sünde. Während Lenis Vater noch am Leben war und den Ruhestand genoss – wohnte ihre Mutter bereits bei den Engeln im Paradies. Vergangene Woche hatte Leni eine Reihe von Haushalten in Bad Ischl abgeklappert und um Sachspenden für rumänische Waisenkinder gebeten. Eine Box der Doppelgarage war bis obenhin mit Kleidern und Spielsachen voll. Da Leni sparsam lebte, tat sich Steff schwer, seiner Frau Vorwürfe zu machen. Selbst, wenn er wütend wurde, entglitt ihr nie ein böses Wort. Die Nachbarn mochten Leni, fanden aber, dass ihr Engagement für die Armen zu weit ging, und nannten sie deshalb abfällig die Samariterin. Manchmal wünschte sich Steff eine Furie zur Frau. Eine, die schimpfend mit der Bratpfanne auf ihn losging und ihn erbarmungslos grün und blau schlug. Leni besaß keinen Funken Temperament. Leni war die Duldsamkeit in Person. Als Steff einmal in volltrunkenem Zustand die Hand ausgerutscht war, richtete Leni die Augen zum Himmel und murmelte, Herr, bitte, vergib ihm.
Steff und Leni hatten zwei bildhübsche, blonde Töchter, die achtjährige Helene und die sechsjährige Auguste. Beide gerieten der Mutter nach und schlichen als lebendige Heiligen-

bilder durch die Kindheit. Viele Bekannte beneideten das Ehepaar Ramskogler um die braven Kinder, die auf der Straße jedermann freundlich grüßten, nie Streiche ausheckten, kein einziges Mal frech waren, ja, noch nicht einmal unfrisiert zur Schule kamen – also alles in allem – ultrapflegeleicht waren. Rein rechnerisch musste sich jedoch bei so viel geballter Mustergültigkeit ein Ungleichgewicht zwischen Gut und Böse einstellen. Steff übernahm den Part des Bösewichts und sorgte für die nötige Balance im Engel lastigen Familiengefüge. Naturgemäß spürt der Teufel in der Gesellschaft von Engeln das Zerstörerische seines Wesens umso stärker. Steff nannte Leni abwechselnd Weihwasserfunzen, fette Blunzen oder scheinheiliges Pfaffenbankert und kassierte dafür jedes Mal ein nachsichtiges Lächeln, als hätte er in Wahrheit Liebling, Schatz oder Herzkäfer zu ihr gesagt. In letzter Zeit spitzte sich die Lage immer weiter zu. Steff wollte Leni partout aus der Reserve locken, wünschte sich ingrimmig, sie einmal zum Ausrasten zu bringen, und ließ keine Provokation aus, um dem Engel die Maske der Gelassenheit herunterzureißen. Als er über Funk vom Mord an Ferdinand Plasser erfuhr, durchzuckte Steff ein Geistesblitz: Von nun an würde er Leni über die Kinder provozieren, die Töchter beschimpfen und ihnen das Leben zur Hölle machen. Dann wollen wir doch einmal sehen, dachte er hämisch, ob die große Einsteckerin Leni bei der miesen Behandlung ihrer Kinder nicht doch noch aus dem Gleis der Fadesse springt! Steff rieb sich maliziös die Hände und sagte halblaut, ab jetzt sind bei mir alle im Arsch daheim!

Leni Ramskogler befand sich in einem Secondhandladen in Salzburg und verkaufte dort Kinderkleidung, die sie heimlich aus der jüngsten Kollekte abgezweigt hatte. Sie trug eine dunkle Sonnenbrille, um inkognito zu bleiben. Sollte sie zufällig einem Bekannten begegnen, nahm sie sich vor, zu behaupten, die gespendeten Kleider in Bargeld umzuwandeln, das neben den Sachspenden den Waisenkindern in Rumänien zugutekäme. Weil ihr Mann in jüngster Zeit zusehends unausstehlicher und feindseliger geworden war, bemühte sie sich, möglichst viel Geld zur Seite zu schaffen. Leni vermutete Schizophrenie hinter Steffs aggressiver Handlungsweise. Sollte er früher oder später in eine Anstalt eingewiesen werden, würden die Kinder und sie ohne Mittel dastehen. Leni sah ein schweres Schicksal herauf dämmern. Bis zu seiner bitteren Erfüllung achtete sie darauf, ihren Mann mild und nachsichtig zu behandeln, wie es bei einem Geisteskranken angemessen war.

Als Leni am späten Vormittag von Salzburg nach Bad Ischl kam, stand ein Polizeiauto mit Linzer Kennzeichen vor dem Garten, in dem der Rasen dringend wieder gemäht werden musste. Lenis erster Gedanke war, dass Steff einem schizophrenen Anfall erlegen war und irgendjemand angepöbelt oder verprügelt haben mochte. Besorgt stieg sie aus dem alten VW-Golf und betrat unsicher ihr Heim, ein Allerweltshaus, ein günstiger Restposten einer in den Konkurs geschlitterten Fertighausfirma, das weder schön noch hässlich zu nennen war. Leni war überrascht, eine sympathisch wirkende, südländisch aussehende Frau im Ikea Wohnzimmer anzutreffen. Die mollige Frau unterhielt sich angeregt mit Steff, stand auf und stellte sich als Marina Pascale von der Kripo vor. Leni drückte ihr schüchtern die Hand und setzte sich ebenfalls. Steff tötete Leni mit bösen Blicken. Aber Leni ignorierte die Mordversuche und dachte sanft lächelnd, dass ihn die Schizophrenie schwer am Wickel hatte und es mit ihm noch einmal ein böses Ende nehmen werde. Als die dunkelhaarige Frau von der Kripo die Unterhaltung fortsetzte und Leni zu hören bekam, dass Ferdinand Plasser erschossen worden war, zog es ihr eine Gänsehaut auf. War es schon so weit mit Steff gekommen? Stand bei ihm die Schizophrenie bereits in Vollblüte? Tatsache war, dass die Anfälle in immer kürzeren Schüben auftraten. Offenbar gab es keine Rettung mehr für ihn. Marina Pascale verfügte über eine scharfe Beobachtungsgabe und bemerkte, dass Leni Ramskogler bei der Frage nach dem Alibi ihres Mannes leichenblass geworden

war. Ihrem durch Menschenkenntnis und Erfahrung geschulten Auge entging selten eine Unsicherheit. Frau Ramskogler saß mit zusammengepressten Knien da und knetete verlegen die Hände auf dem Schoß, als sie mit heller Stimme erwiderte, mein Mann ist Taxi gefahren, wie immer. Am Kaisergeburtstag hat er besonders viel zu tun gehabt. Die Kunden haben ihm die Autotür eingetreten. Er ist erst um sechs Uhr früh nach Hause gekommen. Das weiß ich genau, weil der Pfau vom Binderbauer gegenüber, jeden Morgen pünktlich um sechs schreit. Hermann ist ein verlässlicher Wecker.
Hermann, wunderte sich Marina Pascale im Stillen, was für ein merkwürdiger Name für einen Pfau und sagte, danke. Frau Ramskogler, mir ist zu Ohren gekommen, dass Ihr Mann in, wie soll ich es am besten ausdrücken, in starker Konkurrenz zum Vater des Opfers zu Franz Plasser steht. Möchten Sie sich dazu äußern?
Leni knetete unentwegt die Hände am Schoß und antwortete ausweichend, wie könnte ich? Mein Mann erzählt wenig von seiner Arbeit. Darüber weiß ich nichts.
-Und Sie, Herr Ramskogler, wandte sie sich fordernd an den Tatverdächtigen, können Sie mir diesbezüglich auf die Sprünge helfen?
-Na ja, der Steff rieb die Faust an der Stirn, der Plasser meint, dass das ganze Taxigeschäft von Bad Ischl automatisch ihm gehört, und führt sich auf wie ein Platzhirsch. Aber ohne mich! Freiwillig stelle ich mich nicht in die zweite Reihe. Die Kunden reichen für uns beide, aber der Plasser sieht das anders und versucht, mich mit allen möglichen Tricks vom Platz zu ekeln. Also, um es auf den Punkt zu bringen, der Plasser und ich stehen auf Kriegsfuß. Aber seinem Sohn habe ich gewiss nichts zuleide getan.
-Besitzen Sie eine Schusswaffe?
-Nein, log Steff, so was Gefährliches kommt mir nicht ins Haus.

-Haben Sie zufällig eine Idee, wer an Ferdinand Plassers Tod beziehungsweise am Tod seines Vaters Interesse gehabt haben könnte?
-Ehrlich nicht, Steff zuckte die Schultern, da fällt mir keiner ein.

Der Pfau Hermann ließ am gegenüberliegenden Bauernhof einen durchdringenden Schrei los. Marina Pascale nahm sich vor, eine Hausdurchsuchung beim Ehepaar Ramskogler zu veranlassen. Sie verabschiedete sich und stöckelte schnurstracks zum gegenüberliegenden Bauernhof.

-Was will die Kieberin beim alten Binder, fragte sich der aus dem Fenster schauende Steff laut, ich glaube, der Krauter hat sich, seit dem Tod seiner Frau nicht mehr gewaschen. Das ist mindestens fünf Jahre her.

Dann rief er seine Tochter Auguste und verpasste ihr aus heiterem Himmel eine schallende Ohrfeige, worauf das Mädchen in Tränen ausbrach.

-Was fällt dir ein, ging Leni auf und stellte sich schützend vor das weinende Mädchen, bist du jetzt vollkommen verrückt geworden?

Na also, dachte Steff hämisch, es geht doch. Die Aktion hat´s voll gebracht. Leni ist sogar laut geworden!

Marina Pascale stöckelte im eleganten Streifenkostüm, wie eine mächtige Königin auf den Bauernhof, der von einer Aura der Verwahrlosung umgeben war. Zweifellos hatte das Anwesen schon bessere Tage gesehen. Als der Pfau Hermann abermals einen durchdringenden Schrei losließ, zuckte sie kurz zusammen. Offenkundig erfüllt der Pfau auch die Rolle des Wachhundes, dachte sie, Hermann scheint ein Universalgenie zu sein. Mit der Vermutung lag sie nahe bei der Wahrheit, denn Hermann konnte ungebetene Besucher nicht ausstehen. Der überzeugte Einzelgänger duldete nur den Bauern neben sich, Fremde litt er grundsätzlich nicht – und kam ihm jemand zu nahe, ging er mit dem Schnabel gegen den Eindringling vor. Marina Pascale bewegte sich in Richtung Pfauenschrei. Die Tür zum Kuhstall stand sperrangelweit of-

fen. Unter den Dachvorsprüngen nisteten Schwalben. An den Fensterkreuzen nagte der Rost. Seitlich des zweistöckigen Wohnhauses befand sich ein großzügiger Zwinger aus Maschendraht: *Hermanns Home*. Als sie auf den prachtvollen Pfau zustöckelte, kreuzte der Binder Bauer ihren Weg. Er hatte eine Mistgabel geschultert und trug dreckige Gummistiefel. Das fadenscheinige Hemd und die speckige Hose waren an vielen Stellen löchrig. Sein weißer Bart war verfilzt und hing flechtenartig auf die Brust. Als er den Mund aufmachte, schlug ihr fauliger Atem entgegen.
-Bist du vom Tierschutz, fragte er gelassen, hat wieder jemand bei der Bezirkshauptmannschaft angerufen und sich wegen Hermann beschwert? Hermann schreit aus Spaß an der Freude. Er ist ein lebenslustiger Kerl. Ich halte meinen Hermann anständig. Jeden Abend darf er eine Stunde frei herumrennen. Er kriegt nur das beste Futter. Für meinen Hermann ist mir nichts zu teuer. Hermann war der erklärte Liebling meiner verstorbenen Frau. Hat mich die alte Fuchshoferin wieder wegen Tierquälerei angezeigt? Die spinnt doch, die Alte. Hat sie wieder behauptet, ich würde meinen Hermann an der Kette halten?
-Das ist ein Missverständnis, klärte sie den Binderbauer auf, ich komme nicht von der Bezirkshauptmannschaft, sondern von der Polizei.
-Scheiß mich an, entfuhr es ihm vor Überraschung, du bist von der Kieberei? Geh, das kauf ich dir nicht ab. Dafür wirkst du viel zu sympathisch. Die Kieberer haben doch alle Arschgesichter. Du schaust so fröhlich und vornehm aus, wie eine italienische Sängerin oder Schauspielerin. Ehrlich, er zwinkerte ihr schelmisch zu, es geht mich ja nichts an, aber, dass so eine fesche Frau bei der Polizei arbeitet, das ist pure Vergeudung. Für den Deppenverein, er schüttelte mitleidig den struppigen Kopf, bist du doch viel zu schade.
Marina Pascale schmunzelte breit, obwohl ihr die rasselnden Ausdünstungen des Bauern scharf in die Nase stachen. Es war nur den ausgesprochen robusten Magennerven zu ver-

danken, dass sie nicht augenblicklich in Ohnmacht fiel. Der ranzige Gestank nahm ihr den Atem.

-Magst ein Schnapserl, bot der Binderbauer an, dann komm mit in die Stube. Mein Hermann, bemerkte er im Gehen, hat dir gefallen, mm? Eigentlich gehört er in einen noblen Schlosspark, dort würde seine Schönheit noch besser zur Geltung kommen. Aber ich habe meiner Frau am Totenbett versprochen für ihn zu sorgen und ich halte immer Wort. Aus welchem Grund besuchst du mich? Ich hab' mir nie etwas zuschulden kommen lassen.

-Herr Binder, mich führt ein trauriger Anlass her. Gestern wurde Ferdinand Plasser, der Sohn des Taxiunternehmers Franz Plasser erschossen. Im Zusammenhang mit dem Mord interessiert mich, ob Sie gestern Ihren Nachbarn Stefan Ramskogler kommen oder wegfahren gesehen haben. Er ist ein wichtiger Zeuge und ich muss seine Angaben überprüfen.

-Es geht um den Taxl-Steff, so, so, aha, der Binderbauer seufzte, ja, was soll ich über den eingefleischten Neidhammel sagen? Es schert mich einen Dreck, um welche Uhrzeit er nach Hause kommt. Sobald ich ihm auf der Straße begegne, schaue ich weg. Leni ist eine brave Frau. Aber er behandelt sie schlecht, ich höre ihn oft mit ihr schreien und schimpfen. Den Kaiser Franz mag er nicht, das ist stadtbekannt. Aber, warum sollte er seinen Buben den Ferdi umbringen? Der Taxl-Steff ist ein nervöser Typ. Er zittert viel zu stark, ich kann mir schlecht vorstellen, dass er mit der unsicheren Hand überhaupt ein Ziel trifft.

-Wir glauben, dass Ferdinand Plasser Opfer einer Verwechslung wurde und es der Täter auf seinen Vater abgesehen hat. Zum Zeitpunkt des Mordes war Ferdinand Plasser als Kaiser verkleidet.

-Öha, jetzt wird's interessant! Der alte Plasser soll eine halbe Million Euro auf der Seite haben, munkelt man. Als er noch jung war, hat er für die Saudis Whiskey geschmuggelt. Nach ein paar Jahren bei den Ölscheichen war er saniert. Er ist in die Heimat zurückgekehrt und hat das Taxiunternehmen gegründet. Vielleicht hat er einen Komplizen übervorteilt und der hat noch eine alte Rechnung offen?

In der unordentlichen Küche stank es nach angebrannter Milch. Grün schillernde Schmeißfliegen surrten durch den Raum. Eine verwelkte Geranie starb am Fensterbrett vor sich hin. An den Scheiben klebte massig Fliegenscheiße. Der Holzfußboden war mit Flecken, Papierfitzelchen, Spänen, toten Insekten, Bierkapseln und Korken übersät. Der Esstisch war mit alten, vergilbten, bekleckerten Zeitungen belegt. In der Ecke hing ein schlichtes, herrgottsloses Kruzifix, das von einer grauen Staubschicht und mehreren Spinnweben bedeckt war.

-Soll ich Musik machen, erkundigte sich der Binder Bauer und fummelte mit den verdreckten Fingern an einem altmodischen Kofferradio herum. *Resi, i hol di mit'm Traktor ab. Resi, i hol di mit'm Traktor ab. Hörst mi net kumma? Hörst mi net brumma? Maderl, hast für mi Zeit?* Schallte es aus dem Kasten.

Wenn ich die Resi wäre, dachte Marina Pascale, dann liefe ich schnell davon ...

-Zünftig, gell, lobte der Binder Bauer die Musik, drehen wir schnell einen? Ich wette, du kannst gut tanzen!

-Nicht im Dienst, lehnte sie die Aufforderung ab, was wissen Sie sonst noch über Franz Plasser? Hat er Liebschaften oder frönt er dem Glücksspiel?

-Mit deiner Bohrerei machst du jedem Zahnarzt Konkurrenz! Ich bin die meiste Zeit auf dem Hof daheim. Das Privatleben anderer Leute interessiert mich einen Feuchten. Du bist eine fesche Katz! Bei den dunklen Augen werden alle schwach. Du gefällst mir. Weil du's bist! Neulich habe ich vom Viehdoktor ein Gerücht aufgeschnappt. Mir ist nämlich ein neugeborenes Kalb gestorben. Erstickt. Der Viehdoktor ist vorher beim zuckerkranken Hund vom Schotterbaron Zacherl gewesen. Der Depp gibt dem Hund dauernd Schokolade zum Fressen. Die Frau vom Zacherl, die Berta soll dem Kaiser Franz schöne Augen machen und ständig um ihn herum-

scharwenzeln und das ärgert den Zacherl mordsmächtig. Sogar in den Wirtshäusern ziehen sie ihn damit auf. Doch ich meine, der Zacherl braucht sich keine Sorgen machen, die Berta hat wenig Chancen, weil der Kaiser Franz seit seiner Heirat mit der Annamirl nie etwas mit einer anderen gehabt hat. Früher war das freilich anders, da hat er sich an seinem großen Vorbild Kaiser Franz Josef I. orientiert und nichts anbrennen lassen. Jung müsste man noch einmal sein! Früher ist er gestanden wie ein Baum! Und heute braucht man für die tropfende Prostata Windeln. Haha, Prostata ist das richtige Stichwort, der Binderbauer entstöpselte mit den karieszerfressenen Zähnen eine Zweiliterflasche und schenkte in Stamperlgläser ein.
-Jetzt trinken wir einen Zwetschgenschnaps. Prost, schöne Frau! Du sollst immer so fesch bleiben!
Der Zwetschgenschnaps brannte wie Feuer im Rachen. Wahrscheinlich selbst gebrannt vermutete Marina Pascale, hoffentlich werde ich davon nicht blind. *Resi, i hol di mit'm Traktor ab, Resi, i hol di mit'm Traktor ab, Resi mit dem mach ich niemals net schlapp. Und dann spui i Mundharmonika, denn romantisch bin i ja a...* Und von der Musik, dachte sie genervt, fallen einem vor Entsetzen die Ohrwascheln ab.
-Danke, Herr Binder, Sie waren sehr freundlich, sagte sie zum Abschied, passen Sie gut auf den schönen Hermann auf!
-Der Pfau überlebt mich sicher. Schade, dass du schon gehst. Pfüati dann! Lass dir von den Kieberern nicht unter den Rock greifen!

6.

Die Hühnerleiter

Marco stand im Streifenpyjama in der gelben Nullachtfünfzehn-Küche und blickte verschlafen in den offenen Kühlschrank. Er nahm eine Flasche Orangensaft heraus, schraubte den Deckel ab und setzte zum Trinken an. Dann spie er das sauer gewordene Getränk fontänenartig aus und schüttelte sich vor Ekel.
-Scheiße, schimpfte er, das Leben ist kurz und beschissen, wie eine Hühnerleiter.
-Caro figlio mio, wies ihn Marina Pascale zurecht, es kommt ganz darauf an, was man aus dem Leben macht. Versteht man die Kunst, es angenehm zu gestalten, wird es leicht und heiter wie eine Wendeltreppe.
-Das musst gerade du sagen, du mit deinem Scheiß Job bei der Polizei, konterte Marco ungewöhnlich scharf, ich will verdammt sein, sollte ich jemals so enden wie du! Den Termin beim Seelenklempner kannst du gleich absagen. Wer bin ich denn, dass ich mich vorführen lasse, wie ein verhaltensgestörtes Stück Vieh?
-Marco, brüllte Marina Pascale wütend, zieh dich auf der Stelle an! Du kommst mit, selbst, wenn ich dich an den schwarzen Locken hinschleifen muss! Es hat mich viel Mühe und Zeit gekostet, den richtigen Psychologen zu finden. Ich dulde keinen Widerspruch!
Schmollend wölbte Marco die vollen Lippen. Er kannte seine Mutter genau und wusste, dass es im Moment kein Entkommen gab. Folglich fügte er sich ins Unausbleibliche und schlurfte mit hängenden Schultern in sein Zimmer. Vor Entrüstung zitternd, klammerte sich Marina Pascale an den Rand des Abwaschbeckens. Vorhin hätte sie beinahe die Fassung verloren und Marco ins Gesicht geschlagen. Die Nerven führten ein Eigenleben und scherten sich einen Dreck um die

Folgen unbeherrschten Handelns. Nach einigen Sekunden hatte sie sich wieder gefangen. Verdrossen blickte sie sich in der gelben Nullachtfünfzehn-Küche um und dachte, noch diese Woche rufe ich den Tischler an, dieser Albtraum von einer Küche gehört schleunigst auf den Müll. Die fürsorglich veranlagte Verwaltungsbeamtin Guggi Hager hätte vermutlich über die scheußliche Küche gesagt, sie sei Feng-Shui-mäßig total unter dem Hund. Doch das eigentliche Problem war nicht die Küche, dessen war sich Marina Pascale bewusst, sondern ihr Sohn Marco. Er fand kein Ziel im Leben und ließ sich sorglos treiben. Nur Spielautomaten zogen ihn magisch an.

In der Tiefgarage des Plattenbaus sprang der schlammfarbene Opel Corsa auf Anhieb an. Marco saß schweigend am Beifahrersitz und stank als wäre er in ein Parfumfass gefallen. In der Fabrikstraße erwischte sie den falschen Gang, worauf das Fahrzeug vorwurfsvoll grummelte. Die schicke Gucci-Sonnenbrille schützte Marina Pascale vor dem grellen Licht. Man müsste einen Herzpanzer haben, dachte sie, der einen vor Verletzungen schützt. Diese Erfindung fände bestimmt reißenden Absatz. Als sie durch Urfahr in Richtung Mühlviertel kutschierten, räusperte sich Marco kurz, schwieg aber ansonsten auf der aufwärts führenden Strecke nach Bad Leonfelden hartnäckig. Der Wohnort des ausgewählten Psychologen lag denkbar ungünstig. Doch dem Mann eilte der Ruf voraus, auf dem Therapiegebiet der Spielsucht und Kleptomanie wahre Wunder zu vollbringen. Und Marina Pascale ersehnte ein solches! Ein Wunder, das war es, was sie wirklich brauchte! Marco benötigte einen kräftigen Schubs, um auf den richtigen Weg zu kommen. Allein stand sie diesbezüglich auf verlorenem Posten. Sämtliche Anstrengungen hatten nichts gefruchtet. Ermahnungen schlug er prinzipiell in den Wind. Nun existierte neue Hoffnung. Auf der Höhe der Ortstafel von Bad Leonfelden gab Marco die Verstocktheit auf und fragte neugierig, wie ist dein neuer Fall, Mama?

-Tragisch, wie jeder Mord. Ein junger Mann hat Kaiser Franz Josef gedoubelt und wurde kaltblütig erschossen. Wir gehen davon aus, dass der Mörder eigentlich seinen Vater töten wollte und der Sohn Opfer einer Verwechslung wurde. Sein Name ist Ferdinand.
-Dann war es ein Serbe, meinte Marco, eh klar. Serbien muss sterbien.
-Sehr witzig! Ich wünschte, du würdest deine eigenen Angelegenheiten mit ebenso viel Humor betrachten. Bitte, Marco, sie fiel in einen flehenden Ton, reiß dich zusammen. Gib dem Psychologen eine Chance. Du wirst sehen, er ist schwer in Ordnung.
-Ein Mann mit dem perversen Namen ist garantiert null Komma gar nicht in Ordnung, widersprach Marco mit dem Brustton der Überzeugung, Doktor Katzenbeißer, allein vom Aussprechen des Namens kriegt man Durchfall.
-Der Name tut nichts zur Sache. Ich bitte dich, sei etwas weniger oberflächlich! Ich habe es mir, weiß Gott nicht leicht gemacht. Der Mann kann was! Du wirst sehen. In ein paar Wochen geht es dir besser.
-Wer sagt denn, dass es mir schlecht geht, brauste Marco auf, ich will bloß kein Zahnrad im Erfolgsgetriebe unserer konsumgeilen Gesellschaft werden. Das ist alles.
-Dio mio, das klingt total pathetisch! Aber irgendetwas musst du doch mit deinem Leben anfangen. Der Psychologe wird herausfinden, auf welchen Gebieten du talentiert bist. Spielautomaten füttern, ist auf Dauer keine Lösung.
-Das weiß ich selbst. Ich bin eben ein Multitalent. Das macht es ja so schwierig. Ich werde in viele Richtungen gezogen.
Marina Pascale hielt seufzend am Marktplatz von Bad Leonfelden und stellte den Motor ab. Die bunt gestrichenen Bürgerhäuser wirkten einladend und heimelig. Am Marktbrunnen standen Jugendliche und unterhielten sich angeregt. Auf den Gesichtern der Passanten spiegelte sich Freude über den prachtvollen Sommertag wider.

-Wenn ich schon zum Schafott muss, sagte Marco bestimmt, gehe ich allein hin. Mama, dort drüben ist ein Caféhaus, warte dort bitte auf mich.
-Einverstanden, sagte sie, obwohl es ihr widerstrebte, den Sohn allein gehen zu lassen, womöglich schlug er einen Haken und machte sich im letzten Moment aus dem Staub. Der Psychologe hat die Praxis in dem grünen Haus dort. Ich erwarte dich im Café. Viel Glück, bambino.
Marina Pascale beobachtete Marco, bis er hinter der besagten Haustür verschwunden war, und stöckelte dann zum Gastgarten und ließ sich auf einer bequemen Sitzbank nieder. Beim Löffeln eines Eiskaffees wanderten ihre Gedanken zum aktuellen Mordfall. Der gezielte Schuss in das Herz des Opfers ließ auf eine geplante Tat schließen. Bei dem Mord handelte es sich um keine Affekthandlung. Vielleicht hatte der Vater des Opfers eine Leiche im Keller? Seine Vergangenheit musste durchleuchtet werden. Whiskeyschmuggel in Saudi-Arabien. Das klang abstrus. Fest stand auch, dass der Taxiunternehmer Stefan Ramskogler ein unangenehmer Zeitgenosse war. Der Mann strahlte Unruhe aus und wirkte abweisend, wie ein monströser Igel. Seine Frau hatte sehr schuldbewusst ausgesehen. Das einsetzende Vogelgezwitscher des Privathändis unterbrach den Gedankengang. Es war Marco.
-Mama, bitte komm sofort her und sieh dir diesen Doktor Katzenbeißer an, verlangte er aufgeregt, der Mann hat nicht alle Tassen im Schrank!
Marina Pascale atmete geräuschvoll aus und legte die Zeche auf den Tisch und stöckelte über die den Marktplatz durchschneidende Hauptstraße. Die Praxis des Psychologen lag im Parterre. Die Tür stand offen. Das schlichte Wartezimmer war leer. Marco saß im Behandlungszimmer kerzengerade auf einem grünen Ohrensessel und richtete den Zeigefinger auf die Zimmerecke. Dort stand Doktor Katzenbeißer kopf. Der Psychologe stemmte die Jesuslatschen gegen die Wand. Die Hosenbeine der ausgewaschenen Jeans waren bis zu den Knien hinuntergerutscht. Das glutrote Gesicht bildete einen

Farbkontrast zum grünen Filzfußboden. Im herabfallenden grauen langen Haar steckten eine rote und eine grüne Feder. Marina Pascale musterte Dr. Katzenbeißer aufmerksam. Ging man nach der langen Mähne und den Jeans, war der Psychologe ein in den Sechzigern stehen gebliebener Althippie. Nach einer Weile geruhte Dr. Katzenbeißer den Kopfstand aufzugeben und äußerte im Stehen selbstzufrieden, nun läuft das Hirn wieder wie geschmiert, anschließend klatschte er tatendurstig in die Hände und fragte Marco, na, du Hübscherich, wo drückt dich der Schuh?
Marina Pascale fixierte den Hinterkopf des Psychologen, wo sich eine rote und eine grüne Feder überkreuzten. Das Bild erinnerte an einen Sioux-Indianer aus einem Wildwestfilm. Marco bedachte Dr. Katzenbeißer mit einem kritischen Blick, ehe er frech erwiderte, na, Häuptling Sitting Bull, war die Büffeljagd erfolgreich?
-Eins zu null für dich, jubelte der Psychologe, wie ich sehe, bist du nicht nur hübsch, sondern auch schlagfertig. Gut, das ist gut, er wippte im Stehen auf und ab, deine Mutter hat am Telefon, übrigens guten Tag Frau Pascale, Sie ziehen sich jetzt besser zurück, am Telefon angedeutet, dass du deine Zeit gerne in Spielhallen verbringst, erzähl doch einmal ...
Marina Pascale schloss die Tür von außen und stöckelte nachdenklich in den Gastgarten zurück. Für ihren Geschmack war der Psychologe eindeutig zu leger. Sie bestellte einen doppelten Espresso und rief bei der Staatsanwaltschaft um einen Durchsuchungsbefehl für das Haus von Stefan Ramskogler an. Als sie die fixe Zusage erhalten hatte, rief sie mit klopfendem Herzen bei Oskar Zauner in Hallstatt an. Die Sprechstundenhilfe erklärte kühl, der Herr Doktor mache gerade einen Hausbesuch und käme erst am Spätnachmittag wieder in die Praxis zurück und erkundigte sich zum Schluss halbherzig, ob sie dem Herrn Doktor etwas ausrichten könne. Marina Pascale lehnte ab und legte enttäuscht auf. Hatte sich Oskar eben verleugnen lassen? Für gewöhnlich befand er sich vormittags immer in der Praxis. Wahrscheinlich war er

ihr böse, weil seine Eltern am Vortag vergeblich auf ihren Besuch gewartet hatten, was sie ihm schlecht verdenken konnte. Aber ihr waren die Hände gebunden gewesen. Der Mord am Kaiserdouble hatte die privaten Pläne auf Eis gelegt. Während sie fieberhaft überlegte, in welcher Form sich die geplatzte Einladung wiedergutmachen ließe, meldete sich Marlon Urstöger, der sich in Bad Ischl bezüglich des mittlerweile publik gewordenen Mordes umgehört hatte und nun der Vorgesetzten Bericht erstattete. Im geschockten Kaiserstädtchen waren eine Menge Gerüchte über den mutmaßlichen Täter im Umlauf. Als Verdächtiger Nummer eins galt eindeutig der Taxiunternehmer Stefan Ramskogler. Daneben schnappte Marlon Urstöger aber noch den einen oder anderen Namen auf. Marina Pascale hörte gebannt zu und bedankte sich für die Information. Ein Spatz landete am Tisch und pickte Zuckerkristalle vom Tischtuch. Die Jugendlichen beim Marktbrunnen lachten laut auf. Marina Pascale nahm die *Oberösterreichischen Nachrichten* zur Hand und las unter anderem den Artikel über den Kaisermord in Bad Ischl. Er war recht vage gehalten und verriet natürlich keine Details. Das nichtssagende Journalistenblabla langweilte sie und sie legte die Tageszeitung wieder beiseite.

Marco kam angetrottet und setzte sich lächelnd an den Tisch. Das ist ein gutes Zeichen, dachte Marina Pascale, er wirkt gelöst.
-Zur Feier des Tages, kündigte Marco strahlend an, bestelle ich uns Sekt. Doktor Katzenbeißer ist der coolste Typ zwischen Lappland und Südafrika. Nächste Woche hält er die Therapiestunde in einem Linzer Privatkasino ab.
Marina Pascale öffnete unwillkürlich den Mund und starrte Marco aus großen Augen befremdet an, als sei er soeben aus einem Raumschiff gestiegen.
-Dann zocken wir uns einen Ordentlichen ab, fuhr Marco enthusiastisch fort, Katzenbeißer ist eine Wucht. Für sein Alter ist der Knacker echt gut drauf. Mit dem kann sogar ich!

Marina Pascale nickte stumm, nahm sich aber vor, den Psychologen wegen des geplanten Kasinobesuches telefonisch zur Rede zu stellen. Nachdem beide den Sekt ausgetrunken hatten, fuhren sie nach Linz zurück.

Marina Pascale fuhr im Landespolizeikommando mit dem Lift in den elften Stock und betrat das Gemeinschaftsbüro des Kriminalreferates in heiterer Stimmung. Als sie es leer vorfand, runzelte sie jedoch konsterniert die Stirn und fragte sich verwundert, wo die Kollegen abgeblieben waren. Sie setzte sich an den Schreibtisch und rief bei der Spurensicherung an. Doch niemand ging ans Telefon.

Nach zehn Minuten rauschte die Verwaltungsbeamtin Guggi Hager zur Tür herein, Marina, gut, dass du da bist, sagte sie aufgeregt, wir hatten gerade eine Versammlung wegen des dreißigjährigen Dienstjubiläums des Yetis. Es gibt eine große Feier in unserem Versammlungssaal. Aber wir konnten uns über das Geschenk nicht einigen. Ich bin jedenfalls für ein Flyke! Das ist ein Fahrrad, das fliegen kann! Stell dir das einmal vor! Ist das nicht fantastisch?! Der Yeti wird vor Freude ausflippen. So ein Wundergerät kostet halt einen Haufen Geld. Die anderen wollen dem Yeti einen Geschenkkorb überreichen. Das ist doch absolut fantasielos! Einen Geschenkkorb, kreischte Guggi Hager empört, das ist doch wohl das Letzte! Marina, flehte sie, du musst den Kollegen klar machen, dass der Yeti nicht der Typ für einen Geschenkkorb ist. Bitte, mach dich für das Flyke stark! Das willst du doch tun, oder?

Marina Pascale blickte in die Hilfe suchenden Rehaugen von Guggi Hager und erwiderte, Dr. Max Grieshofer ist ein sehr sportlicher Mann, ein Geschenkkorb käme einer Beleidigung gleich. Ich werde den Kollegen ins Gewissen reden und dafür sorgen, dass sie die Geldbörsen aufmachen. Du trommelst sie zusammen, okay?

-Danke, danke, meinte Guggi Hager erleichtert, du bist die beste Chefin der Welt!

-Wo ist Thomas Breitenfellner? Fragte Marina Pascale scharf.
-Der Geselchte hat nur noch den Schönheitswettbewerb in Kopf, antwortete Guggi Hager mitleidig lächelnd, er bereitete sich auf die Wahl des *Mister Linz* vor.
-Ich kann mich nicht erinnern, ihm Urlaub gegeben zu haben, ärgerte sich Marina Pascale, was fällt dem Kerl ein, einfach unerlaubt vom Dienst weg zu bleiben?! Ist er jetzt völlig übergeschnappt?!
-Erstens ist der Geselchte strohdumm und zweitens hat er die Manieren eines Superprolos. Ich habe seine Privatnummer. Soll ich ihm Feuer unter dem Hintern machen?
-Tu das, ordnete Marina Pascale an, und bestell ihm, er soll auf schnellstem Weg herkommen, sonst ist er die längste Zeit Polizist gewesen!
Während Guggi Hager den Geselchten zusammenstauchte, bekam Marina Pascale einen Anruf von der Salzburger Gerichtsmedizin. Die Pathologin Leonilla Grampelhuber flirtete regelrecht mit der Kriminalinspektorin und setzte alles daran, Marina Pascale zu einem Besuch zu bewegen und erklärte, sie habe bei der Obduktion der Leiche etwas Interessantes gefunden. Danach erteilte Marina Pascale Marlon Urstöger den Auftrag, das Haus des Taxiunternehmers Stefan Ramskogler auf den Kopf zu stellen.

7.

Rache

Die Familie des Ermordeten saß schweigend im Wohnzimmer beisammen. Die Vormittagssonne schien unbarmherzig grell durch die Fenster. Der Bruder des Opfers Rudolf Plasser war aus Salzburg angereist und wurde seit der Todesnachricht von Weinkrämpfen geschüttelt. Er hatte seinen jüngeren Bruder Ferdinand über alles geliebt, seine Tränen waren voll Bitterkeit und er schwor dem Mörder erbarmungslose Rache. Annamirl Plasser hatte schwarze Schatten unter den rot geweinten Augen und brütete dumpf vor sich hin. Franz Plasser vulgo Kaiser Franz blickte ins Leere. Er zwirbelte den weißen Bart und verwünschte den Taxl-Steff aus tiefstem Herzen. Plötzlich klingelte es an der Haustür. Erschrocken fuhren die Anwesenden zusammen. Kaiser Franz erhob sich im Schneckentempo und schlurfte gebrochen zur Tür. Draußen stand Anna Blohberger. Das junge Mädchen war eine Schulkameradin und enge Freundin des Ermordeten. Fragend blickte sie Ferdinands Vater an. Franz Plasser wies sie mit einer Geste wortlos ins Haus. Die drückende Stille legte sich bleiern auf Annas Herz. Anna war hergekommen, um Näheres über die Todesumstände ihres Freundes Ferdinand in Erfahrung zu bringen, brachte aber in Gegenwart der körperlich spürbaren Verzweiflung über den sinnlosen Tod keinen Ton heraus. Die Mistmänner der Müllabfuhr machten sich vor dem Gartenzaun an den abgestellten Mülleimern zu schaffen und spähten scheu zum Haus der Familie Plasser. Normalerweise legte Annamirl Plasser zwei Flaschen Bier als kleines Dankeschön für die Mistmänner unter den Mülleimerdeckel, hatte aber verständlicherweise heute darauf vergessen. Die Nachbarn in den angrenzenden Häusern beobachteten, hinter den Vorhängen versteckt, verstohlen das von einem Mord heimgesuchte Haus der Familie

Plasser, das von einer tragischen Aura umgeben war. Der Briefträger stellte aus Pietät das Moped ab und schob es leise bis zum Gartenzaun. Es kränkte ihn beinahe, den Briefkasten der Familie Plasser mit schreiend bunten Werbeprospekten vollstopfen zu müssen. Anna saß mit zusammengepressten Knien im Wohnzimmer. Sie schluckte ein paar Mal und fand schließlich den Mut, die erdrückende Stille mit Worten zu durchschneiden. Annamirl Plasser hörte die helle Stimme wie durch Nebel, ohne den Sinn der Worte zu erfassen.
-Was ist mit Ferdinand geschehen? Fragte Anna vorsichtig, ist es wahr, was die Leute sagen? Ist er wirklich umgebracht worden?
Rudolf Plasser biss in den Handrücken und nickte zustimmend.
-Aber? Fragte Anna mit einem Ausdruck tiefer Ratlosigkeit auf dem Gesicht, wer könnte einen Grund gehabt haben, Ferdinand so etwas Grausames anzutun?
Rudolf Plasser zuckte die Achseln und sagte zornig, das wissen wir noch nicht. Hat es in der Schule Probleme gegeben?
Anna neigte den Kopf hin und her und dachte eine Weile nach, ehe sie erwiderte, Ferdi ist Klassenbester und hat Neider, die ihn einen Streber nennen, aber ich glaube nicht, dass einer seiner Schulkameraden deswegen so weit gehen würde.
-Der Taxl-Steff war's, rief Kaiser Franz mit einem Mal, das ist doch klar! Rudi, wandte er sich an seinen Sohn, wir setzen dem Sauhund das Messer an die Gurgel und stechen ihn gemeinsam ab!
Anna bekam Gänsehaut. Der Hass jagte ihr Angst ein und sie verabschiedete sich rasch von Familie Plasser.
  Im Bad Ischler Rathaus waren alle Gemeindebediensteten auf den Beinen und durchkämmten – auf der Suche nach dem Bürgermeister – emsig das Gebäude. Hannes Heide hatte sich aufgrund der Präsenz des oberösterreichischen Fernsehens, das in der Mordsache recherchierte, in einer Besenkammer hinter Putzlappen und Eimern verschanzt. In der Panik stieß er eine Putzmittelflasche um und der Inhalt floss auf den Bo-

den, sodass es in der dunklen Besenkammer penetrant nach Salmiakgeist stank, der den medienscheuen Mann in einen benebelten Zustand versetzte. Einem Beamten vom Standesamt gelang es schließlich, den Bürgermeister in gekrümmter Hockstellung aufzustöbern. Ihm kam die heikle Aufgabe zu, Hannes Heide aus dem Versteck herauszulocken, deshalb redete er ihm beruhigend zu.
-Es sind nur zwei Reporter hier, sagte er, zwei ganz Brave, mit denen wirst du leicht fertig. Ich bleibe die ganze Zeit an deiner Seite, dann kann dir nix passieren.
Hannes Heide zögerte einen Moment, ehe er sich langsam aufrappelte und im Stehen den Staub von der Nadelstreifhose klopfte.
-Da herinnen stinkt es bestialisch, meinte der Beamte, Bürgermeister, lass mich einmal an deinem Gewand schnuppern. Jessasna, du riechst ja wie Meister Proper!
-Wurscht, schnaubte Hannes Heide, irgendwie tut mir der Salmiak gut, er vertreibt die Angst.
-Soll ich noch eine Flasche aufmachen, bot der Beamte an, dann kannst du noch einmal den Rüssel hineinhalten und dir eine Ladung reinziehen, bevor wir zu den Pressefuzzis gehen.
Hannes Heide nickte erfreut und schnüffelte am Hals der geöffneten Putzmittelflasche, als inhaliere er ein unsterblich machendes Elixier.

Marlon Urstöger rückte mit dem Polizeitrupp beim Haus der Familie Ramskogler an. Er faltete den Durchsuchungsbefehl auseinander und zeigte ihn Leni Ramskogler. Sie weitete entsetzt die Augen und brachte stotternd hervor, dass ihr Mann mit dem Taxi unterwegs sei. Am gegenüberliegenden Grundstück des Binderbauern stieß der Pfau Hermann einen durchdringenden Schrei aus. Sonach walteten die Polizisten ihres Amtes. Nach zehn Minuten brachte die Durchsuchung der Bettlade einen Revolver zum Vorschein, der von den Beamten feinsäuberlich in ein Plastiksackerl eingetütet wurde.

Die Gerichtsmedizinerin Leonilla Grampelhuber zeigte sich in Salzburg beim Anblick von Marina Pascale von der Schokoladenseite und war entgegen ihrer sonstigen Schroffheit die Liebenswürdigkeit in Person. Zunächst bot sie der Kriminalinspektorin einen Kaffee an und erzählte im Seziersaal, dass sie nun ein unfehlbares Druckmittel gegen ihren Vorgesetzten Dr. Zausek gefunden habe, der ihr das Leben buchstäblich zur Hölle mache. Sie habe einen Detektiv beauftragt, der einen dunklen Fleck in der Vergangenheit des Chefpathologen gefunden habe, mit dessen Hilfe sie die verhasste Knirschmumie in die Schranken weisen könne. Als Leonilla Grampelhuber anfing, Details über den Kunstfehler auszupacken, den Dr. Zausek seinerzeit als Urologe begangen hatte, blockte Marina Pascale entschieden ab und sagte bestimmt, ich freue mich für Sie, wäre Ihnen aber dankbar, wenn wir uns nun der Leiche zuwenden könnten.
-Wie Sie wollen, sagte Leonilla Grampelhuber beleidigt und ging zum Seziertisch, auf dem der unbedeckte Leichnam von Ferdinand Plasser lag.
Der aufgeklebte Kaiserbart war ab. Der Tote besaß ein hübsches Gesicht.
-Noch keine zwanzig, bemerkte Leonilla Grampelhuber, und schon um die Ecke gebracht. Das nenne ich eine ausgemachte Sauerei.
-Ich tue mein Bestes, sagte Marina Pascale, Sie haben am Telefon eine Andeutung über eine interessante Entdeckung gemacht. Ich bin ganz Ohr.
-Voilà, rief Leonilla Grampelhuber triumphierend und präsentierte auf einem Metalltablett eine Kugel, das Ding habe ich aus dem Herz des Toten gefischt. Ich bin zwar keine Ballistikerin, aber das Kaliber deutete auf eine Präzisionswaffe hin. Offenbar kennt sich der Mörder mit Schusswaffen aus.

Zur selben Zeit wetzten Rudolf Plasser und sein Vater in Gedanken die Messer und schworen sich auf den gemeinsam ausgetüftelten Racheplan ein, den sie in der kommenden Nacht zu verwirklichen gedachten. Annamirl Plasser blieb uneingeweiht und ahnte nichts von den zu Mördergruben gewordenen Herzen der Männer und saß nach wie vor gelähmt im Wohnzimmer und ließ tatenlos die bleierne Zeit vorüberrinnen.

Am Nachmittag besprachen Marlon Urstöger und Marina Pascale im Linzer Gemeinschaftsbüro die Lage des aktuellen Falles und übergaben die bei Stefan Ramskogler gefundene Pistole sowie die Kugel aus dem Herz des Toten den Ballistikern zur Untersuchung. Da Thomas Breitenfellner, der sich in den Kopf gesetzt hatte, die Wahl des *Mister Linz* zu gewinnen, trotz einer eindeutigen Aufforderung dem Dienst ferngeblieben war, stand Marina Pascale vor Wut kurz vorm Überkochen. Die feinen Antennen der fürsorglich veranlagten Verwaltungsbeamtin Guggi Hager witterten den bevorstehenden Ausbruch. Guggi Hager kannte Marina Pascales Vorliebe für alte Schlager und stimmte – um die Situation zu entschärfen – einen Hit von Gitte Haenning an, *nun schaust du mich mit treuen blauen Augen an. Ein alter Trick, den ich dir nicht mehr glauben kann. Nein, nein – so schön kann doch kein Mann sein, dass ich ihm lange nachwein ...*
Marina Pascale musste unwillkürlich lächeln, schüttelte erheitert die schwarze Mähne und stimmt mit ein, *so schön kann doch kein Mann sein, dass ich ihm lange nachwein ...*

Um zehn Uhr abends schüttete Kaiser Franz Schlafpulver in ein Glas Wasser, vermischte es mit Himbeersirup und gab es seiner Frau Annamirl zum Trinken. Als sie gegen Mitternacht fest im spartanischen Eisenbett schlief, verließ er zusammen mit seinem Sohn Rudolf unbemerkt das Haus. Beim Gehen spürten die Männer die Jagdmesser in den Hosentaschen. Grimmige Entschlossenheit ließ sie keinen Millimeter vom eingeschlagenen Weg abweichen. Das Silberlicht des Mondes brachte den schwarzen Asphalt zum Glänzen. Hinter

vielen Fenstern war das Bildschirmflimmern der angestellten Fernsehgeräte zu sehen. Auf der Esplanade war Ruhe eingekehrt, die Konditorei Zauner war längst geschlossen. Ein angeheiterter Radfahrer überholte die Männer im Zickzackkurs. Der Brückenheilige Nepomuk stand wie ein Wachsoldat stoisch an seinem Platz. Rudolf Plasser flüsterte beim Überqueren der Hauptbrücke, Vater, was machen wir, wenn seine Frau oder die Kinder aufwachen?
-Falls der Sauhund daheim ist, locken wir ihn aus dem Haus, sonst passen wir ihn vor der Garage ab.
Da der alte Binderbauer an Schlafstörungen litt, stand er oft mitten in der Nacht auf und vertrat sich im Freien die Beine. Als er beim Misthaufen an den Birnbaum urinierte, sah er zwei Gestalten die Straße entlang gehen. Neugierig streckte er den Hals und versuchte in der Dunkelheit die Gesichter der Unbekannten zu erkennen. Keine Chance. Die Augen spielten nicht mit. Als er die Hosentür zuknöpfte und im Begriff war, wieder ins Bauernhaus zurückzukehren, bemerkte er, dass sich die beiden Gestalten hinter dem Komposthaufen beim Haus des Taxl-Steff in Lauerstellung begaben. Der verdächtige Umstand machte den alten Binderbauern stutzig und er verfolgte, hinter dem Birnbaum verborgen, das Geschehen am gegenüberliegenden Grundstück. Zehn Minuten vergingen, ohne dass etwas passierte. Der alte Binderbauer gähnte gelangweilt, konnte sich aber nicht entschließen, den Beobachtungsposten zu verlassen. Der Pfau Hermann träumte von einem weißen Pfauenweibchen, das sich von ihm umwerben ließ. Als er nach ausgiebiger Balz das Pfauenweibchen erobert und selig bestiegen hatte, wurde er leider wach. Irritiert schüttelte er den Kopf und stieß, weil er sich unbehaglich fühlte, einen durchdringenden Schrei aus, der Rudolf Plasser und seinem Vater einen elektrischen Schlag versetzte. Die sich verborgen haltenden Männer mussten nach dem Schreck mehrmals kräftig durchatmen, um sich wieder zu fassen. Obwohl das Schlafzimmer des Ehepaares Ramskogler dunkel war, lag Leni Ramskogler mit offenen Augen im Ike-

abett und fragte sich, wo sich Steff so lange herumtreiben mochte, war aber andererseits über seine Abwesenheit froh, da er in letzter Zeit kaum mehr zum Aushalten war. Steff war sozusagen Vollgas am Spinnen. Leni hatte dem Hausarzt den bedenklichen Geisteszustand ihres Mannes geschildert und er hatte ihr Brom zu seiner Beruhigung mitgegeben. Doch da Steff fast nie zu Hause war, bot sie keine Gelegenheit, ihm das Brom unbemerkt unterzujubeln. Leni ging gedanklich in die Vergangenheit zurück und überlegte, zu welchem Zeitpunkt sich erste Anzeichen der Schizophrenie bei Steff bemerkbar gemacht hatten. Es muss vor etwa einem Jahr gewesen sein, dachte sie, als ich ihn laut sich selbst beschimpfend vor dem Badezimmerspiegel ertappt habe. Als Steff ihre Anwesenheit bemerkte, hatte er sich zunächst fürchterlich geschämt und war anschließend in einen schäumenden Wutanfall ausgebrochen, bei dem er sie als verschlagene Hure und vermaledeite Drecksau beschimpft hatte. Die unerfreuliche Reminiszenz ließ Leni laut aufseufzen. Sie hatte sich keinen Vorwurf zu machen, sie war Steff immer eine gute und verständnisvolle Ehefrau gewesen, folglich musste die Ursache beziehungsweise der Auslöser für seine Geisteskrankheit woanders liegen. Ihres Wissens waren Steffs Vorfahren alle geistig gesund gewesen. Irgendwann hatte Leni das Gedankenkarussell satt und sagte sich, dass sie heute Nacht des Rätsels Lösung kaum finden werde, weshalb sie sich auf die Seite drehte und sich eine schöne Szene aus der Kindheit ins Gedächtnis rief. Leni war sechs Jahre alt gewesen, als sie zum ersten Mal auf einem Pony reiten durfte ...

Der Taxl-Steff befand sich im Bahnhofsrestaurant und beschwerte sich bei der Mobilfriseurin Jutta Mayer bitter über die Rücksichtslosigkeit der Polizei, die überfallsartig eine Hausdurchsuchung vorgenommen hatte. Da Jutta Mayer von Berufswegen eine gute Zuhörerin war, lieh sie dem Taxl-Steff geduldig das Ohr. Der Künstler Spucka trank sein Bier und beobachtete die Kellnerin Gerli, die sich irgendwie zum

Nachteil verändert hatte. Gerli lächelte den ganzen Abend kein einziges Mal.
Spucka sprach die Blondine an und fragte, na, Gerli, ist bei dir auch alles in Ordnung?
Gerli warf ihm einen bösen Blick zu.
-Tschuldigung, hab´ ich was Falsches gesagt?
-Nein, passt schon, ich hab´ seit zwei Tagen Kopfschmerzen, log Gerli, die Tabletten helfen leider nix.
-Mach einmal Urlaub, schlug Spucka vor, dann geht das Kopfweh garantiert weg.
Gerli lächelte matt und wandte ihm den Rücken zu. Am Vortag hatte sie eine Abtreibungsklinik in Wien ausfindig gemacht. Aber bislang noch nicht den Mut gefunden, sich für den Abbruch anzumelden. Sie fühlte sich entsetzlich elend. Am liebsten hätte sie sich das Dirndlkleid vom Leib gerissen und alle Gäste angebrüllt, dass sie sich alle nach Hause scheren sollen. Der Taxl-Steff redete ununterbrochen auf Jutta Mayer ein und verließ das Bahnhofsrestaurant erst, als Gerli Sperrstunde machte und den Zapfhahn zudrehte. Danach rief noch ein Stammkunde an, der in eine Hure verliebt war und sich von Steff ins Puff taxeln ließ.
Der alte Binderbauer harrte nach wie vor hinter dem Birnbaum aus und fragte sich, was die zwei Gestalten hinter dem Komposthaufen des Taxl-Steff aushecken mochten. Es schien auf der Hand zu liegen, dass sie auf etwas warteten. Da schoss es dem Binderbauer, dass sie wahrscheinlich den Taxl-Steff abpassten. Das ganze Szenarium roch nach Hinterhalt und Überfall. Während der Binder Bauer überlegte, ob er etwas unternehmen sollte, drückte ihn mit einem Mal der Mastdarm und er suchte, um dem natürlichen Bedürfnis nachzugeben, schlurfend das Plumpsklo auf.
Rudolf Plasser wurde langsam ungeduldig und flüsterte dem Vater zu, wo bleibt der Sauhund so lange?
-Der kommt schon, sagte Kaiser Franz, und dann lassen wir ihm das Blut ab.

Der Taxl-Steff bog mit dem Mercedes in die Straße ein. Im Licht des Scheinwerferkegels huschte eine Katze über den Asphalt.
-Na, meinte Kaiser Franz triumphierend, was hab´ ich dir gesagt!
Inzwischen rutschte Rudolf Plasser das Herz in die Hose und war sich nicht mehr sicher, ob er auch das Richtige tat. Er beschloss, dem Vater den Vortritt zu lassen. Arglos manövrierte Taxl-Steff den Mercedes in die Garage und stellte den Motor ab. Leni hörte ihren Mann kommen und stellte sich schlafend, um allfälligen Diskussionen aus dem Weg zu gehen. Taxl-Steff schloss die kippbare Garagentür ab und rauchte sich vor der Haustür noch eine Gutenachtzigarette an. Nun war der Zeitpunkt für die Rache günstig. Hinter dem Komposthaufen zog Kaiser Franz das Messer aus der Hosentasche und Rudolf machte es ihm nach. Kaiser Franz erhob sich aus der Hockstellung und schlich um die Hausmauer zur Haustür. Er stürzte sich mit einem Schrei auf Taxl-Steff und riss ihn in einem Ruck zu Boden.
-Rudi, keuchte Kaiser Franz und drückte den zappelnden und um sich schlagenden Taxl-Steff am Boden nieder, hau ihm das Messer rein!
Rudolf Plasser zögerte und fragte, wohin?
-Stell dich nicht so blöd an, keuchte Kaiser Franz, der gerade vom Taxl-Steff schmerzhaft in den Unterarm gebissen wurde, ins Fleisch, du Trottel, ins Fleisch!
Leni Ramskogler hörte das Geschrei und sprang alarmiert aus dem Ikeabett. Der Binderbauer verließ das Plumpsklo und spitzte die Ohren. Auweh, dachte er, jetzt wird der Taxl-Steff massakriert. Leni Ramskogler schaute beim Fenster hinaus und sah, wie zwei Männer – deren Gesichter im Schatten lagen – Steff Gewalt antaten. Flink wieselte sie zum Telefon und rief die Polizei. Erwin Wimmer nahm das Gespräch entgegen und versprach, sofort zu kommen. Inzwischen hatte der Taxl-Steff dem Kaiser Franz mehrere Bisswunden am Arm zugefügt und strampelte um sein Leben.

Dass Rudolf Plasser untätig neben den miteinander ringenden Kontrahenten stand, brachte Kaiser Franz zur Weißglut. Der Zorn gab ihm die Kraft, den Taxl-Steff am Boden zu halten. Er hatte aber keine Hand für einen Messerstich frei.
-Du Waschlappen, schrie Kaiser Franz seinen Sohn Rudolf an, jetzt tu endlich was! Denk an den toten Ferdi! Seifensieder, Lahmarsch, du bist eine Schande für die Familie.
Viel fehlte nicht und Kaiser Franz wäre beinahe auf den Sohn losgegangen, der ihm durch seine Untätigkeit eine herbe Enttäuschung bereitete. Der Binderbauer dachte, die beiden machen viel Geschrei, aber sonst bringen sie nix weiter. Leni Ramskogler biss in den Gardinenzipfel und betete, dass ihr Mann verschont bleiben möge. Ein rotierendes Blaulicht warf farbige Schatten auf die Hausmauer. Der Wimmerlbomber sprang aus dem Polizeiauto, zog die Glock aus dem Halfter und brüllte die Raufbolde mit hochgehaltener Pistole an, Hände hoch! Wird's bald!
Da ereignete sich etwas völlig Unerwartetes. Rudolf Plasser ging mit dem Messer auf den Wimmerlbomber los und schlitzte mit der Klinge das Uniformhemd vom Hals bis zum Bauch auf. So viel Frechheit machte den Wimmerlbomber perplex, vor Schreck glitt dem Stadtpolizisten die Glock aus der Hand. Von den Ereignissen gefesselt, verlor Kaiser Franz die Kontrolle über den Taxl-Steff, der drahtige Mann sprang auf und verpasste seinem Peiniger einen empfindlichen Tritt in die kaiserlichen Hoden. Auweia, dachte der alte Binderbauer, das gibt blaue Eier! Leni Ramskogler stürmte im knöchellangen Nachthemd aufgelöst auf die Raufbolde zu und beschwor sie flehend, bitte, so nehmt doch Vernunft an! Der Steff ist krank, er kann nichts dafür!
Taxl-Steff glaubte, nicht richtig gehört zu haben, und fuhr sich nervös über die Halbglatze, ehe er Leni anbrüllte, damische Fuchtel, du weißt ja nicht, was du redest, schau, dass du ins Haus kommst!

-Hast du's gehört, sagte Kaiser Franz zu seinem Sohn Rudolf, die Leni hat zugegeben, dass der Steff den Ferdi umgebracht hat.
-Blödsinn, schrie Taxl-Steff so laut er konnte, ihr depperten Sturschädeln, ich schwör's euch, ich hab´ dem Ferdi nichts getan!

8.

Die seltsamen Methoden des Doktor Katzenbeißer

Entgegen ihrer sonstigen Gewohnheit rauchte Marina Pascale in der gelben Nullachtfünfzehn-Küche wie ein Vulkan. Das kitschige Segelschiff am Boden des Keramikaschenbechers aus Capri wurde von ausgedämpften Zigarillokippen verunziert. Oskar Zauner hatte sich seit zwei Tagen nicht gemeldet. Dem Anschein nach war ihr Liebster schlecht, auf sie zu sprechen. Elektrische Spannung legte sich auf ihre Nerven. Eiserne Klauen umspannten das Herz. Um den aufkeimenden Liebeskummer zu unterdrücken, flüchtete sie sich in angenehme Urlaubserinnerungen. Auf den Wellen des saphirblauen Meeres in der Bucht von Neapel blitzten weiße Schaumkronen auf. Unter dem Sonnendach des Elektroboots rieb ihr Oskar den Rücken mit Sonnenöl ein, während sie geröstete Pistazien knabberte. Eine Möwe landete keck am Bug und nahm die Bootsinsassen interessiert in Augenschein. Der Wind umspielte die sich vor Behaglichkeit rekelnden Körper. Vom hellblauen Horizont winkte die Leichtigkeit dem Liebespaar gönnerhaft zu. Oskars Lippen suchten ihren Mund. Grrrr! In der weinroten Handtasche läutete das Diensthändi. Thomas Breitenfellner rief zu einem denkbar ungünstigen Zeitpunkt an und verschaffte der Wut ein Ventil. Sie brüllte den Geselchten – der unerlaubt vom Dienst ferngeblieben war und bei ihr seit Längerem auf der Abschussliste stand – kurz und klein. Ohne ihn zu Wort kommen zu lassen, setzte sie ihn von der sofortigen Suspendierung in Kenntnis und legte – mit der Genugtuung, es dem eitlen Fatzke ordentlich gegeben zu haben – auf. Wenige Sekunden später läutete das Diensthändi erneut und sie holte sich geistig Schwung, um dem Gipfel an Unfähigkeit – nämlich Thomas Breitenfellner – den Rest zu geben, aber es war der Tischler dran, der sich einen Besichtigungs- und

Vermessungstermin für die neu einzurichtende Küche geben lassen wollte. Nachdem sie dem Tischler ein Datum genannt hatte, dachte sie erleichtert, dass wenigstens in der Sache etwas voranging. Als sie die grüne Tigertasse unter die Düse der Espressomaschine stellte, hörte sie Marco nach Hause kommen. Er steckte das von schwarzen Locken umgebene Engelsgesicht durch den Türrahmen und schenkte der Mutter ein breites Lächeln, ehe er sie begrüßte, ciao! Hier stinkt es wie in Uromas Räucherkammer. Bist du schlecht gelaunt? Soll ich unten in die Pizzeria gehen und Tiramisu holen?
Marina Pascale verzog keine Miene und schwieg.
-Mama, bettelte Marco und wölbte die fleischigen Lippen zu einer Schnute, sei kein Frosch! Dass du so nachtragend sein kannst, verstehe ich nicht. Okay, okay, ich schreibe mich noch diese Woche an der Uni ein.
-Welches Fach, fragte sie bissig, Müßiggang oder Schlendrian?
-Informatik, erwiderte Marco trocken, ohne auf die Giftpfeile einzugehen.
-Hol das Tiramisu, sagte sie gleichgültig, und eine Flasche Chiantiwein.
Froh, sich keiner aufreibenden Diskussion stellen zu müssen, machte sich Marco sofort auf die Socken. In seiner Abwesenheit trank sie den Espresso in einem Zug aus. Ich habe Oskar bereits angerufen, ging es ihr durch den Kopf, nun ist er am Zug. Wenn er glaubt, dass ich ihm nachlaufe, hat er sich geschnitten. Trotzig sang sie, *einsam ging der Abend vorbei, wieder steht die Uhr auf halb drei. Damals standest du dort vor der Tür. Und ich weiß noch, ich sagte zu dir, so schön kann doch kein Mann sein, dass ich ihm lange nachwein...*
Da Marcos Therapiestunde auf zwanzig Uhr anberaumt war, verabschiedete er sich, nachdem er der Mutter das Tiramisu und die Chiantiweinflasche in die Hand gedrückt hatte.
 Doktor Katzenbeißer war ein glühender Anhänger der Konfrontationstherapie, weswegen er Marco vor dem Eingang

eines privaten Spielkasinos erwartete. Der Psychologe bewegte die nackten Zehen in den Jesuslatschen auf und ab. Am ergrauten Kopf steckten eine rote und eine grüne Feder. Die sich überkreuzenden Federn waren das unverwechselbare Markenzeichen einer starken Persönlichkeit, die stolz darauf war, ihren eigenen Weg zu gehen. Bereits als Knabe war er für seinen eisernen Willen bekannt. In der Schule hatte er sich mit sämtlichen Lehrern angelegt, indem er ihre Wissenslücken gnadenlos aufdeckte oder sie bis zum Wahnsinn mit schwierigen Fragen traktierte. Die Eltern vermochten den Sohn kaum zu bändigen. Nach der Matura ging er für ganze drei Jahre auf Weltreise, wohlgemerkt – ohne einen Groschen Geld – in der Hosentasche. Er lebte bei einem afrikanischen Stamm im Busch und machte sich einen Löwen zahm, zog mit Wüstennomaden durch die Sahara und lernte die Sternbilder kennen, fuhr mit einem selbst gebauten Floß am Amazonas und ernährte sich von dem, was der Dschungel hergab, wobei er zweimal beinahe an einer Vergiftung zugrunde gegangen wäre, verbrachte ein halbes Jahr in einem tibetanischen Kloster und übte sich in Askese, betete die Götter in Bali an und arbeitete als Schäfer auf einer neuseeländischen Farm. Aus der Weltreise lernte er vor allem eines: Überall hatten die Menschen dieselben Emotionen. Ein Lächeln löste rund um den Globus Sympathie aus. Überall führten die Menschen denselben Kampf um Anerkennung. Anerkennung, das war es, was seinem Patienten Marco fehlte, obwohl der Junge ausnehmend gut aussah, litt er an tiefer Unsicherheit. Um sich dem Problem nicht stellen zu müssen, flüchtete er in die Glitzerwelt der Spielautomaten, die ihm die Möglichkeit suggerierte, ein Winner werden zu können. Marcos Mutter, das war Doktor Katzenbeißer klar, liebte den Jungen abgöttisch, war aber mit der Erziehung überfordert, vor allem weil Marcos Vater durch Abwesenheit glänzte und sie der Beruf stark forderte. Er wusste von Marco, dass sie derzeit dem Kaisermörder von Bad Ischl hinterherjagte. Das war bestimmt keine leichte Aufgabe. Doktor Katzenbeißer legte den Kopf in den Nacken und sah zum Himmel. In der Dämmerung färbten sich die wenigen Wolken rot. Obwohl er keine Uhr trug, wusste er, dass er seit zehn Minuten wartete und Marco sich verspätete. Unpünktlich war er also auch. Der bullige Türsteher und Rausschmeißer des privaten Kasinos spähte durch den Spion auf den komischen Kauz draußen auf dem Gehsteig. Dass mit dem etwas faul war, roch der Türsteher sogar durch die Panzertür. Er schätzte, dass der schräge Möchtegernindianer kein Bulle war, aber in jedem Fall eine höchst verdächtige Figur. Kein Spieler, der im Spielkasino verkehrte, trug eine derart alternative Hippiemontur. Als Marco dazu stieß, kam der Türsteher auf die Idee, es könne sich bei dem übrig gebliebenen Achtundsechziger eventuell um einen Schwulen handeln, der sich einen jungen Liebhaber hielt. Dann legte das verdächtige Subjekt den Zeigefinger auf die Türklingel und besaß tatsächlich die Frechheit, sie zu drücken. Der bullige Türsteher ließ sich mit dem Öffnen Zeit. Er musterte den mit Federn geschmückten Kerl in den Jesuslatschen provokant von oben bis unten. Doktor Katzenbeißer griff in die Gesäßtasche der verwaschenen Jeanshose und wedelte mit einem Packen Hunderteuroscheinen. Das starke Argument überzeugte den Türsteher und er gewährte den beiden Typen Einlass. Im Halbdunkel der großen Spielhalle blinkten die Lichter der Spielautomaten. Im hinteren Teil war ein Wettbüro untergebracht, wo man Livewetten (der Buchmacher änderte die Quote je nach Rennverlauf beziehungsweise Spielstand) auf Pferderennen und Fußballspiele abschließen konnte, die auf riesigen Monitoren mitzuverfolgen waren. Wetten fand Marco geil, aber für seinen Geschmack etwas zu passiv, noch geiler fand er es, selbst ins Geschehen eingreifen zu können, weshalb er sich lieber an den Knöpfen und Hebeln der Spielautomaten zu schaffen machte. Es gab auch einen Roulettetisch, aber dafür interessierte sich Marco nicht, Roulette war ihm zu konservativ, Roulette war etwas für müde alte Knacker. Doktor Katzenbeißer schaute sich im hektisch blinkenden Zwie-

licht um. Die Kundschaft bestand zu fünfundneunzig Prozent aus Männern. Marco richtete die Augen auf einen Spielautomaten und fragte, Doc, was hältst du von einem kleinen Lottospielchen?
-O ja, fein, Doktor Katzenbeißer rieb sich die Hände, zeigst du mir, wie der Hase läuft?
-Ganz genauso wie Eurolotto, erklärte Marco, du wählst fünf Zahlen aus fünfzig und zwei Zahlen zwischen einsundzwölf.
-Ich habe noch nie Eurolotto gespielt, sagte Doktor Katzenbeißer.
-Mann, Mann, meinte Marco schockiert, wo lebst du? Kriegst du im faden Mühlviertel denn gar nichts mit? Im Fernsehen wird dauernd dafür geworben.
-Ich besitze keinen Fernseher, sagte Doktor Katzenbeißer, so ein Gerät bringt schlechte Schwingungen in den Privatbereich, der ein Rückzugsort sein soll, und beeinflusst das vegetative Nervensystem negativ.
-Doc, meinte Marco spontan, du bist ja vollkommen von gestern. Ich könnte ohne Fernseher nicht leben. Was tust du so am Abend? Strickst du Spitzenhäubchen? Oder bäckst du Körndlbrot? Oder übst du dich mit deiner Freundin bei Kerzenlicht und Räucherstäbchenqualm im Tantra?
-Normalerweise lese ich.
-Du meine Scheiße! Das ist ätzend öd! Also, mit Büchern kannst du mich jagen. Wozu gibt es all die großartigen Filme? Bücher sind stinklangweiliger, hoffnungslos altmodischer Kram.
-Lass uns spielen, regte Doktor Katzenbeißer an, du fängst an.
-Ich knacke den Jackpooot, röhrte Marco fröhlich, als er dem einarmigen Banditen eine zwei Euro Münze in den Rachen steckte.
-Weißt du Doc, beim ersten Mal funktioniert es fast nie, meinte Marco, als sich herausstellte, dass er die falschen Zahlen getippt hatte, man darf sich nur nicht unterkriegen lassen!

-Verstehe, man braucht den langen Atem des Kriegers.
-Deine verstiegene Ausdrucksweise hat was! Doc, jetzt mach du einmal. Gib mir einen von den grünen Lappen, ich geh zur Kassa wechseln.
Danach warf Doktor Katzenbeißer den erforderlichen Spieleinsatz in Münzform in den Geldschlitz und tippte sieben Zahlen.
-Leider, Essig, sagte Marco, lass mich noch einmal probieren.
Und da geschah es, dass Marco eine beispiellose Gewinnserie antrat. Zwar knackte er den Jackpot nicht, heimste aber bei jeder Runde einen kleinen Gewinn ein. Durch Marcos Körper lief ein köstliches Kribbeln. Er klopfte Doktor Katzenbeißer kumpelhaft auf die Schulter, Mensch, Doc, du bist der ultimative Glücksbringer!
Vom Spielfieber gepackt hatte Marco nur noch Augen für den Automaten und nahm die Anwesenheit von Doktor Katzenbeißer gar nicht mehr wahr. Nach drei Stunden brachte es Marco immerhin auf fünfhundert Euro Reingewinn, den er sich an der Kassa ausbezahlen ließ.
-Doc, schlug er vor, gehen wir an die Bar, ich spendiere einen Drink!
Doktor Katzenbeißer schwang sich auf einen Barhocker und studierte die Getränkekarte. Marco wippte ungeduldig mit den Füßen und dachte, der Doc ist ja süß, aber manchmal ganz schön mühsam. Schließlich bestellte Doktor Katzenbeißer einen dreifachen Wodka on the rocks mit einem Schuss Limettensaft. Marco dachte o là là, der Doc ist ein richtiger Mann, der hartes Zeug trinkt, und sagte lächelnd zum Barkeeper, für mich dasselbe, bitte.
Als Marco beschwipst war, röteten sich seine Wangen, was ihm das Aussehen eines überirdisch schönen Engels verlieh. Doktor Katzenbeißer war kein Maler, aber wäre er einer gewesen, hätte er sofort zu Pinsel und Leinwand gegriffen, um das bestrickende Wesen zu porträtieren. Marcos Zunge löste sich und erzählte aus der Schulzeit am Wiener Gymnasium.

Doktor Katzenbeißer neigte den ergrauten Kopf schräg, was die sich überkreuzende rote und grüne Feder in eine kecke Schieflage brachte, und hörte dem Patienten gebannt zu. In einer Sprechpause bestellte er noch eine Runde Wodka on the rocks und prostete Marco fröhlich zu. In einer schummrigen Ecke stand der bullige Türsteher und beobachtete die merkwürdigen Gäste an der Bar und dachte, die beiden saufen wie die Löcher, jetzt wird der schwule Hippie dem jungen Kerl bald an den Arsch greifen. Marco gab noch einen dritten Wodka aus. Dann bekam der bullige Türsteher seine Vermutung bestätigt: Doktor Katzenbeißer vergriff sich an Marcos Gesäß. Aber der Türsteher missverstand die Grapscherei gründlich, denn Doktor Katzenbeißer tat lediglich, was getan werden musste, um bei seinem Patienten eine Heilung in die Wege zu leiten.

Marco purzelte nach Mitternacht betrunken in die gelbe Nullachtfünfzehn-Küche, wo seine Mutter noch immer Zigarillos am laufenden Band qualmte. Durch den Alkohol enthemmt, sagte er, Mama, pass auf, dass du keine Rauchvergiftung kriegst! Hast du für dein geliebtes Goldstück einen Schluck Wein? Mir tränen die Augen, ich mach einmal das Fenster auf.

Marina Pascale stellte ein Glas auf den Tisch und nahm die Chiantiweinflasche zum Einschenken in die Hand. Als sie im betrunkenen Zustand den Flaschenhals in die Mündung des Glases manövrierte, stellte sie fest, dass kein Tropfen Wein mehr vorhanden war. Pah, dachte sie, ich hab´ die ganze Flasche allein weggeputzt, sie lachte schrill und sagte zu Marco, der Wein ist verdunstet. Geh bitte in die Abstellkammer und hol noch eine Flasche.

Marco schöpfte am offenen Fenster Frischluft und drehte sich um. Zum Scherz hob er anklagend den Zeigefinger.

-Du, du, du! Wahrscheinlich warst du im früheren Leben eine Elefantenkuh, weil du gar so großen Durst hast. Zweihundert Liter pro Tag sind für einen Elefanten normal. Für so ein be-

lastendes Karma kann keiner was. Es ist nicht deine Schuld. Weiß oder Rot?
-Rot, antwortete Marina Pascale ohne Zögern.
-Mama, sagte Marco, als er aus der Abstellkammer zurückkam beim Hinsetzen, heute habe ich echt Glück gehabt. Doktor Katzenbeißer ist ein richtig gutes Maskottchen. Ich habe satte fünfhundert Euro eingesackt!
-Gib die Flasche her, befahl Marina Pascale, du brichst den Korken ab! Schau, so macht man das, sie schraubte den schief angesetzten Korkenzieher heraus und schraubte ihn danach gerade hinein, hob mit einem Ruck an und zog den Korken mit einem geräuschvollen Plopp sauber aus der Flasche.
Marco fasste in die Hosentasche, um der Mutter den gewonnenen Zaster zu zeigen. Als er ins Leere griff, senkte er die Hand tiefer in die Tasche. Plötzlich sprang er wie von der Tarantel gestochen vom Sessel und durchwühlte beidhändig sämtliche Hosentaschen. Marco war auf einen Schlag wieder nüchtern.
-Das ganze Geld ist weg! Mama, sagte er wütend, jemand hat mich bestohlen!
-Ach bambino, seufzte Marina Pascale, wann wirst du endlich erwachsen? Von wegen gestohlen! Wie ich dich kenne, wirst du das Geld verspielt oder verloren haben!
-Nein, rief Marco entrüstet, ich habe nur eine Person nahe genug an mich herangelassen. Für den Diebstahl kommt nur Doktor Katzenbeißer infrage! Was für eine widerliche falsche Sau! Der Schleimer tut einem schön und haut einen eiskalt übers Ohr!

9.

Jugendsünde

Am nächsten Morgen erschien Marina Pascale verkatert im Gemeinschaftsbüro des Kriminalreferates, ohne die geringste Lust auf Arbeit zu verspüren. Noch ehe sie den ersten Kaffee von Guggi Hager serviert bekommen hatte, stürmte der Ballistiker in den niedrigen Raum – der klaustrophob veranlagte Personen in Panik ausbrechen ließ – und redete wie ein Wasserfall auf Marina Pascale ein. Wegen der Ballonförmigen Figur wurde der Ballistiker von den Kollegen Obelix genannt. Übrigens besaß er, wie die gleichnamige Comicfigur, einen großen Schnauzbart. Obelix kam mit interessanten Neuigkeiten und führte das mit Fremdwörtern gespickte Untersuchungsergebnis des langen und Breiten aus. Marina Pascale nickte beim Zuhören ab und zu. Als Obelix verstummt war, setzte sie die randlose Lesebrille auf, was ihr das Aussehen einer Professorin verlieh und sagte, fassen wir das Ergebnis zusammen: Die Kugel aus dem Herz des Toten besitzt das Kaliber einer Präzisionsschusswaffe. Somit kommt die Pistole von Stefan Ramskogler als Tatwaffe nicht infrage.
-So ist es, bestätigte Obelix.
-Danke, legen Sie den Bericht auf den Schreibtisch. Sie haben gute Arbeit geleistet!
-Gern geschehen, Frau Inspektor.
Als Obelix verschwunden war, fiel Marina Pascale ins Grübeln. Offenbar ist der Hauptverdächtige Stefan Ramskogler aus dem Schneider, dachte sie, ich hätte ihn gleich auf Schmauchspuren untersuchen lassen sollen. Ist es denkbar, dass er statt der Pistole eine Präzisionsschusswaffe benutzt und versteckt hat? Das Schuldbewusstsein von Frau Ramskogler war auffällig, er selbst hat allerdings keinerlei Angst gezeigt. Kann es sein, dass ich etwas Wichtiges übersehen

habe? Es wurden Andeutungen über die unsaubere Vergangenheit des Franz Plasser gemacht und es heißt, dass er sich möglicherweise Feinde gemacht hat. Ich liebe es, im Dreck zu wühlen! Aber es hilft nichts. Ich muss den Vater des Mordopfers einer eingehenden Befragung unterziehen. Marlon wird mich mit dem Diktiergerät nach Bad Ischl begleiten.

Marlon Urstöger kam verspätet ins Landespolizeikommando. Er war damit beschäftigt, die Wunden zu lecken. Schließlich war ein verlassener Mann das ärmste Schwein der Welt. In der Situation war Selbstmitleid völlig normal. Seitdem Chantal ausgezogen und zum Ehemann nach Gosau zurückgekehrt war, hatte er zehn Kilo Gewicht zugelegt. Der einen Meter und neunzig Zentimeter groß gewachsene Mann hatte sich in einen Schrank mit Bauch verwandelt. Der blonde Riese grüßte Marina Pascale temperamentlos, stellte die schwarze Aktentasche unter den Schreibtisch, stellte die mitgebrachte Papiertüte raschelnd neben das Telefon und begann, Rosinenkipferl in sich hineinzufuttern. Marina Pascale dachte betroffen, jetzt isst er schon wieder, er muss wirklich einen Megafrust haben.

Als Marlon Urstöger vier Rosinenkipferl hintereinander geschluckt, hatte, fragte er verwundert, Marina, wo ist der Geselchte?

-Thomas hat den Bogen überspannt. Er ist bis auf Weiteres suspendiert.

-Oje, das ist aber traurig, meinte Marlon Urstöger mit Schadenfreude in der Stimme, er wünschte sich insgeheim seit Langem, den Konkurrenten loszuwerden, na ja, sobald er *Mister Linz* geworden ist, sagte er hämisch, kann er ja eine Karriere als Dressman starten.

-Sag einmal, welchen Eindruck hat Stefan Ramskogler auf dich gemacht? Hältst du ihn für den Mörder?

-Er ist kein angenehmer Zeitgenosse. Irgendwie hat der Typ was Fieses.

-Hier, Marina Pascale winkte mit dem Ballistikbericht, lies das! Danach hängst du dich an den Kompjuter und durchforstest die Kundendatei und findest heraus, ob etwas gegen Franz Plasser vorliegt.

Sind wir hier neuerdings bei der Fremdenlegion, oder wie, ärgerte sich Marlon Urstöger, das Schizo-Fasserl schlägt heute einen militärisch scharfen Ton an, wahrscheinlich hat ihr der missratene Sohn wieder einmal ein saures Süppchen eingebrockt. Guggi Hager wusste es besser. Die fürsorglich veranlagte Verwaltungsbeamtin besaß ein untrügliches Gespür für die Gemütslage der Vorgesetzten und war sich sicher, dass Marina Pascale an Liebeskummer zu knabbern hatte. Guggi Hager saß vor dem Bildschirm und sörfte im Internet. Nach einer Weile rief sie listig, Marina, komm bitte schnell her, ich muss dir was zeigen! Schau einmal, flüsterte sie der Vorgesetzten zu, du hast ein Bombenhoroskop! Die österreichische Starastrologin *Gscherda Doggers* schreibt: *Jungfrauen räumen Missverständnisse in der Liebe aus. Es wird ihnen nicht an Zuneigungsbeweisen fehlen. Die kommenden Tage werden ihr Herz höherschlagen lassen!*

Als es Guggi Hager gelungen war, ein Lächeln auf die rot geschminkten Lippen von Marina Pascale zu zaubern, legte sie die Hand tröstend auf ihren Unterarm und flüsterte, du wirst sehen, es wird alles gut.

Im Haus der Familie Plasser herrschte Weltuntergangsstimmung. Der nächtliche Zusammenstoß mit dem Polizisten Erwin Wimmer hatte Franz und Rudolf Plasser eine Anzeige eingebracht, weswegen Annamirl Plasser zunächst den Sohn und dann den Ehemann, der Rudi zum Raufhandel angestiftet hatte, mit Vorwürfen überschüttete. Kaiser Franz saß in einer weiten Hose, die den gequetschten Hoden Raum ließ, da wie ein begossener Pudel. Er fühlte sich sowohl von Rudi als auch von Annamirl verraten und im Stich gelassen. Die fehlende Aggressionsbereitschaft seines Sohnes Rudi legte er als mangelnde Bruderliebe zum getöteten Ferdi aus.

Als die Kriminalpolizisten aus Linz anrückten, stachen sie in ein Wespennest. Kaiser Franz pflanzte sich breitbeinig an

der Haustür auf und schnauzte Marina Pascale und Marlon Urstöger unwirsch an.
-Ihr zwei habt's Nerven! Mich wundert, dass ihr euch überhaupt noch hertraut´s. Ihr seid's ja wirklich eine große Hilfe! Der Staat mästete eure faulen Beamtenärsche mit unseren Steuergeldern. Und ihr Schmarotzer schämt euch nicht einmal! Man sollte euch alle wegrationalisieren. Oder könnt ihr gar, fragte er verbittert, zur Abwechslung einen Erfolg präsentieren?
Um kein Öl ins Feuer zu gießen, erwiderte Marina Pascale behutsam, Herr Plasser, wir verstehen Ihren Schmerz. Der Verlust Ihres Sohnes tut uns sehr leid. Wir werden den Mörder finden und aus dem Verkehr ziehen. Sie haben mein Wort! Dafür brauchen wir allerdings Ihre Mithilfe. Je mehr Informationen wir besitzen, desto größer sind die Chancen, den Täter zu fassen. Dürfen wir reinkommen?
-Eh schon alles wurscht, antwortete Kaiser Franz grantig, hier geht sowieso alles den Bach runter. Aber vorher die Straßenschuhe ausziehen, sonst schimpft meine Annamirl!
Marlon Urstöger tat das Verlangte. Marina Pascale zog die Stöckelschuhe im Zeitlupentempo aus. Ohne die hohen Hacken fühlte sie sich nackt. Im Wohnzimmer reichte sie Rudolf Plasser die perfekt manikürte Hand. Er war weniger hübsch als der ermordete Bruder, schien aber Charakter zu haben, da sein Händedruck fest war. Die Hand von Annamirl Plasser glich einem toten Fisch.
Rudolf Plasser fragte anklagend, wann wird Ferdi freigegeben? Wie lange muss er sich noch von fremden Leuten begrapschen lassen?
-Sobald ich von der Gerichtsmedizin grünes Licht bekommen habe, sagte Marina Pascale, gebe ich Ihnen sofort Bescheid. Die Obduktion steht vor dem Abschluss. Ich denke, in den nächsten Tagen kann Ferdinand nach Bad Ischl überführt werden.
-Wenn ich mir vorstelle, dass wir Ferdi in ein feuchtes Erdloch betten müssen, warf Annamirl Plasser ein, läuft es mir

kalt den Rücken runter. Das wird mir das Herz brechen. Franz, wandte sie sich an ihren Mann, ich möchte, dass du dich um die Bestattung kümmerst und für eine würdevolle Trauerfeier sorgst. Und schau dem Toden-Toni und seinem zurückgebliebenen Gehilfen Toden-Gü genau auf die Finger! Die zwei windigen Totenvögel brauchen eine starke Hand.
Kaiser Franz empfing den Befehl und nickte ergeben. Marlon Urstöger legte das Diktiergerät auf den Tisch. Als er sich nach vorn beugte, sprengte das Bauchvolumen den Stoff und ein Hemdknopf sprang heraus.
Marina Pascale blickte diskret zur Seite und richtete das Wort an Franz Plasser vulgo Kaiser Franz, wir müssen herausfinden, wer Sie so sehr hasst, dass er nicht einmal vor einem Mord haltmacht. Fangen wir von vorne an. Gehen wir weit zurück und werfen wir einen Blick auf Ihre Jugendzeit. Uns ist zu Ohren gekommen, dass Sie früher als Lastwagenfahrer im Fernen Osten tätig waren. Unter anderem längere Zeit in Saudi-Arabien.
-Aha, daher weht der Wind. Wer hat euch das gesteckt? Der Taxl-Steff?
-Die Identität des Informanten tut nichts zur Sache. Wichtig ist ...
-Und ob die Identität des Informanten, was zur Sache tut, schnitt er ihr das Wort ab, im Schutz der Anonymität ist schnell eine Verleumdung in den Raum gestellt.
-Der Informant ist unsere Kompjuterdatei. Sie haben in Saudi-Arabien eine dreijährige Haftstrafe abgebüßt.
-Das war eine hundsmiserable Zeit. Die Saudis spinnen! Die sperren einen wegen dem kleinsten Nasenbären ein. Das Ganze war doch nur eine harmlose Jugendsünde.
-Unseres Wissens spielten Nasenbären keine Rolle, sondern geschmuggelter Whiskey.
-Ihr wisst's eh schon alles! Warum fragt ihr dann noch so blöd herum?

-Wer war sonst noch am Whiskeyschmuggel beteiligt? Haben Sie damals einen Kollegen verpfiffen oder so was in der Art?
-Sagen wir, er glaubte, dass ich ihn verpfiffen habe. Dem war aber nicht so. Die Saudibullen haben mich beschattet und ich habe sie unwissentlich auf seine Spur geführt. Dafür könnte ich mich heute noch ohrfeigen!
-Wie hieß der Kollege?
-Herbert Mitterbauer. Frühpensionist. Seine Wirbelsäule ist im Arsch. Das jahrzehntelange Lastwagenfahren hat ihm die Gesundheit ruiniert. Er wohnt in Traunkirchen bei seiner Mutter.
-Trauen Sie ihm den Mord zu?
-Warum hätte Herbert so lange warten sollen? Hätte er mir einen Denkzettel verpassen wollen, hätte er das doch längst getan. Mein Instinkt sagt Nein.
-Ist Herbert Mitterbauer zufällig ein guter Schütze?
-Schießen kann er. Ich glaube, er ist noch immer beim Schützenverein. Sektion Zimmergewehr. Trotzdem. Seit der Zeit im Saudiknast hat Herbert schwache Nerven. Einen Mord würde er nicht durchstehen.
-Wann hatten sie den letzten Kontakt?
-Das ist drei Jahre her. Wir haben uns an der Tankstelle bei der Zapfsäule getroffen. Ich habe Herbert gegrüßt, aber er hat kein Wort gesagt, sondern stur weggeschaut.
-Er ist Ihnen also noch immer böse. Das ist ein klares Mordmotiv.
-Ich weiß nicht.
-Vater, meldete sich Rudolf Plasser zu Wort, das könnte doch sein! Du versteifst dich komplett auf den Taxl-Steff, das macht dich für jede andere Möglichkeit blind.
-Ich gebe dem Rudi Recht, pflichtete Annamirl dem Sohn bei, neben dem Taxl-Steff gibt es noch andere schlechte Menschen auf der Welt.
Kaiser Franz zuckte resigniert die Achseln und sagte, wer auch immer der Mörder ist, ich habe ihm Rache geschworen.

Keiner bringt meinen Sohn Ferdi ungestraft um. Dafür gehe ich erhobenen Hauptes ins Gefängnis.
-Herr Plasser, ich bitte Sie, nehmen Sie von jeglicher Selbstjustiz Abstand. Angesichts der Tragödie, die Ihrer Familie widerfahren ist, zahlt es sich nicht aus, dass Sie sich selbst strafbar machen.
-Frau Inspektor, sagte Kaiser Franz, sparen Sie sich die Belehrungen. Mein Entschluss ist unumstößlich. Die Angelegenheit geht nur mich etwas an. Und damit basta.
Marina Pascale bedankte sich bei Kaiser Franz für die Auskunftsbereitschaft und war selig, als sie wieder in die Stöckelschuhe schlüpfen konnte. Marlon Urstöger nahm ein Gespräch am Diensthändi entgegen. Der Stadtpolizist Erwin Wimmer informierte ihn über den Raufhandel der vergangenen Nacht. Marlon Urstöger gab die Meldung an Marina Pascale weiter.
Sie sagte, so, so, der brutale Arm der Lynchjustiz hat also bereits zugeschlagen. Weißt du was, die Geschichte würde ich gern genauer hören. Wir statten dem Ischler Kollegen einen Besuch ab.
-Aber die fürchterliche Akne! Ich kann den Mann nicht anschauen. Bei dem ekligen Anblick kriegt man das nackte Würgen.
-Mir geht es genauso. Doch Dienst ist nun einmal Dienst. Oder Herr Kollege? Verlässt dich etwas dein Karrierebewusstsein? Wir müssen Informationen sammeln, um im Fall weiterzukommen. Übrigens, sie griff in die weinrote Handtasche, die Sicherheitsnadel kann einstweilen den sich selbständig gemachten Hemdknopf ersetzen.
Manchmal möchte ich das Schizo-Fasserl durch den Fleischwolf drehen, dachte er beschämt, während er die Sicherheitsnadel ansteckte, ich bin kein kleiner Junge, der bemuttert werden will. Aber Polizeipräsident willst du doch werden, sagte sein Über-Ich, also reiß dich am Riemen. Marlon Urstöger schluckte den Groll hinunter, zwickte die gut im

Fleisch stehenden Arschbacken zusammen und sagte, das ist sehr aufmerksam. Danke Marina.
Sie stieg zufrieden lächelnd in den silbernen VW-Kombi. Marlon Urstöger übernahm wie gewohnt das Steuer.
Als sie bei einem Supermarkt vorbeikamen, rief Marina Pascale, stopp! Marlon, fahr rechts ran. Ich muss etwas besorgen und schnell einmal aufs Klo.
-Nimm bitte eine Familienpackung Schokoriegel mit, ich bleibe so lange im Auto sitzen.
Marina Pascale stieg elegant aus. Sie drehte die Beine auf die Seite, setzte sie vor der Autotür auf den Boden und schwang sich in einem Schwung hoch. Als Marlon Urstöger sie davonstöckeln sah, dachte er, was für eine komische Figur sie doch abgibt. Er zündete ein Zigarillo an, ließ das Autofenster herunter und war froh, etwas in den Mund stecken zu können. Marina Pascale erkundigte sich bei der Kassiererin nach der Kundentoilette. Später packte sie drei Tüten Gummibärchen, sechs Dosen *Red Bull* und eine Mega-Familienpackung *Mars* in den Einkaufswagen. Einstweilen wurde Marlon Urstöger im Auto die Zeit lang. Verärgert dachte er, wenn das Schizo-Fasserl aufs Klo geht, heißt es immer eine Ewigkeit warten. Dann fiel er, als hätte er eine Woche Nulldiät hinter sich, mit Heißhunger über die *Mars*-Riegel her. Marina Pascale beobachtete die Gier und meinte, für dich sollte man eine eigene Marke erfinden. Statt DU DARFST wäre für dich HAU REIN angebracht!
-Sehen wir uns den frühpensionierten Vogel in Traunkirchen an, wechselte er das Thema, es könnte nicht schaden, sein Alibi zu überprüfen.
-Ich teile deine Meinung. So und jetzt, hopp hopp im Schweinsgalopp zum Aknewunder Erwin Wimmer.
Er verzog angewidert die Mundwinkel. Dann lenkte er das Dienstauto zum vereinbarten Treffpunkt beim Sandwirt in Bad Ischl.
Es trug sich zu, dass die Akne des Wimmerlbombers ausgerechnet an jenem Tag in üppiger Vollblüte stand. Die An-

zahl der hässlichen Eiterpunkte sprengte alles Vorherdagewesene und wäre eine Eintragung ins Guinnessbuch der Rekorde wert gewesen. Für das extreme Aufschießen zeichnete sich der Stress der vorangegangenen Nacht verantwortlich. Erwin Wimmer besaß eine sensible Natur und war gegen Einflüsse von außen empfindlich. Und der Raufhandel zwischen den Plassers und dem Taxl-Steff hatte ihn dermaßen aufgeregt, dass das Gelb der Wimmerln überkochte. Zunächst stieß Marina Pascale die entzündete Schwefelvulkanlandschaft im Gesicht von Erwin Wimmer aufs Heftigste ab – erregte aber in weiterer Folge tiefes Mitleid. Marlon Urstöger benahm sich taktlos und machte keinen Hehl aus dem Ekel und atmete mehrmals geräuschvoll aus. Der Wimmerlbomber schilderte den Raufhandel bis ins kleinste Detail und erwähnte empört, dass ihm Rudolf Plasser kaltblütig das Uniformhemd vom Hals bis zum Nabel mit dem Messer aufgeschlitzt habe, weswegen er sich einem Herzinfarkt nahe geglaubt habe. Marina Pascale bedankte sich für den Bericht und ersuchte den Stadtpolizisten, weiterhin ein Auge auf die Rachsucht der Familie Plasser zu haben. Dann schickte sie Marlon Urstöger zum Dienstauto vor – was er ihr verübelte und ihn sich fragen machte, seit wann das Schizo-Fasserl neuerdings vor ihm Geheimnisse hatte. Doch nichts dergleichen war der Fall.
Marina Pascale nahm Erwin Wimmer am Arm – freilich ohne ihm direkt ins unappetitliche Gesicht zu blicken, und sagte leise, ich wüsste da eine gute Adresse in Mondsee. Dort gibt es eine Warzenwegbeterin namens Schwandtner Hannerl. So eine Warze ist ein hartes, störrisches Ding, dagegen ist so ein Wimmerl vergleichsweise weich und da scheint es doch denkbar, dass die Warzenwegbeterin auch gegen die Akne etwas ausrichten kann.
-Ja, Frau Inspektor, antwortete der Wimmerlbomber erstaunt, zwar habe ich bereits alle möglichen Mittel probiert, aber mit einer Warzenwegbeterin habe ich es noch nie versucht. Danke für den Tipp!

Erwin Wimmer sah der molligen Linzer Kriminalbeamtin gerührt nach und dachte, keine stöckelt so süß dahin wie sie und keine Vorgesetzte hat mich jemals netter behandelt.
Marlon Urstöger schaffte es nicht, den Unmut über das Weggeschicktwordensein zu verbergen. Marina Pascale betrachtete die angefressene Visage und dachte, ehe er an Eifersucht erstickt, schenke ich ihm besser reinen Wein ein.
-Marlon, sagte sie, ich habe mit dem Aknewunder ein kosmetisches Gespräch geführt und ihm einen Behandlungstipp gegeben. Ich habe dich vorausgeschickt, weil ich verhindern wollte, dass er sich als Mann vor einem männlichen Vorgesetzten bloßgestellt fühlt.
-Ach so, ehrlich gesagt, war ich froh, das Zombiegesicht nicht mehr anschauen zu müssen.
-Mir tut er leid.
-Es ist bestimmt kein Spaß, lenkte er verständnisvoll ein, mit dem Aussehen einer aufgeschlitzten Käsekrainer durchs Leben laufen zu müssen.

Seit es eine Umfahrung um Traunkirchen gab, war Ruhe im Ort eingekehrt. Seit der lärmende Durchzugsverkehr durch einen Tunnel vorbeifloss, baute sich die Beschaulichkeit in jedem Winkel ein Nest. Doch sie war nicht allen willkommen. Viele Geschäftsleute beklagten sich über dramatische Umsatzeinbußen. Das Häuschen der Familie Mitterbauer lag am Ortsende nahe der Straßentunnelöffnung und schaute Richtung Gmunden. Als Marlon Urstöger den silbernen VW-Kombi auf das kleine Grundstück lenkte, zerdrückte Marina Pascale genüsslich ein Gummibärchen zwischen den beneidenswert makellosen Zähnen, ohne sich bewusst zu sein, dass die Kauorgie dem bemitleidenswerten Bärchen die Qualen eines langsamen Foltertodes bescherte. Der Garten war gepflegt, wirkte aber ein wenig steril. Auf der linken Hausmauer war ein Baum aus Holz abgebildet, die primitive Schnitzarbeit war von der Proportion her zu groß geraten, sodass der Eindruck entstand, der Baum würde das Haus gleich einer Würgefeige erdrücken.

Nach dem Aussteigen, sagte Marina Pascale, die Augen auf den Baum gerichtet, Marlon, schau dir dieses Monstrum an!
-Scheißgrässlich!
Frau Mitterbauer erschien vor der Haustür und schaute die ungebetenen Besucher böse an. Die Siebzigjährige Frau trug selbst gestrickte Strümpfe und zerschlissene Lederfetzen an den Füßen, die einmal vor langer Zeit Halbschuhe gewesen sein mussten. Das Gesicht des Lumpenweibes war von einer unübersehbaren Strenge gezeichnet, als bestünde es aus reinem Eisen. Als Frau Mitterbauer die rasselnde Stimme gebrauchte, zuckten die Ohrwascheln der Kriminalbeamten empfindlich zusammen.
-Polizei? Ihr wollt's sicher zum Herbert. Der Lump haust hinter dem Haus in der alten schäbigen Hundshütt'n. Bei mir hat er nämlich Hausverbot.
-Danke, Frau Mitterbauer, erwiderte Marlon Urstöger und flüsterte Marina Pascale zu, hier scheint der Haussegen schief zu hängen.
-Der hängt nicht mehr, meinte sie, der ist längst abgestürzt.
Hinter dem Haus stand eine hübsche Gartenhütte, die nichts von einer Hundehütte an sich hatte. Aus dem Holzdach ragte ein rostiges Ofenrohr. Vor der kleinen Terrasse befand sich ein überdachter Feuerplatz, an dem ein schwarzer Kessel hing.
Marlon Urstöger klopfte an die Tür und fragte, Herr Mitterbauer? Sind Sie da? Wir möchten kurz mit Ihnen reden.
-Hat dich die Kniesebein geschickt, fragte eine sympathische Männerstimme misstrauisch durch die Tür, falls du von der alten Hexe kommst, kannst du dich gleich wieder schleichen!
-Nein! Ich bin Kriminalpolizist!
-Polizist, rief die sympathische Stimme erstaunt, Polizisten hab' ich zum Fressen gern! Stehst du auch gut im Saft? Es ist ohnehin Zeit fürs Mittagessen.
-Herr Mitterbauer, scherzte Marlon Urstöger, ich stelle Ihnen mein Fleisch gerne zur Verfügung.

-He, du hast ja einen richtigen Schmäh, rief die sympathische Stimme von Herbert Mitterbauer erfreut, und er öffnete die knarrende Holztür.
Ein fröhlich aussehender Mann im besten Alter kam zum Vorschein. Als er Marina Pascale bemerkte, stutzte er einen Moment und fragte Marlon Urstöger schelmisch, darf ich das Dickerchen auch vernaschen?
-Zuerst halten Sie sich aber an den großen Mastochsen, sagte Marina Pascale breit lächelnd und fuhr in ernstem Ton fort, es geht um Ihre Zeit in Saudi-Arabien, in der Sie etwas – sagen wir – beengt gelebt haben. War die Zeit im Gefängnis sehr schlimm?
-Schlimm ist ein Hilfsausdruck, sagte Herbert Mitterbauer, es ist ein Wunder, dass ich den Wahnsinn überhaupt überlebt hab. Ich werde ungern daran erinnert. Ich hab´ die Strafe abgebüßt. Was willst du von mir?
-Damals hat Sie Franz Plasser bei der Polizei in Saudi-Arabien angeschwärzt. Kann es sein, dass Sie ihn aus Rache erschießen wollten?
-Jetzt geht die Fantasie mit dir durch! Du hast einen kapitalen Vogel! Ich, betonte Herbert Mitterbauer und legte die Hand aufs Herz, habe noch keinem Menschen Gewalt angetan. Hast du mich?
-Sie sind ein guter Schütze, fuhr Marina Pascale unbeirrt fort, Sie hegten Groll gegen Ihren einstigen Kameraden und haben ihn kaltblütig erschossen.
-Halt den Schnabel, du durchgedrehtes Polizistenhühnchen, du weißt ja nicht, was du sagst, rief Herbert Mitterbauer zornig und wandte sich an Marlon Urstöger mit der Frage, sind bei euch alles Kriminaler so gestört?
Marlon Urstöger räusperte sich und sprach ein Machtwort, Herr Mitterbauer, es tut mir leid, doch nun muss ich dienstlich werden! Mäßigen Sie Ihre Ausdrucksweise! Ferdinand Plasser hat seinen Vater als Kaiserdouble vertreten und wurde erschossen. Das ist kein Spaß! Wir haben einen Mord auf-

zuklären und Sie werden uns nach bestem Wissen und Gewissen dabei helfen!
-Was? Einer der Plasser Buben wurde erschossen? Das ist ein starkes Stück!
Marlon Urstöger fragte, lesen Sie keine Zeitung?
-Die Kniesebein passt den Briefträger ab und schnappt mir die Tageszeitung immer vor der Nase weg und kontrolliert meine ganze Post. Die alte Hexe hat über mich eine Nachrichtensperre verhängt. Eines Tages ramm ich ihr den Besen in den Warzenarsch!
-Zurück zum Thema, meldete sich Marina Pascale zu Wort, wo waren Sie am achtzehnten August dieses Jahres zwischen achtzehn und vierundzwanzig Uhr?
-Hier.
-In der Hütte?
-Ja.
-Kann das Ihre Mutter bestätigen?
-Können ja, aber die Kniesebein wird es nicht tun. Sie hat mir den Krieg erklärt und tut alles, um den Feind zu vernichten.
-Besitzen Sie eine Waffe?
-Eine Pistole.
-Dürfen wir die Waffe sehen?
-Hoffentlich hab´ ich sie nicht verlegt. Ich muss sie erst suchen.
-Wir warten so lange.
Herbert Mitterbauer verschwand in der Hütte. Marlon Urstöger bot Marina Pascale auf der kleinen Terrasse ein Zigarillo an, das sie lächelnd entgegennahm. Nachdem sie einen Zug gemacht hatte, fragte sie, was meinst du, Marlon, könnte er der Täter sein? Sollen wir einen Schmauchtest veranlassen?
-Wenn er beim Schützenverein ist und unlängst geschossen hat, besagt ein positiver Schmauchtest gar nichts.
-Mir erscheint die Rachetheorie als Mordmotiv auch wenig griffig, aber wir müssen jeder Spur – und sei sie auch noch so

vage – gründlich nachgehen. Sonst zerreißt uns der Chef in der Luft!
Herbert Mitterbauer stieß von innen mit dem Fuß die Hüttentür abrupt auf und sprang wie ein Guerillakämpfer auf die Terrasse. Er richtete eine rosarote Spritzpistole aus Plastik auf die beiden Kriminalbeamten und schrie, Hände hoch oder ihr seid tot!
Marina Pascale duckte sich erschrocken. Marlon Urstöger zog geistesgegenwärtig die Glock und zielte auf Herbert Mitterbauer, der in schallendes Gelächter ausbrach und sich vor Schadenfreude über den gelungenen Schabernack zerkugelte.
Als er Luft geholt hatte, meinte er prustend, meine Pistole ist leider nicht geladen, der Wasserkanister war leer.
-Blöder Trottel, brüllte Marlon Urstöger, das hätte ins Auge gehen können!
Marina Pascale richtete sich auf und brach – als sie dem triumphierenden Schelm ins Gesicht blickte – ebenfalls in Gelächter aus und konnte dem sich kindisch freuenden Herbert Mitterbauer nicht böse sein. Marlon Urstöger fand das ganz und gar nicht komisch! Er war nahe daran gewesen, den Abzug zu betätigen und den übermütigen Spaßvogel über den Haufen zu schießen! Die Kurzschlussreaktion hätte ihn die Karriere kosten können! Und das Schizo-Fasserl hat nichts Besseres zu tun, als sich schief zu lachen.
Grantig steckte er die Glock in den Halfter und sagte pampig, sobald wir uns vor Lachen ausgeschüttet haben, können wir uns ja wieder der Ermittlungsarbeit zuwenden.
-So poppige Pistolen haben wir leider nicht, bemerkte Marina Pascale, warum müssen Schusswaffen eigentlich immer dunkle Farben haben?
-Sollen sie etwas gelb oder blau oder rot sein, fragte Marlon Urstöger grantig, so unter dem Motto: Auf auf zum fröhlichen Morden?
-Hab´ ich dich am falschen Fuß erwischt? Marlon, das war doch nur so dahergeredet. Wo waren wir stehen geblieben?
-Schmauchtest, gab er das Stichwort.

-Herr Mitterbauer, wurde Marina Pascale ernst, Sie sind Mitglied im Schützenverein. Ist das richtig? Wo wird die Schusswaffe aufbewahrt?
-Das stimmt. Das Zimmergewehr bleibt immer im Ebenseer Vereinshaus.
-Wann haben Sie zuletzt mit dem Zimmergewehr geschossen?
-Gestern.
Marina Pascale sah Marlon Urstöger mit einem Den-Schmauchtest-können-wir-vergessen-Blick an, und sagte dann, Herr Mitterbauer, wir suchen jetzt Ihre Mutter auf und erkundigen uns nach Ihrem Alibi vom achtzehnten August.
-Den Weg könnt ihr euch sparen. Die Kniesebein reitet mich garantiert rein!
-Ich bin da weniger pessimistisch, erwiderte Marina Pascale, machen Sie's gut! Auf Wiederschauen.
Die siebzigjährige Frau Mitterbauer, die buchstäblich in Lumpen ging, hatte vom Haus die Vorgänge bei der Hütte beobachtet, und freute sich über die Gelegenheit, dem verhassten Sohn, dessen unbändige Lebenslust sie unerträglich fand, eins auszuwischen, als sie von Marina Pascale nach seinem Alibi gefragt wurde.
Sie stemmte die Hände in die Hüften und antwortete rasselnd, ich hab´ den grauen Star. Mir verschwimmt alles vor den Augen. Ich weiß nicht, ob der Herbert da war. Der graue Star macht einem das Leben schwer, das kann ich euch sagen, er macht einen faktisch blind.
-Danke, das war's schon, sagte Marina Pascale und dachte, dass die Alte wirklich eine böse Hexe war.
-Ein ziemlich fieses Lumpenluder, was, meinte Marlon Urstöger beim Weggehen, ich glaube dem Mitterbauer, obwohl ich auf das Spritzpistolenattentat gern verzichtet hätte.
-Der Mann ist ein Schelm. Auch ich möchte ihm glauben, weil er sympathisch ist. Aber Obacht! Wir hören uns sicherheitshalber noch bei den Nachbarn um. Vielleicht können sie uns etwas über sein Alibi sagen.

In der weinroten Handtasche klingelte das Diensthändi. Es war die Gerichtsmedizinerin Leonilla Grampelhuber. Sie erklärte die Obduktion von Ferdinand Plasser für beendet und gab die Leiche frei. Anschließend rief Marina Pascale bei Familie Plasser in Bad Ischl an und gab die Nachricht weiter. Danach sagte sie zu Marlon Urstöger, wir dürfen uns die Beerdigung von Ferdinand Plasser nicht entgehen lassen und müssen uns dort gründlich umsehen. Du kümmerst dich darum, dass wir den Termin nicht verpassen, ja!

Logo, dachte der sich ärgerernde Marlon Urstöger, der hündische Sekretär des Schizo-Fasserls erledigt das, eigentlich bin ich zwar Kriminalbeamter, aber das kratzt hier niemand. Doch dann dachte er an seine hochfliegenden Karrierepläne, biss auf die Unterlippe und nickte gehorsam.

10.

Durst ist schlimmer als Heimweh

Kaiser Franz ächzte beim Aufstehen. Die gequetschten Hoden verursachten Schmerzen. Annamirl schickte ihn zum Bestatter, damit er alles Notwendige für die Beerdigung des geliebten Sohnes Ferdi in die Wege leiten konnte. Das war für Kaiser Franz ein wahrlich schwerer Gang. Die schwere Last der Trauer drückte ihn schier zu Boden. In Zeitlupe stieg er in den Mercedes und fuhr wie in Trance zum Bestattungsunternehmen. Die Augustsonne leuchtete hell am Himmel. Doch Kaiser Franz nahm von den goldenen Strahlen keine Notiz. In seiner Seele herrschte tiefschwarze Nacht. In seinem Herzen klaffte eine Wunde, die so höllisch wehtat, dass er ununterbrochen hätte schreien mögen. In der nordseitig gelegenen Ortschaft Kaltenbach wurde es schlagartig schattig. Nach der Talstation der Katrin Seilbahn folgte ein dunkler, hauptsächlich aus alten Fichten bestehender Waldstreifen. Mittendrin lag ein romantisches Haus, dessen breite, dreistöckige Veranda mit Laubsägearbeiten verziert war, in dem das Bestattungsunternehmen – diskreterweise etwas abseits von den Lebenden – untergebracht war. Kaiser Franz stellte den Mercedes am Parkplatz ab und blieb noch eine Weile stocksteif sitzen, bis er die notwendige Kraft gesammelt hatte, um die Autotür zu öffnen. Seine desperaten Schritte mahlten auf dem weißen Kies am Gehweg zum Eingang. Die am Wegrand stehenden Buchsbäume verströmten ihren charakteristischen Geruch, der viele Menschen sofort an einen Friedhof denken ließ. Vor der Tür zögerte Kaiser Franz einen Moment. Dann legte er die Hand auf die protzige Goldklinke. Als er sie abwärts drückte, fühlte er jede Energie aus sich weichen, als risse ihm ein unsichtbarer Dämon das Herz aus dem Leibe. Im schummrigen Flur wehte ihn der Duft von Blumen und Kerzen an. Der graue Marmorfußbo-

den machte ihn zornig, weil er es als Schande empfand, dass mit dem Tod so viel Geld zu verdienen war. Empört schob er die Unterlippe über die Oberlippe und betrat eine drei Meter hohe Halle. Die Wände waren mit dicken, violetten Samtvorhängen bekleidet. Von der Decke hing ein riesiger Kristallüster. Auf einem Wandgestell standen drei Särge, einer war aufgeklappt, sodass man das dramatisch dunkelblaue Futter bewundern konnte. Auf einem breiten, rechteckigen Tisch, auf dem mühelos das letzte Abendmahl Platz gefunden hätte, lagen aufgeschlagene und geschlossene Musterkataloge für Trauerbedarf aller Art. Aus dem Nebenraum drang Zigarettenrauch durch die angelehnte Tür.
-Toni, alter Haderlump, rief Kaiser Franz, du brauchst dich nicht zu genieren. Jeder in Bad Ischl weiß, dass du für dein Leben gern rauchst und saufst!
Der Bestatter fühlte sich ertappt. Ein gequältes Hüsteln war die Antwort. Schritte wurden laut. Der Tritt war weich, was bedeutete, dass sich Toden-Toni, wie er von den Bad Ischlern genannt wurde, bereits einen kleinen Nachmittagsschwips angetrunken hatte. Die unzähligen erweiterten, roten Äderchen im verlebten Gesicht brachten Nase und Wangen zum Leuchten. Das angegraute Haar stand wirr am Kopf. Im zu weit geschnittenen schwarzen Anzug wirkte Toden-Toni wie ein Zirkusclown. Dann setzte er die Berufsmiene, will heißen, eine Leichenbittermiene auf und streckte Kaiser Franz die Hand entgegen, wobei er den Blick diskret senkte und leise sagte, Servus Franz. Ich wünschte, der Anlass unserer Begegnung wäre erfreulicher Natur.
-Wie kann man nur so geschwollen daherreden, ärgerte sich Kaiser Franz, du bist doch sonst auch alles andere als etepetete!
-Das mit deinem Buben, sagte Toden-Toni frisch von der ständig überforderten, weil tagtäglich bedusselten Leber weg, ist wirklich ein Scheiß! Weißt du was, ich bring uns einen Cognac. Du wirst sehen, der scharfe Franzose richtet das ramponierte Herz wieder ein.

-Nur zu, bring den Stoff, stimmte Kaiser Franz dem Vorschlag zu.
Toden-Toni schenkte aus einer *Remy Martin* Flasche großzügig in große Cognacschwenker ein. Die Männer stießen miteinander an und gönnten sich einen kräftigen Schluck.
Danach fühlte sich Kaiser Franz tatsächlich ein Quäntchen besser und sagte, was er zu sagen hatte, Toni, mein Bub liegt in der Gerichtsmedizin in Salzburg und kann abgeholt werden. Bitte sei so gut und fahr gleich los. Ich möchte Ferdi so schnell als möglich in Bad Ischl haben. Er hat die Heimat sehr geliebt. Morgen komme ich wieder und wir besprechen dann alles Weitere.
-Ich starte gleich und bringe noch heute Abend deinen Buben heim, erwiderte Toden-Toni und stürzte mit einem Ausdruck der Entschlossenheit den restlichen Cognac die Kehle runter.
-Pass beim Fahren auf!
-Keine Sorge, ich bin geeicht.
Als Kaiser Franz weggefahren war, rief Toden-Toni seinen Gehilfen Günther, der von den Bad Ischlern Toden-Gü genannt wurde. Aber Toden-Gü befand sich im Keller, wo er gerade eine Leiche wusch, und hörte die Rufe des Chefs nicht. Da Toden-Toni leicht in Rage geriet, war er binnen kürzester Zeit auf hundertachtzig. Um sich emotional abzukühlen, griff er zur Cognacflasche und ließ einen Schwall des stärkenden Getränks die Gurgel hinabfließen. Als er vom Alkohol benebelt zur Ruhe zurückfand, schrieb er: HALLO GÜ, BIN NACH SALZBURG GEFAHREN auf einen Zettel und legte ihn auf den großen rechteckigen Tisch, an dem mühelos das letzte Abendmahl Platz gefunden hätte. Draußen in der Garage waren drei Leichenwagen versammelt und Toden-Toni entschied sich für den Allerbesten. Für den Transport des Ferdinand Plasser, der allzu früh von der Erde abberufen worden war, hielt er den nagelneuen Mercedes für angemessen. Beim Betrachten der schwarz glänzenden eleganten Prachtkarosse schlug das Herz des Bestatters vor Freude einen Purzelbaum. Der längliche Laderaum war mit weißem

Satin ausgeschlagen und konnte durch weiße Satinvorhänge vor neugierigen Blicken geschlossen werden. Selig über den Luxus, den er sich aufgrund der eigenen, unternehmerischen Tüchtigkeit leisten konnte, steckte Toden-Toni den Schlüssel ins Zündschloss. Der Motor schnurrte wie ein verliebter Kater. Während Toden-Toni auf dem Weg nach Salzburg war, wusch Toden-Gü im Keller die zweite Leiche. Der leicht zurückgebliebene Mann liebte seinen Beruf. Im Allgemeinen mochte er die Leichen. Nur hin und wieder befanden sich Unsympathen darunter. Die alte Frau, die an Altersschwäche gestorben war, besaß ein gütiges Gesicht. Toden-Gü wusste sofort, dass sie zu Lebzeiten eine angenehme Person gewesen war. Anhand der Gesichtszüge schloss er auf den Charakter der Toten. Er sprach liebevoll zu der alten Frau, erklärte ihr jeden Schritt der Reinigung und warnte sie vor dem lauwarmen Wasserstrahl, damit sie nicht unnötig erschrak. Meistens pfiff Toden-Gü bei der Arbeit vor sich hin, manchmal sang er den Leichen auch ein Liedchen vor. Er beglückte die alte Frau mit der oberösterreichischen Landeshymne, in der vor allem die Liebe zur Heimat thematisiert wurde. Toden-Gü vertrat im Übrigen die Meinung, dass Begräbnisse in der Regel viel zu traurig gestaltet waren. Von der faden Trauermusik bekam er quälende Ohrenschmerzen und die gedämpften Trauerreden schlugen ihm aufs Gemüt.

Toden-Toni legte in St. Gilgen einen Stopp ein. Das am See gelegene Wirtshaus besaß einen herrlichen Gastgarten. Der leutselige Wirt begrüßte den Bestatter mit Handschlag und erkundigte sich, na, wie gehen die Geschäfte? In Österreich gibt's ja so viele alte Leute, das ist das reinste Bestatterparadies. Und Begräbnisse sind bei uns sauteuer, woanders wird man für läppische fünfzig Euro unter die Erde gebracht. Bei den Diskontpreisen würdest du bald Konkurs anmelden müssen. Was darf's zu trinken sein? Einen Zirbenschnaps oder ein Seidel Bier?
Toden-Toni besaß einen außerordentlichen Hang zu hochprozentigen Getränken und entschied sich für den Zirben-

schnaps. Er nahm gemächlich im Gastgarten Platz. Er lauschte dem Vogelgezwitscher und blickte auf den tiefblauen Wolfgangsee. Und weil die Gebirgskulisse gar so schön war, blieb er ganze zwei Stunden sitzen, in denen er Kette rauchte und etliche Zirbenschnäpse vertilgte. Danach wankte er im Zickzackkurs zum Leichenwagen und setzte die Fahrt nach Salzburg in Schlangenlinien fort. Toden-Toni hegte keine Befürchtung wegen Trunkenheit am Steuer zur Rechenschaft gezogen zu werden. Es kam äußerst selten vor, dass ein Leichenwagen von der Polizei angehalten wurde. Jedermann hatte Respekt vor dem Tod, Polizisten bildeten da keine Ausnahme. Wie durch ein Wunder manövrierte er den stattlichen Leichenwagen heil durch den Stadtverkehr und gelangte unfallfrei zum gerichtsmedizinischen Institut in der Ignaz-Harrer-Straße.
Im Gebäude traf Toden-Toni auf Leonilla Grampelhuber und sprach die Pathologin mit einer Mordsfahne an, so da la, ich wäre jetzt da, um die freigegebene Leiche des Ferdinand Plasser abzuholen.
-Besoffener Teufel, rief die Männerhasserin Leonilla Grampelhuber entsetzt, seit wann werden bei uns die Leichen von Spirituosenhändlern abgeholt?! Oder sind Sie etwa gar ein trunksüchtiger Sandler? Außerdem stinken Sie fürchterlich nach Zigarettenrauch! An Ihnen ist wohl kein Laster vorbeigegangen, was?
-Es handelt sich um ein Missverständnis, sagte Toden-Toni, ich bin Bestatter und möchte Ferdinand Plasser abholen.
-Können Sie sich ausweisen, fragte Leonilla Grampelhuber grantig, ohne Papiere kann ich Ihnen die Leiche nicht anvertrauen.
-Sie sind aber kompliziert, beschwerte sich Toden-Toni, hier, er zog die Brieftasche aus der Innentasche des Sakkos, mein Personalausweis und eine Visitenkarte meines Unternehmens.
-Ihre Angaben scheinen der Wahrheit zu entsprechen, sagte Leonilla Grampelhuber, aber, sagen Sie einmal, wie wollen

Sie denn in Ihrem zweifelhaften Zustand die Leiche allein hinaustragen?
-Ich dachte mir, Sie packen mit an.
Leonilla Grampelhuber stemmte die Hände kampfeslustig in die Hüften und brüllte, Mann, sind Sie von allen guten Geistern verlassen? Der Dachschaden kommt vom Saufen! Ich werde eine Meldung bei der Gewerbeaufsicht machen! Was bilden Sie sich ein? Ich bin Ärztin und keine Sargträgerin.
Der heftige Ausbruch rührte Toden-Toni wenig, gelassen schlug er vor, vielleicht könnte ein Famulant einspringen und anpacken?
-Die Jugend ausbeuten, das könnte Ihnen so passen! Für so ein verkommenes Subjekt krümmt in meinem Institut niemand einen Finger. Also sehen Sie zu, dass Sie woanders einen gutmütigen Trottel auftreiben.
Toden-Toni blies die geröteten Backen auf und machte Puh.
-Was heißt hier puh, ging Leonilla Grampelhuber von Neuem auf, Sie wandelndes Schnapsfass, jetzt aber schnell raus mit Ihnen, ehe ich mich vollkommen vergesse.
Toden-Toni sah ein, dass bei der wild gewordenen Leichenschnipslerin jeder Widerstand zwecklos war, und machte schulterzuckend kehrt. Als er in der Nähe des Instituts einen Würstelstand entdeckte, kehrte er dort auf einen Obstler ein und schilderte der Würstelfrau, die mehr als hundert Kilo auf die Waage brachte, sein Problem.
Da die Würstelfrau eine patente Person war, hatte sie sofort eine Lösung parat, das ist doch ganz einfach, sagte sie, um fünf kommt mein Bub von der Schule heim. Für ein kleines Trinkgeld hilft dir mein Willi gern beim Tragen.
Vor lauter Freude bestellte Toden-Toni noch einen Obstler und bedankte sich bei der hilfsbereiten Würstelfrau im Voraus. Willi kam pünktlich um fünf und versprach Toden-Toni zur Hand zu gehen. So weit lief alles wie am Schnürchen, das aber, als Toden-Toni mit dem Halbwüchsigen im gerichtsmedizinischen Institut neuerlich um die Leichenherausgabe bat, von Leonilla Grampelhubers scharfer Zunge durch-

schnitten wurde, was wollen Sie mit dem Kind hier, schimpfte sie, Kinderarbeit ist in Österreich verboten! Folglich sind Minderjährige zum Leichentransport nicht berechtigt. Bringen Sie den Burschen augenblicklich weg oder ich zeige Sie an!
-Schauen Sie, die Leiche will heim zur Familie, argumentierte Toden-Toni, es ist ihr egal, von wem sie transportiert wird. Jetzt haben Sie sich nicht so, Frau Doktor, im Fall Ihres Ablebens gewähre ich Ihnen zehn Prozent Rabatt auf sämtliche Bestattungskosten. Das können Sie gern schriftlich haben.
-Sie sind nicht nur stockbesoffen, sondern zudem auch noch geschmacklos! Ich kann Ihren Anblick nicht länger ertragen. Meinetwegen packen Sie die Leiche in die Blechkiste und gehen Sie mir aus den Augen!
-Sehr gerne, Frau Doktor, erwiderte Toden-Toni mit zynischem Unterton, Ihr Entgegenkommen ehrt Sie. Mein Angebot steht, zehn Prozent Rabatt auf sämtliche Bestattungskosten.
Leonilla Grampelhuber ballte die Hände zu Fäusten und führte den Bestatter sowie den minderjährigen Trägergehilfen widerwillig in den Kühlraum, wo die Leiche von Ferdinand Plasser gelagert war. Leonilla Grampelhuber ging zur Kühlbox und zog die Schublade heraus. Beim Anblick der Leiche wurde Willi von Schwindel befallen. Der Bursche hatte nie zuvor einen Toten gesehen. Zunächst taumelte Willi, dann knickte er ein und kippte um. Toden-Toni beugte sich nach unten, um dem Burschen zu Hilfe zu eilen, doch leider verließ ihn der Alkohol beschädigte Gleichgewichtssinn und er fiel neben dem ohnmächtig gewordenen Burschen der Länge nach hin. Leonilla Grampelhuber schleuderte die Hände in die Luft und ließ einen spitzen Schrei los. Sie würdigte den Trunkenbold keines Blickes, sondern kümmerte sich um Willi, tätschelte energisch die blassen Wangen und lagerte seine Beine hoch. Binnen einer Minute kam der Bursche wieder zu sich und blickte verwundert auf den stram-

pelnden Bestatter am Boden, der sich wie ein auf den Rücken gefallener Käfer gebärdete.

Leonilla Grampelhuber richtete einen strafenden Blick auf den Bestatter und sagte bissig, wenn Ihnen die Peinlichkeit zusieht, wird sie vor Scham rot.

-Willi fragte besorgt, was hat denn der Onkel? Ist ihm auch schlecht geworden?

Leonilla Grampelhuber bedeckte das Gesicht abermals mit den Händen und schüttelte den Kopf. Nach längerem Rudern und Strampeln gelang es, Toden-Toni schließlich doch noch aufzustehen. Anschließend öffnete er den metallenen Überführungssarg und holte den dazugehörigen Schlafsack ähnlichen Plastikbeutel heraus, legte ihn auf einen Seziertisch und öffnete mit einem ritsch den Reißverschluss. Weil Leonilla Grampelhuber schwere Bedenken bezüglich der Sicherheit des Leichnams hatte und dem linkischen Säufer von einem Bestatter die schlimmsten Stümpereien zutraute, fasste sie bei der Leichenumbettung schließlich doch mit an. Zu dritt bugsierten sie den toten Ferdinand Plasser in den Plastikbeutel und verstauten diesen im metallenen Überführungssarg. Danach luden Toden-Toni und Willi den Überführungssarg in den Leichenwagen. Beim Abschied konnte sich Willi über ein Trinkgeld von zehn Euro freuen.

Während der Rückfahrt pfiff Toden-Toni vergnügt vor sich hin. Das kleine Missgeschick in der Gerichtsmedizin hatte seine Laune in keiner Weise getrübt und es lag ihm fern, überflüssige Gedanken an das Malheur zu verschwenden. Er war nicht der Erste auf der Welt, der gestolpert war. Er war lediglich bereit, einzuräumen, dass die exzessive Sauferei eine gewisse Unfallgefahr in sich barg. Bei einer scharfen Rechtskurve donnerte der Überführungssarg an die Seitenwand. Toden-Toni hatte vergessen, ihn festzuschnallen, und bemerkte von dem Bums nichts. Der Alkohol nimmt den Sinnen die Schärfe, das weiß jedes Kind. Bei der nächsten Linkskurve kam der Überführungssarg erneut ins Schlingern und krachte abermals an die Wand. Das Schicksal spielte

Ferdinand Plasser auf übelste Art mit! Selbst im Tod ließ die Hand des Pechs nicht von ihm ab und bescherte ihm das Ungemach des unbequemen Durchgeschütteltwerdens als Extradraufgabe.

In Fuschl am See verspürte Toden-Toni unbändigen Durst. Vor dem Gasthaus Weißer Hirsch trat er auf die Bremse und brachte den Luxusleichenwagen zum Stehen. Der Wirt freute sich über das Auftauchen des guten Gastes. Er war ein alter Schulfreund. Zusammen hatten sie früher allerhand Lausbubenstreiche ausgeheckt. Zur Begrüßung fielen sich die Männer Schulter klopfend um den Hals.

-Ja, mei, der Toni!

-Ja, mei, der Max!

-Ja, Toni gut schaust du aus!

-Max, du aber auch!

Der Wirt schaute zum Fenster raus und fragte, Toni, hast du einen Kadaver dabei?

-Ja, das ist eine traurige Sache! Der Bursche war noch keine zwanzig Jahre alt und irgend so ein Arschloch knallt ihn ab.

-Ah, du sprichst vom Kaisermord in Ischl. Ich habe davon gehört, dass man das Kaiserdouble umgeblasen hat. Ja, das ist für die Familie ein harter Schlag. Traurig. Traurig. Traurig.

-Stell dir einmal den Kummer des Vaters vor! Der Alte muss mit der Tatsache leben, dass der Junge für ihn hat sterben müssen.

-Furchtbar. Furchtbar. Furchtbar.

-Das müssen schreckliche Schuldgefühle sein. Und die Polizei bringt wieder einmal nichts weiter. Es kann doch nicht so schwer sein, herauszufinden, wer den alten Plasser abmurksen wollte.

-Freilich. Freilich. Freilich.

-Auf die Misere trinken wir einen Schnaps, gell Max! Obwohl die Tragik hat, auch sein Gutes, Toden-Toni fiel ins Flüstern, je tragischer der Todesfall, desto spendabler sind

die Angehörigen. Sie wollen ein besonders schönes Begräbnis haben. Der Schmerz reißt den Geldbeutel ruckzuck auf.
-Das glaub ich. Das glaub ich. Das glaub ich.
-Prost, Max, alter Haderlump!
-Prost. Prost. Prost.
-Der Mörder läuft immer noch frei herum. Das ist doch echt arg.
-Wahnsinn. Wahnsinn. Wahnsinn.
-Bei der Polizei arbeiten lauter Trottel. Früher hat es geheißen, wer nix is und nix kann, den schickt man zur Post oder zur Bahn. Heute landen die Versager alle bei der Polizei.
-Es ist ein Jammer. Es ist ein Jammer. Es ist ein Jammer.
-Das kannst du laut sagen, Max! Geh, schenk noch einmal ein! Früher waren die Zeiten besser, was?
-Das sind wir uns einig. Das sind wir uns einig. Da sind wir uns einig.
-Heutzutage wird überall gespart. Nimm zum Beispiel die Unterhosen. Früher hat man sogenannte Schnellscheißhosen mit einem rückwärtigen Schlitz getragen. Da musste man den Stoffschlitz auseinanderziehen, um den Arsch zu sehen. Heute muss man den Arsch auseinanderziehen, um die Unterhose zu sehen.
-Das ist wahr. Das ist wahr. Das ist wahr.
-Wenn ich Polizist wäre, hätte ich den Mörder schnell gefunden und dann würde ich ihn aufknüpfen am Krawattl!
-So ist's recht. So ist's recht. So ist's recht.
-Jetzt wirst du sagen, jede Leiche ist für einen Bestatter ein Gewinn. Ihm kann es gleichgültig sein, wie sie ums Leben kam. Aber unter uns, so ist das beileibe nicht. Bei so einem unschuldigen Opfer wie dem Ferdinand Plasser drückt einen das Gewissen und man fragt sich, ob man nicht zu gierig ist. In manchen Fällen überkommt mich sogar die karitative Anwandlung, die Bestattungskosten selbst zu tragen. Zum Glück dauert so ein rührseliger Anfall nie lange.
-Ich versteh dich. Ich versteh dich. Ich versteh dich.

-Schleuder noch einen Schnaps rüber! Ich hab´ heute einen gewaltigen Durst.
-Durst ist schlimmer als Heimweh. Durst ist schlimmer als Heimweh. Durst ist schlimmer als Heimweh.
-Max, kann es sein, hicks, dass du alles dreimal tsagst?!
-Das kann sein. Das kann sein. Das kann sein.
-Aber warum?
-Wenn ich alles dreimal sage, geht es den Leuten ins Ohr. Sonst überhören sie immer die Hälfte. Trinken wir noch einen?
-Ich kann fast nicht mehr gerade tstehen. Ich tsetze mich auf den Barhocker. Wer tsitzen kann, kann auch fahren, oder? Jessasna, draußen wird's ja schon finster. Hicks. Kreuz Teufel, wie schnell doch die Zeit verfliegt! Aber einer geht immer!
-Eh klar. Eh klar. Eh klar. Wann wird der arme Ferdi eingescharrt? Ich glaub, ich gehe zum Begräbnis. Der Kaiser Franz ist ein alter Spezi.
-Frühestens übermorgen. Aber wahrscheinlich, hicks, noch ein oder zwei Tage später. Ich trufe dich an. Herrgott, ich glaub, ich hab´ einen kapitalen Rausch. Dein Schnaps Max ist ein gefährliches Wasserl! Hast du mir gar einen Vorlauf gegeben?
-Geh, woher. Geh, woher. Geh, woher.
-Da tschau raus beim Fenster. Die Sonne ist ganz blass geworden.
-Das ist der Mond. Das ist der Mond. Das ist der Mond.
-Der Mond? Ist es so tspät geworden? Mensch, Max, ich tfang ja zum Lallen an. Tjetzt muss ich aber wirklich heim. Max! Tzahlen. Tzahlen. Tzahlen!

Nach Begleichung der Zeche wankte Toden-Toni zum abgestellten Luxusleichenwagen und ließ sich auf den Fahrersitz plumpsen. Es brauchte mehrere Anläufe, bis er das Fahrzeug in Gang brachte. Weil er beim Fahren das Gefühl hatte blind zu sein – bemerkte er erst nach einer Wegstrecke von zehn Kilometern, dass er die Scheinwerfer noch nicht eingeschaltet hatte. Doch das Licht linderte den Schleuderkurs kaum. Der Überführungssarg rutschte kreuz und quer durch den Laderaum und krachte ständig gegen die Wand. Da hatte es der Fahrer besser, ihm bot das Lenkrad einen gewissen Halt. Als ein Fuchs die Fahrbahn querte, kam es zu einer kritischen Situation. Toden-Toni stieg voll auf die Bremse und der Leichenwagen geriet ins Schleudern. Zum Glück war die Straße an der Stelle dreispurig ausgebaut, so dass es zu keinem Unglück kam. Toden-Toni dachte, das war knapp. Aber, dir da hinten, sprach er in den Laderaum zurück, kann es gleich sein, du bist mausetot. Hiniger kannst du nicht mehr werden!

Am Abend war die Innenstadt von Bad Ischl belebt. Fußgänger flanierten durch die beleuchteten Gassen, an vielen Ecken war Musik zu hören. Von der angenehmen Atmosphäre angetan, entschloss sich Toden-Toni im Bahnhofsrestaurant auf einen Schlummertrunk zuzukehren. Als die blonde Kellnerin Gerli den Bestatter bei der Tür hereinwanken sah, dachte sie, oje, je später der Abend desto betrunkener die Gäste.

Toden-Toni blieb beim Hochprozentigen und bestellte, Tgerli, tbring mir einen doppelten Tcognac, hicks, aber einen französichen, tgleich twas er kostet.

Der Tierpräparator Klaus Kalteis grüßte den Bestatter mit einer Handgeste, trank den gespritzten Almdudler aus und kam an die Bar.

Toden-Toni meinte, Tservus, wie geht´s altes Haus?

-Man lebt, erwiderte Klaus Kalteis lapidar.

-Tmir geht´s genauso. Ich twar heute in Salzburg. Den armen Ferdi abholen. In der Tgerichtsmedizin haben sie sich angestellt, als müssten sie mir einen Tgoldbarren ausfolgen. Hicks. Die Tsalzburger tspinnen alle hochgradig, meinen sie twären was Besseres. Vom Nasenhochtragen tkriegen sie alle einen Storchenhals. Die Tsalzburger tsind eine komische Rasse.

-Eine Langhalsrasse eben. Die Nasen der Salzburger haben keine Schwerkraft und streben stets nach oben. Der Rotz des Hochmuts liegt in der Stadt überall in der Luft.
-Tgenau, du tsagst es. Ich bin so müde heute. Die Arbeit bringt mich noch um. Aber noch ein tkleiner Tcognac kann, hicks, nicht schaden.
-Lass ihn dir schmecken, ich geh jetzt, alles Gute, man sieht sich.
-Tservus Klaus!
Das verlebte, rote Gesicht des Bestatters glänzte fettig, der zu weit geschnittene dunkle Anzug besaß mehrere Flecken. Gott, sieht der Kerl schäbig aus, ging es Gerli durch den Kopf, ich möchte dem Saufaus nicht in die Hände fallen, weder tot noch lebendig. Da betrat Zoran das Lokal. Gerli betrachtete ihn mit liebendem Auge. Der junge Serbe hatte sich fein herausgeputzt, trug eine schwarze Lederjacke, ein strahlend weißes Hemd und dazu sexy Jeans. Seine Bewegungen besaßen die Lässigkeit eines James Dean. Das volle blauschwarze Haar glänzte wunderschön. Gerli scheuchte ihm ein verliebtes Lächeln zu, das Zoran breit erwiderte. Er zündete sich mit einem Patronenfeuerzeug eine Zigarette an. Ich muss ihm sagen, dass ich ein Baby bekomme, dachte Gerli beklommen, wie er es wohl aufnehmen wird? Könnte heute Abend der passende Zeitpunkt sein, um ihn mit der Vaterschaft zu konfrontieren?
Die Stimme von Toden-Toni riss Gerli aus den Gedanken, noch einen tkleinen Tcognac, bitte, rief er, ich habe heute so einen Durst. Das kann nur, hicks, von der tungesunden Tsalzburger Rotzluft kommen. Tgerli, wo bleibt der tkleine Tcognac? Weißt du, Durst ist schlimmer als Heimweh.

11.

Böse Überraschung

Toden-Gü aß zum Frühstück zwei Butterbrote und trank ein Häferl Kakao. Wie immer blickte ihm die Mutter beim Essen über die Schulter und wurde nicht müde den einzigen Sohn zu kritisieren.
-Deine Finger sind fettig geworden, du patscherter Latsch, schimpfte sie, die Trauerränder unter den Nägeln sind echt unappetitlich, du Schlamphans, wisch dir die Kakaoreste von der Oberlippe. Du hast dich heute wieder nicht rasiert. Pfui, du Struwwelpeter! Mit dir muss man sich nur genieren.
Toden-Gü schaltete auf Durchgang und hörte das endlose Gemeckere längst nicht mehr. Die ewig gleiche Platte prallte vollkommen am abgestumpften Gehör ab. Stattdessen lauschte er der Musik im Kopf. Nach dem Aufstehen spielte der innere Discjockey den Radetzkymarsch ab. Frühmorgens liebte er es zackig! Die Mutter wusste nicht, dass sie gegen die flotte Marschmusik nicht die geringste Chance hatte. An der Garderobe nahm Toden-Gü vor dem Spiegel einen Kamm zur Hand und frisierte das kurz geschnittene dunkelblonde Haar und zog dann die Haustür grußlos hinter sich zu.
-Diese Unordnung am Tisch, kebbelte die Mutter in der Küche weiter, der Bub ist ein elender Nichtsnutz, Gott hat mich mit dem Idioten gestraft, weil ich einen verheirateten Mann geliebt habe.
Toden-Gü schwang sich aufs Fahrrad und fuhr bei strahlendem Sonnenschein nach Kaltenbach zur Arbeit. Als er beim romantischen Haus des Bestatters im Wald ankam, lag es vollkommen ruhig da. Als er die Eingangstür versperrt vorfand und sich mit dem Zweitschlüssel Zugang zum Bestattungsunternehmen verschaffte, schlussfolgerte er, dass der Chef wahrscheinlich wieder einmal einen über den Durst getrunken hat. Tatsächlich lag Toden-Toni noch in den Federn

und schnarchte so laut, dass man das Geröchel bis in den Flur hinunterhören konnte. Toden-Gü war an selbstständiges Arbeiten gewöhnt und ging in den Salon, wo er im Auftragsbuch blätternd feststellte, dass heute ein beerdigungsfreier Tag war – und er somit den Chef ruhig schlafen lassen konnte. Die alte Frau mit dem gütigen Gesicht, die er gestern liebevoll gewaschen hatte, musste allerdings heute, bis ein Uhr Nachmittag zur Aufbewahrungshalle am Friedhof befördert werden. Toden-Gü beschloss, den Chef trotzdem nicht zu wecken, sondern den Transport selbst in die Hand zu nehmen. Er rief bei der Gärtnerei an und kündigte an, die bestellten Grabkränze und Gestecke, um die Mittagszeit abzuholen. Er ging in die Garage und suchte einen Leichenwagen aus. Als er die Heckklappe des neuen, eleganten Mercedes offenstehen sah, stutzte er einen Moment, offenbar hatte der Chef im Rausch vergessen, die Tür zu zumachen. Als er sich dem Laderaum näherte, stutzte er abermals, denn der Überführungssarg stand noch drin! Wahrscheinlich ist der Chef gestern so sternhagelvoll gewesen, mutmaßte er, dass er schlicht und einfach vergessen hat, den Überführungssarg in die Kühlräume im Keller zu bringen. Da die sommerliche Temperatur einer Leiche schlecht bekam, holte Toden-Gü das vierrädrige Sargwagerl und hob den Überführungssarg auf das fahrbare Metallgestell. Nachher lenkte er das Sargwagerl über eine Rampe an der Rückseite des Hauses und deponierte den Überführungssarg in den Kühlräumen im Keller. Dann ging Toden-Gü zum Sarg, in dem die alte Frau mit dem gütigen Gesicht lag, und betrachtete die Tote eingehend. In kosmetischer Hinsicht konnte er noch etwas für sie tun. Er nahm die Lockenschere zur Hand und formte die weißen Haare an den Schläfen zu weichen Wellen. Jetzt ist sie hübsch, dachte er zufrieden, leider werden die Toten in der Regel in geschlossenen Särgen aufgebahrt, dachte er weiter, ein Umstand, der den Angehörigen und Zurückgebliebenen die Möglichkeit nimmt, sich von Angesicht zu Angesicht von den Verstorbenen zu verabschieden. Er war der festen Über-

zeugung, dass das Wegsperren der Verblichenen eine Unsitte war, und hielt das Gebaren für pure Feigheit. Er blickte dem Tod jeden Tag ins Gesicht und es hatte ihm bisher nicht geschadet. Ganz im Gegenteil. Der Tod gehörte zum Leben, war Teil des Kreislaufs von Werden und Vergehen. Plötzlich hörte er einen Hupton. Es war der Briefträger. Toden-Gü eilte zur Eingangstür und nahm die Post in Empfang.
Der Briefträger konnte die Neugier nicht zähmen und fragte, ist der Sohn vom Kaiser Franz schon da oder ist er noch bei den Leichenbeschauern? Stimmt es, was die Leute sagen, dass ihn die Kugel mitten ins Herz getroffen hat und er auf der Stelle tot war?
-Das weiß ich leider nicht so genau, antwortete Toden-Gü ausweichend – der Chef hatte ihm immer wieder eingebläut, unter allen Umständen Diskretion zu wahren und keine Details über die Leichen bekannt zu geben – ich bin hier nur Gehilfe. Da musst du schon den Chef persönlich fragen.
-So wichtig ist es nun auch wieder nicht, meinte der Briefträger enttäuscht und fuhr im gelben Postauto von dannen.
Toden-Gü legte die Briefe und Werbeprospekte auf den großen rechteckigen Tisch im Salon und kehrte in den Kühlraum zurück. Er hievte den Sarg mit der alten Frau, deren gütiges Gesicht von hübschen Haarwellen eingerahmt war, auf das vierrädrige Sargwagerl und lud den Sarg in den Laderaum eines Leichenwagens um. Als Toden-Gü das Grundstück des Bestattungsunternehmens verließ, wurde der Besitzer aufgrund grässlicher Kopfschmerzen wach. Die exzessive Sauftour vom Vortag forderte ihren Tribut. Toden-Toni ächzte wie ein gewürgter Truthahn. Beim Aufschlagen der Lider blendet das helle Tageslicht schmerzhaft in den Augen. Am Hinterkopf spürte er brennende Stromschläge, welche die schwer beleidigte Hypophyse aussandte. Gegen die Schmerzen, die mich heimsuchen, dachte er voll Selbstmitleid, ist jedes südamerikanische Foltergefängnis ein Erholungsheim. Ach herrje, jammerte er halblaut vor sich hin, das Leben ist beinhart und das Alter ein kränkelnder Hund. Früher konnte

ich ganze Fässer leer trinken und heute werfen mich ein paar läppische Flaschen um. Toden-Toni fühlte sich wie erschlagen und saß lange aufrecht im Bett, ehe er zittrig einen Fuß auf den Boden setzte und sich laut aufheulend an den Kopf griff, au, au, au, tut mir der verfluchte Schädel weh! In der Birne spielt's Granada! Und der Magen ist auch sauer. Wenn mir nur jemand helfen täte! Um so ein armes Bestatterlein kümmert sich kein Schwein. Leiden und sterben muss der Mensch allein. Er warf einen Blick auf die Armbanduhr am Nachtkästchen. Was! Schon halb zwölf! Da scheißt sich ein alter Esel auch noch an! Kruzitürken! Sakra aber auch! Wie ich Hudelei hasse! Bald wird Kaiser Franz auf der Fußmatte stehen. Jetzt flink ins Bad gehuscht und schnell geduscht!

In der Tat befand sich Kaiser Franz bereits am Hinweg zum Bestattungsinstitut und haderte während der Fahrt mit dem Schicksal. Sein Herz war zerschmettert. Ferdi fehlte ihm entsetzlich. Der jüngste Sohn war ein liebenswerter und kluger Bursch gewesen, aus dem etwas Großes, hätte werden können. Außerdem machte er sich Sorgen um Annamirl. Sie war nur noch ein Schatten ihrer selbst und brütete stumpf vor sich hin. Er konnte sie nicht mehr aus der Lethargie reißen, sie verweigerte jede Nahrungsaufnahme und trank keinen Tropfen Wasser. Wenn das so weiter ging, musste er sie zwangsernähren lassen. Er hatte seinen älteren Sohn Rudolf gebeten, sich in seiner Abwesenheit um sie zu kümmern. Der vorübergehende Verdienstausfall war noch das geringste Übel. Der Taxl-Steff würde den Umsatz seines Lebens machen, aber selbst das war Kaiser Franz herzlich egal. Momentan überwog die Trauer, für Rache war später Zeit – und dass er Rache üben würde, war für ihn so sicher wie das Amen im Gebet. Das fröhliche Gezwitscher der Singvögel im Garten des Bestattungsunternehmens kam Kaiser Franz wie eine Verhöhnung seiner Seelenpein vor und er empfand den Gesang der gefiederten Kreaturen als durch und durch pietätlos. Was hätte er darum gegeben, das Rad der Zeit zurückdrehen zu können und die Rolle des Kaiserdoubles an jenem un-

glückseligen Abend selbst zu übernehmen! In dem Fall würde Ferdi noch leben! Er schloss die Augen und eine Träne rollte auf den gekräuselten Kaiserbart hinunter. In dem Moment entschied er, Ferdi in einem weißen Sarg beerdigen zu lassen. Langsam, als sei eine Bleikugel am Fuß angekettet, stieg er aus dem Mercedes aus. Als er sich anschickte, zu tun, was getan werden musste, hatte er ein flaues Gefühl im Magen und fühlte sich auf seltsame Weise betäubt.
Toden-Toni hatte noch nasses Haar, als er Kaiser Franz die Eingangstür von innen aufhielt und sagte, Servus. Komm herein. Darf ich dir einen Espresso anbieten?
-Lass gut sein, antwortete Kaiser Franz, zeig mir bitte die weißen Sargmodelle.
Toden-Toni begleitete den Kunden in den Salon und räusperte sich, ich habe nur zwei Exemplare vorrätig, weiß lackierte Esche mit Henkel und weiß lackierte Esche ohne. Die Henkel haben den Vorteil, dass der Sarg auf elegante Weise getragen und auf würdevolle Art ins Grab befördert werden kann. Die goldenen Henkel haben natürlich ihren Preis.
-Mit Henkel, äußerte Kaiser Franz, wie sieht der Sarg innen aus?
Toden-Toni nahm den Deckel ab und es kam weißes Satinfutter zum Vorschein.
Kaiser Franz nickte und sagte, das passt. Ich habe ein paar Fotos von Ferdi mitgebracht, was meinst du, welches würde sich am besten am Partezettel machen?
Toden-Toni bot Kaiser Franz einen Stuhl an und setzte sich selbst ebenfalls an den großen rechteckigen Tisch im Salon und sah die Fotos durch.
-Ich denke, sagte er, das Foto auf dem Dachstein, auf dem er fröhlich lacht, wird ihm am ehesten gerecht. Ich lasse es für die Aufbahrungshalle beziehungsweise für die Kirche vergrößern. Für den Partezettel würde ich gerne das Foto aus dem Reisepass nehmen, wenn dir das recht ist?
Kaiser Franz nickte.

-Und nun zum Partezettel selbst. Schau einmal, ich habe hier einen Musterkatalog. Möchtest du eine schwarze oder graue Umrandung? Ein großes oder kleines Kreuz? Wie soll der Text lauten? Und welchen Trostspruch willst du haben?
Kaiser Franz hörte die Fragen wie durch Nebel und hatte Mühe, dem Bestatter zu folgen. Insgesamt brauchten die Männer zwei Stunden, bis alle Details für das Begräbnis geklärt waren.
-So, sagte Toden-Toni abschließend, das hätten wir. Franz, Kopf hoch! Du hängst da wie ein gebrochenes Gipfelkreuz. Komm, ich mache dir einen Espresso. Keine Widerrede!
Kaiser Franz fügte sich und trank mit hängendem Kopf artig den frisch gebrühten Espresso.
Danach richtete er sich am Stuhl auf und verlangte, jetzt will ich meinen Buben sehen!
-Franz, sagte Toden-Toni mild, das würde ich mir an deiner Stelle ersparen. Ferdi ist nicht mehr frisch. Er ist aufgeschnitten worden. Das ist bestimmt kein schöner Anblick. Besser ist es, du behältst ihn so in Erinnerung, wie er vor dem Tod gewesen ist.
-Das ist allein meine Sache, beharrte Kaiser Franz, bring mich zu ihm!
-Wie du willst, gab sich Toden-Toni geschlagen, aber sag bitte nachher nicht, ich hätte dich nicht gewarnt!
Der Bestatter ging im zu weit geschnittenen schwarzen Anzug die breite Kellerstiege hinunter und betrat den ersten Kühlraum. Kaiser Franz sah sich neugierig um, betrachtete die beigen Fliesen und die in viereckige Fächer unterteilte Kühlanlage an der Wand. Toden-Toni öffnete eines der Kühlfächer und zog die Schublade heraus. Kaiser Franz hielt den Atem an und schloss kurz die Augen.
Da die Schublade leer war, sagte Toden-Toni, hier ist er nicht.
Er zog gleich die nächste Schublade heraus.

Da diese Schublade wiederum leer war, brummte Kaiser Franz, was soll die Fopperei? Du wirst doch wohl wissen, wo du meinen Ferdi hingelegt hast!
-Sicher, entgegnete Toden-Toni, obwohl er sich alles andere als sicher war, das haben wir gleich, da, in der nächsten Schublade, sagte er hoffnungsvoll, ist er bestimmt drin.
Doch die Schublade war abermals leer. Nachdem Toden-Toni alle Schubfächer der Kühlanlage vergeblich geöffnet hatte, packte ihn das nackte Entsetzen.
Kaiser Franz machte eine Ich-erschlage-dich-gleich-Miene und brüllte wutschäumend, was soll das heißen? Räudiger Totenvogel? Du hast doch meinen Buben gestern aus der Salzburger Gerichtsmedizin geholt!? Hast du ihn etwa verschlampt?
-Nein, nein, wehrte Toden-Toni verzweifelt ab, es gibt bestimmt eine Erklärung. Möglicherweise hat mein Gehilfe Gü Ferdi woanders untergebracht oder ihn mit einer anderen Leiche verwechselt.
-Das ist ja ein kolossales Debakel, brüllte Kaiser Franz außer sich vor Zorn, ihr seid's ja nicht zurechnungsfähig! Ich will auf der Stelle meinen Ferdi sehen oder ich, er zog den Hirschfänger aus der Lederhose, stech dich ab! Wird's bald! Gemma, gemma!
Toden-Toni traten Schweißperlen auf die Stirn und er gackte vor Angst in die Hose (was man auch roch), als Kaiser Franz vor seiner roten Nase mit dem Hirschfänger herumfuchtelte und brüllte, hast du dich gestern wieder einmal bewusstlos gesoffen, was?! Red jetzt oder ich stech dich ab!
Die Klinge des Hirschfängers am Hals stotterte Toden-Toni, ja, ich habe halt so einen Durst gehabt. Aber ich schwöre dir, ich habe Ferdi heil nach Bad Ischl kutschiert! Gü muss ihn versehentlich weggeschafft oder sonst wie einen Hund reingebracht haben.
-Du hast Nerven! Ich glaub, ich träume. Hat Gü ein Händi? Ruf ihn sofort an!

-Leider, presste Toden-Toni in Todesangst hervor und gackte noch eine satte Ladung in die Hose nach.
-Stinkbär, dreckiger! Schäm dich! Vor lauter Saufen scheißt sich der grindige Saubeutel auch noch an!
-Glaub mir, flehte Toden-Toni, es wird sich alles aufklären. Sobald Gü zurück ist, wissen wir mehr.
Kaiser Franz drückte die Klinge des Hirschfängers tiefer ins Fleisch und ein Blutstropfen quoll hervor. Dann ließ er von Toden-Toni ab und brach weinend zusammen. Toden-Toni rannte, so schnell er konnte nach oben und sperrte sich im Badezimmer ein. Er keuchte und dachte panisch, verreck! Die Leiche ist wirklich weg! Während er die vollgeschissene Hose vom Leib streifte, strengte er sein Gedächtnis an, konnte sich aber beim besten Willen an nichts Außergewöhnliches erinnern. Vor der endgültigen Heimkehr war er noch ins Bahnhofsrestaurant auf einen Schlummertrunk zugekehrt. Weiter reichte sein Erinnerungsvermögen nicht, danach hatte er einen Filmriss. Er konnte es drehen und wenden, wie er wollte, er war sich keiner Schuld bewusst. Trotzdem besaß er keinen blassen Schimmer, wo Ferdinand Plassers Leiche hingekommen sein konnte. Ihr Verschwinden war ihm ein Rätsel. Ruf und Seriosität seines Unternehmens standen auf dem Spiel. Falls es die Runde machte, dass bei ihm Leichen wegkamen, würde er auf die Sekunde den Laden zusperren müssen. Er sah bereits den Pleitegeier über sich kreisen, als er Motorengebrumm hörte. Aufgeregt blickte er aus dem Fenster im ersten Stock und dachte erleichtert, da kommt Gü! Endlich!

Toden-Gü stellte den Leichenwagen in der Garage ab und ahnte nichts vom bevorstehenden Donnerwetter. Toden-Gü bemerkte verwundert, dass Kaiser Franz gleich einem wild gewordenen Stier auf ihn losstürmte. Nachdem Toden-Gü eine saftige Watsche kassiert hatte, sah er Sterne kreisen.
Kaiser Franz packte den verdutzt schauenden Gehilfen am Hemdkragen, schüttelte ihn und brüllte, wo ist mein Ferdi? Was hast du mit ihm gemacht?

-Häää, sagte Toden-Gü hilflos, der Chef hat Ferdi nach Bad Ischl gebracht.
-Ihr macht es euch leicht! Ihr zwei schiebt euch einfach gegenseitig die Schuld in die Schuhe! Saubagage, Verlogene! Zum letzten Mal. Wo ist mein Ferdi?
-Frag den Chef, blockte Toden-Gü den Angriff ab, nur er kann es wissen.

Kaiser Franz ließ schnaubend den Hemdkragen los, streckte die Hände in die Luft und brüllte in den blauen Himmel aus Leibeskräften, jetzt verstehe ich, wie jemand zum Mörder werden kann!

In der weiteren Folge durchsuchten Toden-Toni und Toden-Gü gemeinsam sämtliche Räume des Bestattungsinstitutes und stellten niedergeschlagen fest, dass die Leiche von Ferdinand Plasser unauffindbar blieb. Die Ratlosigkeit stand den beiden ins Gesicht geschrieben, als sie Kaiser Franz das negative Ergebnis hinterbrachten. Nach der Hiobsbotschaft war der Taxiunternehmer einer Ohnmacht gefährlich nahe.

Toden-Toni klopfte Kaiser Franz beschwichtigend auf die Schulter und sagte, beruhige dich. Der Fall ist klar. Die Leiche ist gestohlen worden. Ich verständige sofort die Polizei.

12.

Liebeskummer

Nach einigen Tagen Funkstille war Marina Pascale klar, dass sie es sich mit Oskar Zauner ernsthaft verscherzt hatte. Obwohl sie die Sprechstundenhilfe des Arztes mehrmals um einen Rückruf gebeten hatte, hatte er es bisher nicht für notwendig befunden, darauf zu reagieren. Sein eisiges Schweigen traf sie tief. Da ihr viel an der Beziehung lag, fragte sie sich, was die Kontaktaufnahme betraf, wie weit sie sich erniedrigen konnte, ohne das Gesicht zu verlieren. Sie starrte im Gemeinschaftsbüro des Kriminalreferates hypnotisch auf das Privathändi und überlegte noch einmal in der Arztpraxis anzurufen. Aber ihr Stolz schrie auf. Nein, sagte sie sich, wie komme ich dazu! Ihm nachlaufen? Niemals! Aber du musst etwas tun, verlangte die Sehnsucht und flüsterte, ruf ihn ruhig an, du vergibst dir nichts. Was ist schon dabei? Sag ihm einfach, dass du ihn liebst und er dein Traummann ist. Denk nach! Es ist besser, selbst etwas zu unternehmen, als tatenlos zu warten. Die Verwaltungsbeamtin Guggi Hager blätterte in der Tageszeitung und entdeckte in den *Oberösterreichischen Nachrichten* einen Artikel, der sie spontan elektrisierte.
-Marina, rief sie, schau dir das an! Der Geselchte ist tatsächlich *Mister Linz* geworden! Wäre es um die Hirnmasse und nicht um die Muskeln gegangen, hätten die Juroren Thomas Breitenfellner erst gar nicht an den Start gehen lassen. Hat er sich in der Zwischenzeit bei dir gemeldet?
Marina Pascale schüttelte den Kopf und meinte, das ist auch besser so. Ich bin sowieso nie mit ihm klargekommen. Ich betrachte die Suspendierung als endgültig.
-Wie sieht das der Yeti?
-Dr. Grieshofer ist unser Vorgesetzter und trifft seine eigenen Entscheidungen. Du kannst ihn gerne fragen, wie er zu der Angelegenheit steht.

-Du klingst verbittert. Bist du böse auf mich?
-Aber nein! Ich habe heute bloß einen schlechten Tag.
-*Liebeskummer lohnt sich nicht, my darling*, sang Guggi Hager leise, *schade um die Tränen in der Nacht. Liebeskummer lohnt sich nicht my darling, weil schon morgen dein Herz darüber lacht.*
-Woher weißt du?
-Man sieht dir den Kummer aus zwanzig Meter Entfernung an.
-Seine Eltern haben mich zum Essen eingeladen. Seine Mutter hat eigens für mich gekocht und ich konnte wegen des Mordfalles in Bad Ischl nicht rechtzeitig nach Hallstatt kommen.
-Dafür müssten sie doch Verständnis haben.
-Das finde ich auch. Über die Reaktion seiner Eltern weiß ich nichts Genaues. Jedenfalls hat er sich seit Tagen nicht gemeldet.
-Männer sind schreckliche Mimosen!
Marlon Urstöger empfand das Getuschel der Flüstermeisen als nervend, erhob sich vom Schreibtisch und platzte in die Unterhaltung, indem er provokant fragte, störe ich? Haben die Damen etwas Wichtiges zu besprechen? Marina, gibt es etwas Neues im Mordfall?
-Nein, antwortete sie seufzend und nahm den Hörer des läutenden Telefons von der Gabel.
Sie lauschte eine Weile schweigend und sagte dann wenig begeistert, okay, wir kommen.
Sie legte nachdenklich auf und sagte, Marlon, es gibt doch etwas Neues im Mordfall von Bad Ischl, die Leiche des Opfers ist verschwunden.
-Lecko mio! Wie denn das?
-Laut Aknewunder Erwin Wimmer hat der Bestatter Anton Weinbacher angegeben, man habe ihm die Leiche aus dem Leichenwagen gestohlen.
-Langsam wird der Fall echt mysteriös!

-Schöner Salat! Jetzt dürfen wir neben dem Mörder auch noch die Leiche suchen! Da kommt Freude auf. Komm, Marlon, pack das Diktiergerät ein, wir müssen den Bestatter einvernehmen!
-Mir ist noch nie ein Leichendiebstahl untergekommen, sagte Marlon Urstöger betroffen, hattest du schon einmal einen derartigen Fall?
-Nein. Es handelt sich um eine Premiere.

An jenem Augusttag zeigte sich der Sommermonat von der schönsten Seite. Die Seen des Salzkammergutes funkelten um die Wette und die Berge erstrahlten vor dem märchenhaft blauen Himmel in majestätischer Pracht.

Als Marlon Urstöger den silbernen VW-Kombi, auf dem in dicken Lettern POLIZEI stand, in die Ortseinfahrt von Bad Ischl lenkte, meinte er, der herrliche Tag ist fürs Arbeiten eigentlich zu schade. Was meinst du, sollen wir uns an der Esplanade in der Konditorei Zauner eine Vormittagsjause gönnen?

Er hat ständig nur Essen im Kopf, dachte Marina Pascale, das ist die reinste Sucht, sagte aber, ich denke, wir können ruhig eine halbe Stunde abzwacken.

Marlon Urstöger parkte den Dienstwagen in der Tiefgarage beim Bahnhof. Sie gingen zu Fuß durch die Pfarrgasse zur Esplanade, wo ein merkwürdiges Spektakel stattfand. Der Künstler Spucka veranstaltete alljährlich einen Zwetschgenkernweitspuckwettbewerb, bei dem es als ersten Preis einen antiken Spucknapf zu gewinnen gab. An Teilnehmern mangelte es nicht. Schließlich war die Spuckerei eine Hetz und eine Gaudi. Es muss der Wahrheit halber aber auch erwähnt werden, dass humorlose Personen den Sport als ekelhaft abtaten. Es hätte aber noch schlimmer kommen können. In Frankreich spuckt man zum Beispiel Schnecken.

Marina Pascale fand den Wettbewerb höchst interessant und zupfte Meister Spucka, der mit einem Zollstab ständig am Messen war, am Hemdsärmel und erkundigte sich, sind auch Frauen zum Zwetschgenkernweitspucken zugelassen?

-Eh klar, antwortete er, Männer, Weiber, Zwitter! Da ist die Standlinie. Nimm dir eine Zwetschge aus dem Korb und dann kannst du gleich den ersten Versuch machen.
Marlon Urstöger knurrte der Magen. Missmutig dachte er, das Schizo-Fasserl hat wirklich nicht mehr alle Tassen im Schrank! Jetzt spuckt sie auch noch herum wie ein durchgedrehtes Lama. Marina Pascale nahm eine Zwetschge in den Mund und befreite sie vom Fruchtfleisch. Danach sammelte sie den Speichel, streckte Hals und Oberkörper im erlaubten Rahmen und schleuderte den Zwetschgenkern so weit als möglich nach vorn.
-Brava, Signora, rief Spucka begeistert und nahm mit dem Zollstab Maß, eine Weite von vier Meter zwanzig. Das ist beachtlich. Du bist ein Naturtalent und kannst es beim Zwetschgenkernweitspucken weit bringen. Der aktuelle Weltrekord liegt bei achtundzwanzig Metern.
Das Lob machte Marina Pascale strahlen, während Marlon Urstöger die Augen verdrehte. Übermütig klopfte sie ihm auf den dicken Bauch, na, sagte sie spitz, du bist ja in der Zwischenzeit völlig abgemagert.
-Das kann man wohl sagen. Seit dem Frühstück sind ganze drei Stunden vergangen.
-Drei Stunden! Das bedeutet fast den sicheren Tod! Komm, sie hakte sich jovial bei ihm unter, lass uns die Katastrophe abwenden, gehen wir schnabulieren!
Marlon Urstöger war es gar nicht recht, dass ihm das Schizo-Fasserl derart auf die Pelle rückte. Am Ende hielten die anderen die Stöckelschuhbraut an seinem Arm noch für seine Freundin. Als er am Tisch im Gastgarten die Speisekarte studierte atmete er auf und bestellte beim Kellner das Tagesmenü. Marina Pascale trank ein Glas Sturm und verleibte sich ein köstliches Himbeertörtchen ein.
Als sie die Kuchengabel ableckte, sagte sie, welche Motive kommen für einen Leichendiebstahl infrage?
-Jux? Rache? Nekrophilie?

-Ich bin gespannt, was der Bestatter dazu zu sagen hat. Er ist für die Leichen verantwortlich und müsste sie normalerweise im Auge behalten.
-Seit wann gelten Leichen als diebstahlgefährdet, wandte Marlon Urstöger ein, im Grunde kann man dem Bestatter keinen Vorwurf machen.
-Das wird sich noch herausstellen.
Nachdem Marlon Urstöger das Tagesmenü verzehrt hatte, machten sich die Kriminalbeamten auf den Weg nach Kaltenbach, wo Toden-Toni sorgenvolle Stunden verlebte, weil ihn das Erinnerungsvermögen nach wie vor kläglich im Stich ließ. Dem Vater des Opfers ging es auch nicht besonders. Kaiser Franz schwankte zwischen Wahnsinn, Wut, Verzweiflung und Mordgedanken. Am Beifahrersitz raschelte Marina Pascale mit der Gummibärchentüte und steckte sich ein gelbes Tierchen in den Mund. Als die angepeilte Hausnummer in Marlon Urstögers Blickfeld rückte, bog er links in die Einfahrt zum romantischen Haus des Bestatters ein.
-Ein hübsches Versteck im Wald, kommentierte Marina Pascale die Lage des Grundstücks, irgendwie lässt es mich an den bösen Wolf denken.
Und das Schizo-Fasserl spielt das Rotkäppchen, dachte Marlon Urstöger höhnisch, so einen dicken Brocken bekommt der böse Wolf bestimmt nicht hinunter. Als Toden-Toni das Polizeiauto mit dem Linzer Kennzeichen vorfahren sah, schwitzte er Blut und Wasser und überlegte panisch, was er den Kieberern um Himmels willen sagen sollte. Es blieb ihm noch einwenig Galgenfrist, da sich die Kieberer zunächst auf seinen Gehilfen Gü stürzten, der einen staubig gewordenen Leichenwagen mit dem Gartenschlauch abspritzte. Neugierig äugte Toden-Toni beim Fenster hinaus und beobachtete das Geschehen. Offenkundig hatte die mollige Frau mit den halsbrecherisch hohen Stöckelschuhen das Sagen, der große Blonde neben ihr hüllte sich in Schweigen. Toden-Gü ließ sich von den bohrenden Fragen nicht aus der Ruhe bringen, doch das war nichts Ungewöhnliches, so weit Toden-Toni

zurückdenken konnte, gab es ohnehin nichts, das den Gehilfen jemals aus der Fassung gebracht hatte. Nach Beendigung der Zwiesprache betätigte Marina Pascale die Klingel und Toden-Toni begab sich schweren Herzens zur Eingangstür. Beim Öffnen setzte er sein Sonntagsgesicht auf und bemühte sich – getreu des Mottos seines fünfzehnjährigen Neffen: Cool sein ist alles – möglichst gelassen zu wirken. Er bat die Kriminalbeamten in den Salon und platzierte sie am großen rechteckigen Tisch, an dem mühelos das letzte Abendmahl Platz gefunden hätte. Als der große Blonde ein Diktiergerät auf die Tischplatte legte, bekam er Angst, sich in Widersprüche zu verstricken, weshalb er spontan beschloss, die Wahrheit zu sagen. Die jedoch zu seinem Leidwesen äußerst wenig Anklang fand und bei der Kieberin mit den Stöckelschuhen Zorn erweckte.
-Herr Weinbacher, halten Sie uns für blöd? Die Lügengeschichte vom Filmriss ist der blanke Hohn! Sie wollen sich doch bloß vor der Verantwortung drücken!
-Es ist aber die Wahrheit, entgegnete Toden-Toni leise, das Letzte, an was ich mich erinnern kann, ist, dass ich vom Bahnhofsrestaurant hinausgegangen und in den Mercedes gestiegen bin.
-War die Leiche zu dem Zeitpunkt noch da?
-Das weiß ich nicht. Der Überführungssarg stand jedenfalls im Laderaum.
-Wie spät war es, als Sie abfuhren?
-Halb eins glaube ich. Sie können die Kellnerin Gerli fragen, sie müsste wissen, um welche Uhrzeit ich das Lokal verlassen habe.
-Wie viel Alkohol haben Sie konsumiert?
-Na ja, ich habe nicht mitgezählt, gab Toden-Toni an, Cognac und Zirbenschnaps halt. Zum Schluss hatte ich mit dem Sprechen und Gehen ziemliche Mühe.
-Und Sie sind trotzdem Auto gefahren!
-Ja, meinte Toden-Toni zerknirscht, was hätte ich denn machen sollen? Mit dem Gehen hat es nicht mehr geklappt.

Marina Pascale seufzte und fragte, wo befindet sich der Überführungssarg?
-Im Kühlraum.
-Sie lassen ihn, wo er ist, verstanden?! Das gilt auch für den Leichenwagen, in dem der Überführungssarg transportiert worden ist. Nachher kommt die Spurensicherung vorbei und sieht sich das Teil an.
-Haben Sie in besagter Nacht die Garage versperrt?
-Ich lasse sie immer offen.
-Wunderbar, bemerkte Marina Pascale bissig, das erleichtert uns die Arbeit enorm.
-Bitte, nicht böse sein! Glauben Sie mir, mir ist die Sache unendlich peinlich. Ich könnte mich in den Arsch beißen, dass ich so viel gesoffen habe. Wenn ich bloß wüsste, wer die Gemeinheit besessen hat, den Ferdi zu stehlen! Falls mir der Dieb unter die Augen kommt, hat er nichts zu lachen!
-Haben Sie eine Ahnung, fragte Marina Pascale hoffnungsvoll, wer der Dieb gewesen sein könnte?
-Das muss ein Perverser sein. Normale Menschen stehlen keine Leichen.
-Vielen Dank, sagte Marina Pascale im Aufstehen matt, für den Fall, dass Ihr Gedächtnis zurückkehrt, lasse ich Ihnen meine Telefonnummer da. Weiß der Vater des Opfers über den Leichenraub Bescheid?
Toden-Toni nickte schuldbewusst, ich könnte mich in ...
-den Arsch beißen, ich weiß, vervollständigte Marina Pascale den Satz, haben Sie schon einmal über eine Entziehungskur nachgedacht?
-Dafür habe ich keine Zeit.
-Das habe ich mir fast gedacht.
  Im Dienstwagen meinte Marlon Urstöger, Herr Weinbacher sollte seinen Namen in Schnapsbacher ändern lassen, das würde den Kern seiner Persönlichkeit besser treffen. Hast du die rote Säufernase gesehen? Bin ich froh, dass ich kein Bestatter bin! Die vielen Toten und die Trauer der Angehörigen würde ich auf Dauer nicht auf die Reihe kriegen.

-Denkst du etwa, Herr Weinbacher kriegt es auf die Reihe?! Er hat soeben das Gegenteil bewiesen.
-Wie sollen wir weiter vorgehen? Wir wissen weder wo noch wann die Leiche gestohlen worden ist. Wir haben nicht den geringsten Anhaltspunkt. Die Ausgangslage ist beschissen.
-Wir müssen uns im Bahnhofsrestaurant umhören. Hat Marlon Nimmersatt zur Abwechslung einmal Hunger?
-Macht es dir eigentlich Spaß, mich zu kränken, regierte er verschnupft, der Liebeskummer bringt mich noch um. Glaub mir, das ist ganz und gar nicht lustig. Ich verwünsche den Tag, an dem ich Chantal begegnet bin, brach es aus ihm hervor, seit dem bricht mir diese Liebe alle Knochen. Jahrelang habe ich davon geträumt, dass sie zu mir kommt! Und dann geschieht das Wunder! Sie zieht tatsächlich bei mir ein – und ich Trottel habe mich am Ziel meiner Wünsche geglaubt. Ich habe mir bereits Namen für unsere zukünftigen Kinder ausgedacht. Denkste! Da habe ich mich aber gründlich geschnitten! Sie ist ohne Vorwarnung zu ihrem Mann nach Gosau zurückgekehrt. Ich könnte Chantal mit nackten Händen erwürgen!
-Dann liebst du sie, sagte Marina Pascale, ich nehme an, Chantal litt an Gewissensbissen, immerhin hat sie ein Heiratsversprechen gegeben und es gebrochen. Lass uns einmal überlegen, auf welchem Weg wir Chantal zurückholen könnten. Manche Menschen muss man zu ihrem Glück zwingen. Die Liebe ist ein Schlachtfeld. Da macht es wenig Sinn, in der Wahl der Waffen zimperlich zu sein. Wofür kann sich Chantal so richtig begeistern?
-Für Pferde.
-Das ist die Lösung, Marina Pascale schnippte die Finger, du schenkst ihr zum Abschied einen Gaul.
-Wie bitte?
-E i n e n G a a u u l, sang Marina Pascale fast, muss ich es aufschreiben? Aus Dankbarkeit für die schöne Zeit des Zusammenseins schenkst du ihr einen Gaul.
-Seh ich wie ein Geldautomat aus?

-Wie ich dich einschätze, besitzt du jede Menge Sparbücher. Nun wird es Zeit, eines zu plündern. So ein selbstloses Geschenk zeugt von menschlicher Größe. Chantal wird gleichzeitig gerührt und beeindruckt sein und ihre – vielleicht übereilte Rückkehr – noch einmal überdenken.
-Leider verstehe ich nichts von Pferden.
-Nimm einfach das Teuerste.
-Könntest du mir beim Aussuchen behilflich sein?
-Das ist aber sehr privat. Marlon, bist du sicher, dass du das möchtest?
-Die Idee ist prima! Wir ziehen sie zusammen durch, okay?!
-Als echte Pferdekennerin sage ich dir, man muss beim Pferdekauf vor allem darauf achten, dass das Tier vier Beine hat.
Marlon Urstöger lachte herzhaft und ließ vor Vergnügen beide Hände aufs Lenkrad klatschen.

Als die Kriminalinspektoren vor dem Bahnhofsrestaurant anlangten, klingelte das Diensthändi. Toden-Toni war eingefallen, dass er vergessen hatte, den Zwischenstopp beim Wirt in Fuschl am Rückweg von Salzburg nach Bad Ischl zu erwähnen. Als ihn Marina Pascale nach der Uhrzeit fragte, konnte er keine genaue Angabe machen. Sie stemmte missmutig die dichten, dunklen Augenbrauen hoch und dachte zynisch, der Mann ist wirklich eine große Hilfe. Vor dem Aussteigen sagte sie, Marlon, nachher müssen wir noch nach Fuschl, ins Gasthaus Weißer Hirsch. Der durstige Bestatter hat auch dort sein Unwesen getrieben.

Im gut besuchten Bahnhofsrestaurant war das Mittagsgeschäft am Laufen. Die blonde Kellnerin Gerli schmiss den Laden fast allein und war folglich am Rotieren. In Anbetracht der hohen Gästezahl hielten sich die Kriminalinspektoren bedeckt und beobachteten das rege Treiben von der Bar aus, wo sie von einer weiblichen Aushilfskraft freundlich bedient wurden. Die leckeren Küchendüfte regten den Appetit an. Obwohl Marlon Urstöger vor Kurzem ein ganzes Menü hinuntergeschaufelt hatte, verlangte er die Speisekarte und fand auf Anhieb an mehreren Gerichten Gefallen. Um die

Qual der Wahl zu umgehen, schloss er die Augen und tippte den Zeigefinger blind auf eine Zeile. Der Zufall wählte Fiakergulasch mit Semmelknödel aus. Marina Pascale warf ebenfalls einen Blick in die Speisekarte und entschied sich für Fleischpalatschinken mit Vogerlsalat. Als ein Tisch frei wurde, setzten sie sich und gaben bei der abgehetzten Kellnerin Gerli die Bestellung auf. Als Marina Pascale an einem Glas Rotwein nippte und Marlon Urstöger ein kühles Bierchen trank, war die Welt vorübergehend wieder in Ordnung. Nach dem vorzüglichen Essen mussten sie sich aber wieder der Mörder- beziehungsweise der Leichensuche widmen. Marina Pascale winkte die flinke Kellnerin an den Tisch. Die vergissmeinnichtblauen Augen flackerten nervös, als Gerli erfuhr, dass sie es mit Kripoleuten zu tun hatte. Sie setzte sich widerstrebend und beantwortete das auf sie niederprasselnde Bombardement an Fragen. Ihrer Meinung, sagte sie abschließend, käme vor allem Taxl-Steff als Täter in Frage, wobei sie natürlich nicht ausschließen könne, dass ein anderer den armen Ferdi umgebracht habe. Marlon Urstöger sagte beim Verlassen des Lokals, bei den Mengen Alkohol, die der Bestatter Tag für Tag in sich rein zu schütten pflegt, muss er eine bilderbuchreife Leberzirrhose haben. Er scheint sich regelrecht um den Verstand zu saufen. Gemessen an dem exzessiven Alkoholmissbrauch hält er sich erstaunlich gut. Ich bin echt gespannt, mit welchen Mengenangaben wir in Fuschl im Weißen Hirschen konfrontiert werden.
-Wir sollten schleunigst dem Mörder auf die Spur kommen, statt unsere Zeit mit Nebensächlichkeiten zu vergeuden. Ich liebäugle mit der Theorie, dass der Mörder die Leiche entwendet hat. Falls dem so ist, handelt es sich um eine pervertierte Persönlichkeit. Was fängt der Dieb mit der gestohlenen Leiche an? Singt er ihr Lieder vor? Bestattet er sie nach einem bestimmten Ritual? Eifert er der Vorgabe eines Horrorfilms nach? Zieht er ihr die Haut ab? Zerstückelt er sie? Friert er die Leichenteile ein? Kocht er aus dem Fleisch ein feines Ragout?

-Das will ich mir lieber nicht vorstellen, Marlon Urstöger verzog angeekelt das Gesicht, hoffentlich liegst du mit deinen Vermutungen falsch.

Im Weißen Hirschen stand der Wirt hinter dem Schanktisch und begrüßte die Kriminalinspektoren mit festem Handschlag.

-Ja, ja, der Toden-Toni, fing er an, hat immer einen Mordsdurst. Ich glaube, es liegt am Beruf. In der Schulzeit war er wesentlich fröhlicher, seit er in der Bestattungsbranche fuhrwerkt, wirkt er ständig niedergeschlagen. Toden-Toni trinkt, um zu vergessen. Er hat nie eine Frau gefunden. Mit sechsundvierzig ist der Zug abgefahren. Keine Familie. Keine Erben. Das macht halt traurig. Um ehrlich zu sein, war er gestern sternhagelvoll. Wir haben kurz über den tragischen Mordfall gesprochen.

-Wo war der Leichenwagen abgestellt?

-Am Parkplatz direkt vor dem Eingang.

-Haben Sie bemerkt, ob sich jemand am Leichenwagen zu schaffen gemacht hat?

Der Wirt schüttelte den Kopf und fragte besorgt, ist Toden-Toni etwas zugestoßen?

-Nein, Herrn Weinbacher geht es gut.

-Da bin ich aber erleichtert.

Marina Pascale und Marlon Urstöger bedankten sich und sprachen am Rückweg nach Bad Ischl im Dienstwagen über die Aussage des Wirtes.

-Der Parkplatz vor dem Wirtshaus ist gut einsehbar. Unwahrscheinlich, dass dort die Leiche gestohlen wurde. Wenigstens etwas, sagte Marlon Urstöger, ergo wurde die Leiche am Bahnhofsparkplatz oder aus der Garage des Bestatters entwendet.

-Es spricht alles dafür. Wir befragen die Taxifahrer am Bahnhofsstandplatz.

Taxl-Steff hielt einen gelben Fensterputzlappen in der Hand und wischte gut gelaunt die Windschutzscheibe des Taxis. Seit die lästige Konkurrenz wegen des Trauerfalls wegfiel, war er der Alleinherrscher am Standplatz. Und er genoss das Platzhirschdasein weidlich, obwohl er sich bewusst war, dass der idyllische Zustand leider nur von kurzer Dauer sein würde und in absehbarer Zeit mit der Rückkehr von Kaiser Franz zu rechnen war. Als er die Kripoleute ankommen sah, rutschte die gute Laune rapide in den Keller. Er faltete den gelben Fensterputzlappen rasch zusammen, hüpfte hinters Lenkrad und startete das Taxi.

Da versperrte ihm Marlon Urstöger den Weg und schlug kräftig auf die Kühlerhaube, halt, schrie er, wir wollen uns doch nicht etwa aus dem Staub machen!

Arrogantes Arschloch, dachte Taxl-Steff und trat auf die Bremse.

-Steigen Sie aus, herrschte ihn Marlon Urstöger an, weshalb wollten Sie flüchten? Das macht Sie verdächtig, das ist Ihnen doch hoffentlich klar, Herr Ramskogler?

Beschissenes Oberarschloch, dachte Taxl-Steff und antwortete im Stehen, ich wollte eine Kundschaft zur Dialyse ins Krankenhaus fahren.

-So, so. Waren Sie gestern Abend hier am Standplatz?

Taxl-Steff nickte.

-Ist Ihnen etwas Ungewöhnliches aufgefallen? Haben Sie jemand um den Leichenwagen des Bestatters Weinbacher herumstreichen sehen?

-Ich hatte zwei Fuhren, und war zwischendurch weg. Mir ist nichts aufgefallen. Der Leichenwagen stand mutterseelenallein da.

-Danke Herr Ramskogler, sagte Marlon Urstöger und fügte provokant hinzu, Sie sind noch nicht aus dem Schneider!

Das beschissene Oberarschloch kann den Bullen raushängen lassen, so viel es will, dachte Taxl-Steff zornig, mir macht der Polyp keine Angst!

Inzwischen wuselten die Leute von der Spurensicherung in ihren weißen Anzügen durch die Garage des Bestattungsinstitutes. Als sich Marina Pascale bei Michael Krebs nach dem Stand der Dinge erkundigte, erwiderte der Chef der Spu-

rensicherung stolz, ich glaube, es gibt etwas Interessantes. An der Heckklappe des zu untersuchenden Leichenwagens hing ein kleiner Stofffetzen, er hielt das eingetütete Fitzelchen hoch, ich würde sagen, es handelt sich um Sackleinen. Vermutlich hat der Dieb die Leiche in einen Sack gesteckt.
Als Marina Pascale nur schweigend nickte, meinte Michael Krebs, na, wo bleibt die Belohnungsrede?
-Das haben Sie vorzüglich gemacht, gab sie sich einen Ruck, man kann Ihre Tüchtigkeit nie genug loben.
-Herzlichen Dank für die Blumen, Madame!
Toden-Toni steuerte im zu weit geschnittenen schwarzen Anzug Marina Pascale an und fragte neugierig, haben Sie die Leiche gefunden?
-Mein lieber Mann, ich kann nicht zaubern. Hätten Sie die Leiche gleich hierhergebracht, anstatt unterwegs anzuhalten, um sich hemmungslos zu betrinken, wäre Ferdinand Plasser wahrscheinlich noch hier. Gelegenheit macht Diebe! Kennen Sie den Satz?
-Ich habe einen schweren Fehler gemacht, gab Toden-Toni zu, aber wie hätte ich denn ahnen können, dass mir jemand die Leiche unter dem Arsch weggrapscht?
-Wir kommen in dem Fall einfach nicht weiter, klagte Marina Pascale und machte der Frustration Luft, wir müssen herausfinden, wer Franz Plasser beseitigen wollte. Das ist der Schlüssel zum Ganzen.
-Haben Sie dem Serben einmal näher auf den Zahn gefühlt? Der junge Hitzkopf ist auf Kaiser Franz eifersüchtig und bildet sich ein, er habe etwas mit seiner Freundin Gerli. Das ist die blonde Kellnerin vom Bahnhofsrestaurant.
-Ja, ich kenne sie. Und, wie heißt der Mann?
-Zoran.
-Wie noch?
-Irrowitsch, Rotzkowitsch, Kotzkowitsch oder so ähnlich, der Name ist ein echter Zungenbrecher, jedenfalls endet er hinten mit Itsch. Er ist Mechaniker und arbeitet in der Kfz-Werkstätte in Reiterdorf.

Marlon Urstöger hörte das Gespräch mit und meinte anerkennend, danke, Herr Weinbacher. Wir werden dem Hinweis nachgehen.

13.

Zoran zeigt Nerven

Nach dem turbulenten Mittagsgeschäft im Bahnhofsrestaurant trat die blonde Kellnerin Gerli die verdiente Zimmerstunde an. Völlig geschafft, betrat sie die kleine Wohnung, streifte im Flur die Schuhe ab, ließ sich im Wohnzimmer aufs Sofa plumpsen und legte die ermüdeten Beine auf den Couchtisch. Da hörte sie einen Stein gegen die Fensterscheibe klacken. Das darf doch nicht wahr sein, dachte sie aufgebracht, wann gewöhnt sich Zoran diese Unart endlich ab? Wie oft muss ich ihm noch sagen, dass er wie jeder andere zivilisierte Mensch die Türglocke benutzen soll! Ich habe gute Lust, ihn unten stehen zu lassen, erwog sie, stand aber dann doch auf und steckte den blonden Schopf aus dem geöffneten Fenster. Zoran winkte im Blaumann hinauf und Gerli schenkte ihm ein Lächeln. Wer schimpft, der kauft. In der kleinen Wohnung umarmte Zoran seine Freundin und küsste sie herzhaft auf die Wange. Er hatte ein Plastiksackerl am Arm, aus dem Essensgeruch stieg. In der Küche zog er die Deckelfolie von den Behältern und klatschte das süßsaure Rindfleisch und den Klebreis auf zwei Teller. Sie setzten sich zu zweit an den kleinen Tisch. Zoran schaufelte das Essen in Rekordzeit hinunter. Gerli ließ die Hälfte stehen.
-Hast du keinen Hunger?
Sie schüttelte den Kopf, Zoran, ich muss dir was sagen. Ich bin schwanger. Du wirst Vater.
-Aber, er riss ungläubig die dunklen Augen auf, wir haben immer mit Gummi gebumst. Wie kannst du jetzt Baby bekommen?
-Du hast eben zu wenig aufgepasst. Viele Frauen werden trotz Gummi schwanger.
Zoran blickte Gerli fassungslos an. In seinem Kopf überschlugen sich die Gedanken.

-Freust du dich, fragte Gerli leise, obwohl sein Verhalten eine andere Sprache sprach.
-Hast du noch mit andere Mann gebumst? Wollte er wissen.
-Nein, wo denkst du hin! Nur mit dir!
-Ich glaube dir kein Wort. Der Opa mit Nikolausbart hat dir Baby gemacht.
-Spinnst du, rief Gerli geschockt, was soll der haarsträubende Unsinn? Kaiser Franz ist nur ein guter Freund, weiter nichts. Du bist echt saudeppert, eifersüchtiger Idiot! Vielleicht hat der Gummi ein Loch gehabt?
-Opa mit Nikolausbart hat dir Baby gemacht, beharrte Zoran, ich werde dem alten Schwein Zähne ausschlagen. Du musst Baby wegmachen lassen, forderte er, ehe er erregt die kleine Wohnung in großen Schritten verließ.
Gerli bebte vor Zorn. Dann breitete sie die Arme auf der Tischplatte aus, ließ den Kopf darauf sinken und begann bitterlich zu weinen. Der reißende Schmerz über die demütigende Unterstellung der Untreue ebbte erst nach einer halben Stunde ab. Die ungewollte Schwangerschaft war weiß Gott schlimm genug! Dass Zoran zusätzlich Schwierigkeiten machte, empfand sie als unnötige Draufgabe. Kaiser Franz besaß ihr tiefstes Mitgefühl, er hatte seinen Sohn verloren und musste sich nun auch noch mit einem eifersüchtigen Hitzkopf herumschlagen. Dann wanderten die Gedanken zum ungeborenen Kind. An Zorans Vaterschaft gab es keinen Zweifel. Sein Verhalten ärgerte Gerli maßlos. Sie hasste sein halbstarkes Machogehabe von ganzem Herzen. Ihr Kind bekam einen Rambo zum Vater. Noch war Gelegenheit, es wegmachen zu lassen.
 Zur selben Zeit war Rudolf Plasser ebenfalls der Verzweiflung nahe. Er redete sich seit Stunden den Mund fusselig, aber seine Mutter blieb unerreichbar. Annamirl Plasser saß wie eine Scheintote im Wohnzimmer und blinzelte höchstens fünfmal pro Minute. Nervös blickte Rudolf Plasser auf die Uhr und fragte sich, weshalb sein Vater so ungewöhnlich lange ausblieb. Er wartete noch eine viertel Stunde zu und

handelte dann auf eigene Faust und rief den Hausarzt Doktor Zeppetzauer an. Da dieser mit Blaulicht angefahren kam, sorgte er für Aufsehen in der Gasse und die Anrainer schauten neugierig zum Haus der Familie Plasser rüber. Doktor Zeppetzauer – übrigens bei der Bad Ischler Damenwelt ein überaus beliebter Mann, er pflegte sich auf englische Art zu kleiden und besaß vollendete Manieren – sprang schwungvoll aus dem Landrover und rannte im Laufschritt zur Haustür. Rudolf Plasser ließ ihn ein und schilderte die Symptome der Mutter. Als Doktor Zeppetzauer die Reflexe prüfte, reagierte Annamirl jedes Mal prompt.
-Wir geben Ihrer Frau Mutter eine Glucoseinfusion. Sollte Ihr Zustand morgen früh noch immer unverändert sein, rate ich wegen drohender Dehydrierung zu einer stationären Behandlung.
-Ist sie wegen des Schocks so schlecht beieinander?
-Vermutlich. Ein überraschender Todesfall verursacht Stress. Das Ganze war zu viel für sie. Sie hat, um es leger auszudrücken, einfach zugemacht. Keine Sorge junger Mann, das gibt sich wieder.
-Wann?
-Ich wäre gerne Hellseher geworden, leider haben dazu meine Fähigkeiten nicht gereicht. Möglicherweise ändert sich die Lage bereits in wenigen Stunden oder erst in einigen Tagen.
Als Doktor Zeppetzauer in Annamirls Vene stach, wurde an der Haustür heftiges Gepolter laut.
-Herr Plasser, fragte der sich gestört fühlende Arzt, erwarten Sie einen Geldeintreiber?
-Fix noch einmal, schimpfte Rudolf Plasser, wer pumperte denn da so laut? Der Depperte kann was erleben! Er stürmte wütend zur Tür und riss sie auf. Da landete eine Faust in seinem Gesicht. Der wuchtige Schlag ließ ihn nach rückwärts taumeln. Zoran schnaufte vor Anstrengung.
Rudolf Plasser fing sich und packte den Rambo am Öl verschmierten Blaumann und schrie, haben's dir ins Hirn g´schissen?

Wohlwissend, dass er den Falschen erwischt hatte, konnte Zoran den Zornausbruch nicht mehr bremsen und war dermaßen in Fahrt, dass er wie von Sinnen auf Rudolf Plasser einprügelte. Aufgeschreckt durch das Gebrüll sah Doktor Zeppetzauer nach dem Rechten. Du liebe Güte, dachte er panisch, die zwei bringen sich um! Obschon er Gewalt verabscheute, ging er mutig dazwischen und fing sich zum Dank einen serbischen Kinnhaken ein, der Schwindelgefühle auslöste. Der geschlagene Arzt wankte wie ein Bäumchen im Wind. Er zog sich jedoch geistesgegenwärtig ins Wohnzimmer zurück und rief flugs die Polizei. Rudolf Plassers Gesicht war ramponiert, Blut tropfte auf den Fußboden. Doch bei Zoran waren alle Sicherungen durchgebrannt, seine Wut hatte noch nicht genug und trat blindwütig auf den am Boden liegenden Verletzten ein. Nach einigen Minuten dämmerte Zoran, dass er soeben einen Blödsinn gemacht hatte – und trat eilends die Flucht an. Allerdings kam er nicht weit. Denn das Aknewunder Erich Wimmer sprang aus dem Polizeiauto, stellte ihn mit der gezogenen Glock und gab, als Zoran weiter rannte, einen krachenden Warnschuss ab, der den Serben schließlich zur Besinnung brachte.
-So Freunderl, befahl der Stadtpolizist, los, gemma zum Auto!
Er legte Zoran die Achter (Handschellen) an und stieß den unzurechnungsfähigen Rambo auf den Hintersitz und verriegelte das Polizeiauto von außen. Als Erwin Wimmer den zusammengeschlagenen Rudolf Plasser sah, floss er vor Mitleid über und dachte, die Familie Plasser hat im Moment wirklich nichts zu lachen. Bis zum Eintreffen des Notarztwagens kümmerte sich der ebenfalls angeschlagene Doktor Zeppetzauer aufmerksam um den Verletzten.
  Marina Pascale und Marlon Urstöger klingelten an der Wohnungstür bei Gerlinde Hufnagel. Sie wischte sich gerade die verweinten Augen aus und seufzte, als sie das Klingeln vernahm, weil man niemals seine Ruhe haben konnte. Kriminalpolizei Linz, hörte sie eine weibliche Stimme in die

Türsprechanlage sagen. Vollkommen leer im Kopf drückte sie gleichgültig den Türöffner.
-Grüß Gott, Frau Hufnagel, sagte Marina Pascale freundlich, haben Sie Kummer? Wir stören ungern, doch im Mordfall Plasser gibt es eine Reihe ungeklärter Fragen.
-Der arme Ferdi, erwiderte Gerli, war so ein netter Bursch! Und was die Eltern alles durchmachen müssen! Da kann man einen Grausen bekommen. Der hundsgemeine Mörder gehört hart bestraft!
-Genau. Wir verfolgen dasselbe Ziel. Sie haben öfter mit Franz Plasser zu tun, nicht wahr? Der Vater des Opfers soll Stammgast im Bahnhofsrestaurant sein. Es heißt, Sie haben ein freundschaftliches Verhältnis zum Taxiunternehmer.
Gerli nickte.
-Ja, und, jetzt muss ich leider indiskret werden, fuhr Marina Pascale behutsam fort, Sie haben einen serbischen Freund, dem eben dieses freundschaftliche Verhältnis ein Dorn im Auge sein soll. Stimmt es, dass Ihr Freund auf Franz Plasser eifersüchtig ist?
Gerli nickte mit zusammengebissenen Lippen.
-Wie heißt Ihr Freund?
-Zoran Markovic.
-Seit wann lebt er in Österreich?
-Seit sechs Jahren.
-Zoran Markovic soll zuweilen zu einer gewissen Heftigkeit neigen und manchmal handgreiflich werden.
-Er ist ein Obermacho, glaubt an Mannesehre und solchen Schwachsinn, pflichtete Gerli Marina Pascale bei, mir schmeckt das nicht sonderlich. Aber, die Liebe fällt hin, wo sie will.
-Liebe kann man schlecht steuern, sagte Marina Pascale einfühlsam, das Herz beschreitet seltsame Wege. Können Sie sich vorstellen, dass Zoran aus Eifersucht einen Mord begeht?
-Nein, antwortete Gerli überzeugt, Zoran ist manchmal etwas unkontrolliert, doch so weit würde er nicht gehen. Sie glau-

ben doch nicht, dass er den armen Ferdi, Gerli riss die vergissmeinnichtblauen Augen entsetzt auf, nein, also, das ist ausgeschlossen! Hören Sie, Sie dürfen Zoran nicht verdächtigen! Das tun Sie doch nur, weil er Ausländer ist, gab Gerli wütend von sich, Zoran ist kein schlechter Mensch!
-Bitte beruhigen Sie sich, niemand hat behauptet, dass Zoran Markovic verdächtig ist, log Marina Pascale, weil sie befürchtete, Gerlinde Hufnagel könnte ihn warnen, danke für Ihre Mithilfe. Auf Wiederschauen.

Marlon Urstöger äußerte im Dienstauto, Zoran Markovic ist definitiv eine heiße Spur, ich denke, wir sollten den Mechaniker gleich einmal mit einem Blitzbesuch in der Werkstätte überraschen.

Als er den Gang einlegte, kam über Funk die Meldung von seiner Verhaftung herein, da kommt Freude auf, sagte er begeistert, ein Kollege hat uns die Arbeit abgenommen, das könnte ruhig öfter vorkommen.

Marina Pascale öffnete eine Dose *Red Bull* und nahm einen großen Schluck, ein kleines Doping vor dem Verhör, sagte sie zu sich selbst, kann nicht schaden.

Zoran Markovic hielt die Stadtpolizisten in Atem, verweigerte trotz eingehender Belehrung die erkennungsdienstliche Behandlung, blockte bockend und mockend jeden Versuch einer Einvernahme ab und kaute ständig dasselbe Wort RECHTSANWALT wieder.

Nach einer halben Stunde resignierten die beiden Stadtpolizisten und das Aknewunder Erwin Wimmer sagte zum Kollegen Buchböck, mir reicht es! Meinetwegen sollen sich die hohen Tiere aus Linz die Zähne an dem harten Brocken ausbeißen!

Als Marina Pascale und Marlon Urstöger in der Polizeidienststelle aufkreuzten, gab Erwin Wimmer seinem Kollegen Buchböck einen Stoß in die Rippen und flüsterte, sei bitte nett zu der Madame mit den Stöckelschuhen, sie ist nämlich schwer in Ordnung.

-Hast du ein Auge auf sie geworfen, wisperte Buchböck, ich glaube, du überschätzt dich. Meinst du, sie ist dir beim Wimmerl Ausdrücken behilflich?
Nun versetzte Erwin Wimmer dem Kollegen erneut einen Stoß in die Rippen, der jedoch ungleich stärker ausfiel als der Erste. Buchböck griff sich ächzend an die Seite und ging leicht in die Knie. Marlon Urstöger hatte die Rempelei bemerkt und warf kurz die fleischigen Lippen auf, schwieg aber, da er dem Ganzen keine Bedeutung zumaß. Zoran saß im Dienstraum mit Handschellen am Stuhl und blickte die herein stöckelnde Marina Pascale herausfordernd an. Erwin Wimmer bot den beiden Kriminalinspektoren Kaffee an. Marlon Urstöger freute sich über die Freundlichkeit und nahm das Angebot dankend an.
Unmittelbar darauf setzte er sich an den Kompjuter und sagte ironisch, Marina, ich tippe für mein Leben gern. Lass uns mit dem Fragequiz anfangen.
Sie wandte sich lächelnd dem Verdächtigen zu und ging gleich mit der ersten Frage aufs Ganze, Herr Markovic, haben Sie Ferdinand Plasser ermordet?
Die Direktheit lockte Zoran Markovic aus der Reserve und er stieß voller Verachtung einen serbischen Fluch aus, der – hätten die Anwesenden Serbokroatisch verstanden, zweifelsfrei eine Anzeige wegen Beamtenbeleidigung nach sich gezogen hätte – dann drückte er die gefesselten Hände theatralisch auf die Brust und brüllte, ich bin unschuldig!
Seine Worte klingen überzeugend, dachte Marina Pascale, doch es zählen nur Fakten, deshalb fragte sie ihn betont ruhig nach dem Alibi, wo waren Sie am Abend des 18. Augustes?
Zoran Markovic zuckte die Achseln und dachte eine Weile nach.
Er warf den blauschwarzen Haarschopf aus der Stirn und gab an, ich war zu Hause und habe in Garage mein Motorrad frisiert.
-Gibt es Zeugen? Vielleicht Ihre Freundin Gerlinde Hufnagel?

-Ich wohne allein.
-Besitzen Sie eine Schusswaffe? Leugnen ist zwecklos. Ihre Wohnung wird gerade durchsucht.
-Habe eine Maschinenpistole.
-Na, wenn's weiter nichts, meinte Marina Pascale ironisch, wann haben Sie das Feuerrohr zuletzt benutzt?
-Habe damit nie geschossen. Obwohl ist sehr gute Waffe, macht pro Minute sechshundert Schuss.
-Illegaler Waffenbesitz ist strafbar, Herr Markovic. Ich werde außerdem einen Schmauchtest veranlassen. Sollten Sie unschuldig sein, wird Sie der Test entlasten.
Er stand auf und fragte, ich kann nach Hause gehen?
-Nein, das ist ein Missverständnis. Sie bleiben so lange in Gewahrsam, bis wir Klarheit über Ihre Täterschaft beziehungsweise Nichttäterschaft haben. Hinsetzen, wir sind noch nicht fertig!
Die weitere Einvernahme dauerte geschlagene zwei Stunden. Marlon Urstöger tippte die Aussage in den Kompjuter und ließ hinterher den Ausdruck von Zoran Markovic unterschreiben. Danach blies Marina Pascale zum Abmarsch.
Marlon Urstöger lenkte den Dienstwagen und resümierte, für den Leichendiebstahl kommt Markovic nicht infrage. Der Werkstättenbesitzer hat telefonisch bestätigt, dass Markovic an jenem Abend, bis ein Uhr morgens Überstunden geschoben hat. Andererseits hat Markovic zugegeben, dass er Franz Plasser als Rivalen betrachtet und Angst hat, er könne ihm seine Freundin Gerlinde Hufnagel abspenstig machen. Und dass Markovic Rudolf Plasser verprügelt hat, beweist doch, dass der Mann keine Selbstkontrolle hat. Was meinst du? Ist Markovic der Mörder?
-Es ist leider wie beim Lotto, sagte Marina Pascale, alles ist möglich. Die Auswertung des Schmauchtests bringt uns hoffentlich ein Stück weiter.

14.

Der Denkzettel

Die Verwaltungsbeamtin Guggi Hager sammelte eifrig Geld für das Geschenk, das der Dienststellenleiter Dr. Max Grieshofer anlässlich seines dreißigjährigen Dienstjubiläums erhalten sollte. Da ein Flyke (ein fliegendes Fahrrad) alles andere als billig war, musste so mancher Kollege erst zu der großzügigen Geldspende überredet werden. Guggi Hager schwirrte wie eine fleißige Biene durch das Landespolizeikommando und legte erst, als sie zwei Drittel der erforderlichen Summe beisammenhatte, eine kurze Sammelpause ein. Schließlich musste sie sich auch um das Seelenheil ihrer unmittelbaren Vorgesetzten Marina Pascale kümmern, denn die sympathische Frau laborierte an akutem Liebeskummer! Bei dieser Krankheit, dessen war sich Guggi Hager bewusst, standen die Heilungschancen ungefähr fifty-fifty. Um Marina Pascale auf die Sprünge zu helfen, behauptete Guggi Hager, vergangene Nacht einen interessanten Traum gehabt zu haben.
-Hör einmal, Marina, flüsterte sie, ich stand in einem hellen, festlich geschmückten Saal und auf Brusthöhe schwebte mir eine rote Schatulle entgegen. Ich öffnete sie und fand darin zwei goldene Ringe. Ich nahm einen Ring heraus und entdeckte auf der Innenseite eine Gravur. Ich kniff die Augen zusammen, um die kleine Inschrift zu entziffern, und las *In Liebe Oskar*. Der goldene Ring war für dich bestimmt, flunkerte sie ungeniert, du wirst bald zum Traualtar gehen. Nicht ich!
Als sie einen verträumten Ausdruck auf Marina Pascales Gesicht liegen sah, wusste sie, dass die Saat aufgegangen war, und rieb sich in Gedanken vor Freude die Hände.
Als Marina Pascale allein im Gemeinschaftsbüro war, rief sie in der Arztpraxis von Oskar Zauner in Hallstatt an und ließ

sich diesmal von der Sprechstundenhilfe nicht abwimmeln. Nach ein paar Minuten Wartezeit ging Oskar ran und meldete sich kühl, Marina, was für eine Überraschung! Was kann ich für dich tun? Benötigst du einen Notnagel oder einen Pausenclown?
Der bittere Sarkasmus schnitt ihr eine Scharte ins Herz.
Oskar Zauner fragte aggressiv, hat es dir die Sprache verschlagen?
-Ich wollte dich nicht verletzen, erwiderte sie leise, ich komme heute Abend nach Hallstatt. Ich hoffe, die Angelegenheit lässt sich bei einem Glas Wein bereinigen. Sagen wir, um acht im Café Ruth Zimmermann?
-Du kommst ja doch nicht.
-Und ob! Um acht. Ich freue mich!
Oskar seufzte, va bene. Fahr vorsichtig, ja?!
Nach dem Gespräch wuchsen Marina Pascale Flügel. Leider gefiel es Dr. Max Grieshofer, die frisch gewachsenen Körperteile zu stutzen. Er steckte den Pumuckelkopf bei der Tür herein und winkte Marina Pascale energisch zu sich.
In seinem Büro sagte der Dienststellenleiter scharf, Frau Kollegin, ich bin über das mangelnde Engagement entsetzt! Was ist los? Leiden Sie neuerdings an der Schlafkrankheit? Von Ihnen bin ich Besseres gewohnt. Die Presse steigt mir andauernd auf die Zehen! Ein ermordetes Kaiserdouble ist für die Aasgeier ein gefundenes Fressen! Haben Sie denn wenigstens eine Spur? Auch der Leichendiebstahl muss umgehend aufgeklärt werden! Also, ich höre!
-Ich nehme jeden guten Rat dankbar an, antwortete Marina Pascale leicht säuerlich, die Aufklärung des Mordfalles Ferdinand Plasser gestaltet sich ungewöhnlich schwierig. Es gibt kaum verwertbare Spuren. Keine Augenzeugen. Keine Tatwaffe. Der Leichendiebstahl kommt erschwerend hinzu.
-Vermutlich hat der Mörder die Leiche gestohlen.
-Auf den Gedanken bin ich auch schon gekommen, sagte Marina Pascale wiederum leicht säuerlich, übrigens haben wir einen neuen Tatverdächtigen. Einen Serben.

-Na so ein Zufall! Genau wie seinerzeit! Damals in Sarajevo wurde unser Thronfolger Franz Ferdinand auch von einem Serben umgebracht. Das klingt doch vielversprechend! Halten Sie mich auf dem Laufenden. Außerdem rate ich Ihnen dringend, bei den Ermittlungen einen Zahn zu zulegen! Haben wir uns verstanden, Frau Pascale!?
-Vollkommen, sagte sie beim Verlassen des Büros und dachte, Yeti, du kannst mich mal. In der Ruhe liegt die Kraft.
Am Rückweg zum Gemeinschaftsbüro traf sie Marlon Urstöger am Gang. Er zog so seine Schlüsse aus ihrer nachdenklichen Miene und fragte, hat unser lieber Yeti die Keule geschwungen? Dann steht er selbst unter Druck. Der Polizeipräsident ist derzeit außerordentlich reizbar, seine Frau ist mit einem italienischen Pizzabäcker durchgebrannt. Ich denke, das erklärt so manches.
-Ach, ich nehme den Rüffel nicht persönlich, tat Marina Pascale das Vorgefallene ab, im Mordfall Plasser müssen wir so oder so Dampf machen! Ich denke da zum Beispiel an den Einsatz von Leichenspürhunden.

Während Marina Pascale mit der Verbrecherjagd beschäftigt war, ging Marco daran, sich die Zukunft endgültig zu versauen. Er hatte sich am Vortag mit einer Lüge von der Mutter verabschiedet. Er hatte fälschlicherweise angekündigt, den Vater in Wien besuchen zu wollen. Marina Pascale hatte den Sohn zum Bahnhof gefahren. Doch Marco war in keinen Zug gestiegen, sondern stattdessen nach Bad Leonfelden getrampt, um sich noch in derselben Nacht an ein satanisches Werk zu machen.

Doktor Katzenbeißer traute seinen Augen nicht, als er am nächsten Morgen nach der obligatorischen kalten Dusche vor den Trümmern seines Fahrzeuges stand. Der alte zwei CV, ein echtes Liebhaberstück, war völlig ruiniert. Die hingeschlachtete, rosarote Ente gab kein Quacken mehr von sich. Sämtliche Scheiben waren eingeschlagen, die Reifen zerstochen, die Rückspiegel abgebrochen, die Scheinwerfer demo-

liert, die Blechflächen mit Kratzern und Beulen übersät, die Sitze aufgeschlitzt, das Lenkrad war in der Mitte durchgesägt und der Wageninnenraum mit Kuhscheiße beschmutzt. Marco hielt sich hinter einem Holzstoß verborgen und beobachtete Doktor Katzenbeißer vom Versteck aus. Es erfüllte Marco mit tiefer Befriedigung, dass er dem linken Psychofritzen, der ihn schamlos bestohlen hatte, einen Denkzettel verpasst hatte. Sehr zu seinem Leidwesen rastete der Bestrafte nicht aus. Marco war ehrlich enttäuscht, er hatte sich die Szene, in der Doktor Katzenbeißer wie ein tobendes Rumpelstilzchen herumhüpft und dabei Gift und Galle spuckt, bereits in herrlichen Bildern ausgemalt!
Er zuckt zusammen, als er Doktor Katzenbeißer rufen hörte, wo bist du, du Feigling? Du hast dir meinetwegen viel Arbeit angetan. Komm heraus! Zeig dich!
Marco duckte sich. Dann gab er dem Fluchtreflex nach und rannte querfeldein davon.
-Renn du nur, schrie ihm Doktor Katzenbeißer nach, dein Ich holt dich garantiert ein!
Der Psychologe kratzte sich am Hinterkopf und stülpte die Beine der ausgewaschenen Jeanshose hoch. Anschließend schwang er sich auf das alte Waffenrad vom Großvater und radelte in die Praxis. Da das altersschwache Gefährt viel Rost angesetzt hatte, rasselte und schepperte es auf höchst beängstigende Weise, was bei den Passanten in Bad Leonfelden für Aufsehen sorgte.
  Kurz vor der Mittagspause kam Obelix ins Gemeinschaftsbüro des Kriminalreferates geschneit. Der beleibte Ballistiker sagte zu Marina Pascale, ich habe noch mal genau recherchiert. Auf der Oberseite der Patrone, die aus dem Herzen des Ermordeten sichergestellt wurde, befindet sich eine klitzekleine Einkerbung. Das ist eine Art Erkennungsmarke, die besagt, dass sich das Kaliber für eine Präzisionspistole der Firma Sauer & Sohn eignet. Das ist eine deutsche Firma. Ich tippe auf eine P226 X-SIX. Gewicht und Magazin wiegen tausenddreihundertvierundfünfzig Gramm. Die Waffe hat

neunzehn Schuss. Es könnte sich lohnen, die registrierten Waffenscheine zu überprüfen.
-Wie hoch ist die Wahrscheinlichkeit, fragte Marina Pascale nach, dass Sie richtig liegen?
-Hoch, Obelix strich bedeutungsvoll über den blonden Schnauzbart, sagen wir, achtzig Prozent.
-Danke. Wir werden uns darum kümmern.
-Marlon, rief sie zum gegenüberliegenden Schreibtisch, kommst du bitte! Es gibt Neuigkeiten von der Ballistik.
Er hörte Marina Pascale ruhig zu und schnalzte anerkennend mit der Zunge, so viel Scharfsinn hätte ich Obelix gar nicht zugetraut, meinte er lobend, ich fange gleich mit der Durchsicht der Waffenscheindatei an. Drück mir die Daumen!
Indessen Marlon Urstöger und Marina Pascale bildlich gesprochen dem Mörder hinterherhechelten, musste Marco in Bad Leonfelden nach der langen Rennerei wegen argen Seitenstechens stehen bleiben. Er drehte sich ängstlich um. Zum Glück sah er keine Verfolger. Somit war die Flucht geglückt. Nach einer ausgiebigen Verschnaufpause stellte sich Marco an den Straßenrand und fuhr per Anhalter nach Linz.

Nach dem Mittagessen erhielt Marina Pascale einen Anruf von Doktor Katzenbeißer. Der Psychologe informierte sie sachlich über den Sabotageakt des Sohnes und bat um Schadensersatz und Wiedergutmachung. Binnen einer Sekunde verfärbte sich das pausbäckige Gesicht von Marina Pascale glutrot. Schock und Wut vermischten sich zu einem brodelnden Knoten im Bauch. Sie hatte es so satt, für Marco den Kopf hinzuhalten. Es war Zeit, loszulassen. Diesmal zog sie die schützende Hand von ihm ab. Vorsätzliche Sachbeschädigung! Marco war eindeutig zu weit gegangen! Der Junge war vollkommen aus dem Ruder gelaufen und musste die Folgen selbst ausbaden. Sie gab sich einen Ruck und erklärte Doktor Katzenbeißer, dass ihr Sohn längst erwachsen sei und selbst für seine Dummheiten geradestehen müsse. Sie diktierte dem Psychologen Marcos Händinummer, gab ihrem Bedauern über die Unannehmlichkeiten Ausdruck und beendete

das Gespräch mit einer nochmaligen Entschuldigung. Als sie am absoluten Tiefpunkt des Mutterfrustes über die gescheiterten Erziehungsbemühungen angelangt war, packte sie den Locher und schleuderte ihn gegen die Wand.
Marlon Urstöger kam nach drei Portionen Leberkäse aus der Kantine ins Gemeinschaftsbüro und sah sofort, dass mit dem Schizo-Fasserl etwas los war. Marina Pascale war völlig aufgelöst und schien mit den Gedanken weit weg zu sein. Wahrscheinlich etwas Privates, dachte er, und hielt die Neugier im Zaum. Es war wenig ratsam, die hochexplosive Bombe anzutasten.
Plötzlich stellte sie einen Satz in den Raum, Marco hat das skrupellose Blut von seinem neapolitanischen Großvater Giovanni geerbt, sagte sie zornig, ihm fehlt jegliches Unrechtsbewusstsein, er geht mit lachendem Gesicht über Leichen. Anders kann ich mir diesen erneuten Ausreißer nicht erklären.
Oje, dachte Marlon Urstöger, hat das Früchtchen von einem Sohn wieder einmal Mist gebaut. Marco ist ein dermaßen hübscher Bursch! Niemand würde hinter der Fassade eines Cherubs den leibhaftigen Teufel vermuten. Das Faxgerät begann zu rattern. Er schnappte das ausgespuckte Stück Papier und hielt das Ergebnis des Schmauchtests in Händen.
Nachdem er das Geschriebene überflogen hatte, sagte er, Marina, schlechte Nachrichten. Zoran Markovic hat in letzter Zeit definitiv keine Schusswaffe benutzt. Für die Zeit des Leichenraubs besitzt er ein wasserdichtes Alibi. Bleiben: Illegaler Waffenbesitz und Körperverletzung.
-Das fällt nicht in unser Ressort. Könnte Zoran Markovic den Mord angestiftet haben? Eifersucht ist ein starkes Motiv.
-Ein Auftragsmord, fragte er verdutzt, das scheint mir doch etwas weit hergeholt.
-Und, wie lässt sich das kaltblütige Vorgehen bei der Tat erklären? Zur Tatzeit war eine große Menschenmenge in der Nähe. Anscheinend war sich der Mörder sicher, unerkannt zu bleiben, was bedeuten würde, dass er von auswärts kam.

-Er könnte aber auch verkleidet gewesen sein.
-Oder, er war ein Profi.
-Ein Auftragskiller ist schwer auszuforschen. Und wie passt der Leichenraub in die Theorie?
-Möglicherweise wurde der Profi auch dafür bezahlt. Das war mit Sicherheit ein teurer Spaß.
Die beiden Kriminalbeamten diskutierten in weiterer Folge noch andere Tatvarianten durch. Am Ende der ausgedehnten Überlegungen gewannen sie eine erschreckende Erkenntnis – der Mordfall Ferdinand Plasser gab eine Menge ungelöster Rätsel auf und driftete bei näherer Betrachtung eindeutig ins Mysteriöse ab.

15.

Nur die Liebe lässt uns leben

Die blonde Kellnerin Gerlinde Hufnagel nahm die Nachricht über die Unschuld ihres Freundes Zoran mit Erleichterung auf. Zoran war kein schlechter Mensch und nie im Leben ein Mörder! Zur Feier des Tages gab sie im Bahnhofsrestaurant eine Runde aus – was bei den Gästen großen Anklang fand. In den Momenten des gegenseitigen Zuprostens entschied sie sich für das Kind. Das Wurm sollte seine Chance auf das Wunder des Lebens bekommen.

Nach dem Dienst fuhr Marina Pascale im schlammfarbenen Opel Corsa vom Landespolizeikommando in die Fabrikstraße und stellte das fahrbare Wimmerl in der Tiefgarage des Plattenbaus ab. Sie fuhr mit dem Lift in die Wohnung, wo sie sich für das bevorstehende Rendezvous mit Oskar Zauner fesch zu machen gedachte. Marco stand in der gelben Nullachtfünfzehn-Küche, deren Tage bald gezählt waren, am Herd und briet in einer Pfanne Spiegeleier. Die Anwesenheit des Sohnes verblüffte Marina Pascale. Es war zwecklos, ihm Vorwürfe zu machen.

Forsch fragte sie, konntest du dich mit Doktor Katzenbeißer auf eine bestimmte Summe einigen?

-Von mir bekommt der linke Hund keinen Cent, erklärte Marco energisch, nicht einen einzigen müden Hemdknopf, da kann er lange warten. Das Aas hat mich schamlos hintergangen und bestohlen.

-Das ist ein Scheißgefühl, nicht wahr? Gut, dass du so einen Vertrauensbruch einmal am eigenen Leib erfährst. Ich finde, bis jetzt hat Doktor Katzenbeißer seinen Job vorzüglich gemacht. Um die finanzielle Wiedergutmachung der Sachbeschädigung wirst du nicht herumkommen. Vielleicht stimmt Doktor Katzenbeißer einer Ratenzahlung zu?

Marco schüttelte störrisch den Kopf und sagte geladen, der Scheißtyp kann sich brausen gehen!
-Dann lässt du ihm keine Wahl. Er muss dich anzeigen.
Marina Pascale ging ins Schlafzimmer und kleidete sich aus. Im Badezimmer verwendete sie Olivenseife zum Waschen. Unter der Dusche kam ihr ein Schlager von Mary Roos in den Sinn, *nur die Liebe lässt uns leben, alles vergessen und verzeih'n, dann wird jeder dir vergeben, nur wer liebt, wird niemals einsam sein. Wir warten und wir hoffen und wir träumen, der Tag vergeht und nimmt die Träume mit. Die Nacht ist lang und du bist nicht bei mir, doch mein Herz, es findet seinen Weg zu dir.* Eine halbe Stunde später war sie fertig angezogen und frisch geschminkt. Das italienische Parfum besaß eine intensive Ambranote.
Als sie den dunkelblauen Samtblazer von der Garderobe nahm, kam Marco in den Flur und sagte, Mama, du duftest wie ein ganzer Harem! Willst du jemand verführen?
-Das, figlio mio, erwiderte sie spitz, geht dich gar nichts an.
-Also, stimmt meine Vermutung. Bekomm ich etwa bald ein Geschwisterchen?
Marina Pascale holte mit der weinroten Handtasche aus und schlug sie Marco auf den Kopf und zischte, wer dich zum Sohn hat, dem vergeht die Lust auf weitere Kinder!
Das hat gesessen, dachte Marco gekränkt und wölbte die Lippen zum Schmollmund. Beleidigt dachte er, Mama hat wegen der Autosabotage bei Doktor Katzenbeißer überhaupt nicht geschimpft und keine Anstalten gemacht, mir finanziell unter die Arme zu greifen. Offenbar geht ihr der eigene Sohn am Arsch vorbei.
Nur die Liebe lässt uns leben, Tage im hellen Sonnenschein, kann nur sie allein uns geben, nur wer liebt, wird niemals einsam sein, sang Marina Pascale während der Fahrt nach Hallstatt und freute sich riesig auf das Wiedersehen mit Oskar. Der Arzt wiederum wollte für eine Überraschung sorgen und ersuchte seine Eltern, ihn zum vereinbarten Treffpunkt zu begleiten. Zuerst sträubten sich beide gegen das

Ansinnen – immerhin kostete es Energie, sich in Schale zu werfen – doch nach dem der Sohn seine Überredungskünste spielen hatte lassen, besiegte die Neugier die Bequemlichkeit. Ramona Zauner galt als die beliebteste Würstelfrau von Hallstatt. Den Würstelstand betrieb sie allerdings nur in den warmen Monaten, die restliche Zeit lebte sie als Hausfrau. Ramona Zauner war eine warmherzige Frau, die oft und gern lachte. Hubert Zauner war ehemaliger Gemeindebediensteter und befand sich seit einem Jahr im verdienten Ruhestand. Auch er war kein Kind von Traurigkeit und liebte Geselligkeiten aller Art. Ramona Zauner steckte den Gatten in einen eleganten Nadelstreifanzug und zog selbst ein kariertes Kostüm an.

Als Marina Pascale in Hallstatt ankam, war es fast dunkel. Die Straßenlaternen beleuchteten den romantischen Ort am See, der vor dem schwarzen Schleier der hereinbrechenden Nacht wie ein Schicksalsstern funkelte. Der schöne Anblick verbreitete ein samtiges Wohlgefühl in der Brust. Vorfreude prickelte im Bauch. In den belebten Gastgärten am See hingen bunte Lampions. Die Luft bestach durch seidige Milde. Leichtfüßig stöckelte sie auf den ebenfalls belebten Marktplatz zum Café Ruth Zimmermann und setzte sich im Freien erwartungsvoll an einen Tisch. Am Nebentisch unterhielten sich sechs junge Männer auf Englisch und erzählten einander, wie herrlich es gewesen war, untertags im See zu schwimmen. Marina Pascale blickte auf die Gucci-Armbanduhr. Fünf vor acht. Da Oskar meistens pünktlich war, würde sie die Sehnsucht nur noch wenige Minuten aushalten müssen. Als sie bei der Kellnerin namens Sonja einen doppelten Espresso bestellte, kam er auch schon um die Ecke gebogen. Doch er war nicht allein. Das müssen seine Eltern sein, dachte Marina Pascale panisch, dio mio, davon hat er mir keine Silbe gesagt und ich habe noch die Bluse mit dem tiefen Ausschnitt angezogen.

Oskar steuerte zielstrebig an den Tisch und reichte ihr förmlich die Hand und sagte feierlich, Mutter, darf ich dir Marina Pascale vorstellen.
Ramona Zauner nickte und meinte, sehr erfreut, wir dürfen uns doch zu Ihnen setzen?
-Natürlich. Bitte. Freut mich, Sie kennenzulernen, sagte sie steif zu Hubert Zauner und bot auch Oskars Vater einen Platz an.
Oskar hat sich eine feminine Frau ausgesucht, dachte Hubert Zauner, zum Glück ist sie keine von den dürren Bohnenstangen, die aussehen, als litten sie an Auszehrung.
-Frau Zauner, eröffnete Marina Pascale das Gespräch, es tut mir unendlich leid, dass ich Ihren sicherlich köstlichen Rinderbraten verpasst habe. Mein Beruf erfordert manchmal zu den unmöglichsten Zeiten Einsätze.
-Wir haben drei Tage an dem Braten gegessen, meldete sich Hubert Zauner grinsend zu Wort, meine Frau hat wieder einmal für eine ganze Fußballmannschaft gekocht.
-Oskar hat erzählt, Sie haben einen Sohn, wechselte Ramona Zauner das Thema, darf ich fragen, wie alt er ist?
-Er wird bald zwanzig.
Marina Pascale spürte, wie Oskars Mutter im Kopf ihr Alter ausrechnete.
-Oskar hat erzählt, Sie sind Halbitalienerin, sagte Hubert Zauner, vermissen Sie Italien? Gefällt es Ihnen in Österreich?
-Beide Länder sind wunderschön, antwortete sie diplomatisch, ich verbringe für gewöhnlich meinen Urlaub in Italien, lebe aber ansonsten sehr gern in Österreich. Ich nehme an, Oskar hat Ihnen von unserem gemeinsamen Urlaub auf der sorrentinischen Halbinsel erzählt.
-Erzählt ist gut, er hat ausgiebig davon geschwärmt. Bearbeiten Sie den schrecklichen Kaisermord in Bad Ischl?
Unter dem Tisch gab Ramona Zauner ihrem Mann einen Tritt, doch er konnte die Frage nicht mehr zurücknehmen.
Oskar Zauner verdrehte die Augen.

-Das Opfer war blutjung, sagte Marina Pascale, das macht die Tat besonders tragisch.
-Und dann wurde auch noch die Leiche gestohlen. In den Zeitungen steht, dass die Polizei völlig im Dunkeln tappt. Das ist bestimmt eine Lüge.
-Klar, sagte Marina Pascale, die Schreiberlinge müssen die Seiten füllen. Die Wahrheit ist meistens wenig attraktiv. Was zählt, ist eine möglichst hohe Auflage.
-Zappelt der Mörder bereits an Ihrer Angel?
Oskar Zauner verdrehte abermals die Augen. Ramona Zauner versetzte ihrem Mann einen spitzen Tritt unter dem Tisch, der sich am nächsten Tag als blauer Fleck manifestieren sollte.
-Wir werden morgen, flüsterte Marina Pascale, Leichenspürhunde einsetzen.
-Poh, meinte Hubert Zauner anerkennend, das nenne ich raffiniert! Die Polizei hat heutzutage tolle technische Mittel zur Verfügung. Oft genügt ein Haar oder eine Hautschuppe – und der Verbrecher ist geliefert.
Wie ich Marinas Beruf hasse, dachte Oskar Zauner verärgert, immer dreht sich alles um Kriminelle, als ob es keine anständigen Menschen auf der Welt gäbe.
-Hat Ihr Sohn Ihre Intelligenz geerbt? Wollte Ramona Zauner wissen.
Meine Alten, dachte Oskar Zauner entsetzt, lassen wirklich kein Fettnäpfchen aus.
-Das kann ich nicht beurteilen, wich Marina Pascale aus, als Mutter denkt man immer das Beste vom eigenen Kind. Wenn ich mir eine Bemerkung zu Ihrem Sohn erlauben darf, Oskar ist Ihnen gut gelungen.
-Das war auch viel Arbeit, sagte Ramona Zauner lächelnd, Oskar hat erzählt, Sie werden bald Geburtstag feiern. Dürfen mein Mann und ich Sie zum Essen einladen. Ich dachte an eine gefüllte Kalbshaxe mit Erdäpfelpüree oder soll es lieber ein Wildgericht sein? Rehragout mit grünem Pfeffer oder ein saftiges Hirschschnitzel mit Preiselbeeren?

-Vielen Dank für die Einladung, erwiderte Marina Pascale erfreut, Oskar, wandte sie sich an ihren Freund, wonach steht dir der Gusto? Es wäre mir lieb, du besprichst mit deiner Mutter gemeinsam, was auf den Tisch kommen soll.
-Oskar liebt Wildbret, sagte seine Mutter, Reh oder Hirsch, das knobeln wir uns aus. Wir müssen dann langsam wieder gehen. Mein Mann muss vor den Fernseher: *Bauer sucht Frau.* Er versäumt keine einzige Sendung. Frau Pascale, es war nett, Sie kennenzulernen, meinte sie beim Aufstehen, ich freue mich auf die gemeinsame Geburtstagsfeier.
-Ganz meinerseits, erwiderte sie rasch und schüttelte den Eltern zum Abschied die Hand.
Auf dem Nachhauseweg unterhielten sich Oskar Zauners Eltern über die stattgefundene Begegnung.
-Nette Person, sagte Hubert Zauner, diese Marina gefällt mir.
-Ja, das glaube ich dir, stimmte Ramona Zauner zu, sie hat ein Dekolleté wie eine Puffmutter. Ein bisserl alt ist sie halt. Was Enkelkinder anbelangt, sehe ich schwarz.
-Für Kinder ist sie noch nicht zu halt, hielt Hubert Zauner dagegen, sie könnte den Beruf aufgeben und Oskar in der Praxis assistieren. Die Arbeit wächst ihm ohnehin über den Kopf.
-Hast du eine Ahnung, wie ernst es mit den beiden ist?
-Nein, aber ich kann Oskar fragen.
-Falls er sie nämlich heiraten will, muss es schnell passieren, damit wir Enkelkinder bekommen, ehe ihre fruchtbaren Jahre vorbei sind.

In der Zwischenzeit hatten sich Marina Pascale und Oskar Zauner versöhnt. Sie hielten einander an den Händen und blickten sich tief in die Augen. Das einmütige Schweigen legte sich wie ein seidiger Kokon um das Liebespaar. Eine Woge der Seligkeit wallte durch Fleisch und Blut. Heiße Begierde erwachte. Eng umschlungen gingen sie in Oskars Praxis und verbrachten eine stürmische Liebesnacht.

16.

Kommissar Maigret und Miss Marple

Kommissar Maigret und Miss Marple betrachteten einander als Konkurrenten. Beide waren Meister ihres Fachs. Wo andere keinen Rat mehr wussten, lösten die beiden selbst die verzwicktesten Kriminalfälle bravourös. Beide arbeiteten seit Jahren als Detektive und konnten einen wertvollen Erfahrungsschatz ihr Eigen nennen. Als sie aufgrund des Mordfalls Ferdinand Plasser einander wieder begegneten, machten sie keinen Hehl aus der gegenseitigen Abneigung. Als Kommissar Maigret seine Nase wieder einmal in eine Angelegenheit steckte, die ihn nichts anging, wurde Miss Marple böse. Der Schnüffler war aber auch zu dreist! Er nahm sich die Freiheit, Miss Marples Hinterteil zu beschnuppern. Immer musste der Kerl seine Nase in fremde Angelegenheiten stecken! Miss Marple fühlte sich belästigt und gab ein drohendes Knurren von sich. Doch Kommissar Maigret war von Berufswegen Schnüffler, weshalb es nicht verwunderte, dass er die Nase weiter ungeniert an Miss Marples Allerwertesten drückte. Doch Miss Marple gedachte die Verletzung ihrer Intimsphäre keinesfalls noch länger hinzunehmen, sie knurrte noch lauter, drehte sich um und schnappte nach Kommissar Maigrets Vorderbein. Das laute Jaulen des Gebissenen machte die aus Laakirchen angereisten Hundeführer auf das Gezänk ihrer Schützlinge aufmerksam. Da sich die beiden Schäferhunde aufs Heftigste bissen, mussten sie getrennt werden. Einer der Hundeführer sah ungehalten auf die Armbanduhr und fluchte, weil die Inspektoren ungebührlich lange auf sich warten ließen. Marlon Urstöger traf als erster am vereinbarten Treffpunkt in Bad Ischl ein. Er hatte bei den Eltern in Gosau übernachtet und in der Dunkelheit heimlich das Haus von Chantal und ihrem Ehemann ausspioniert, ohne etwas Aufschlussreiches über die Güte der Beziehung der Eheleute zu erfahren.

Er begrüßte die Hundeführer und sagte, dass sie noch auf die Leiterin der Ermittlungen Frau Gruppeninspektor Pascale warten müssten, ehe es losgehen könne. Dann ließ er die wenig erfreuten Hundeführer beim Kleinbus am Parkplatz stehen und betrat das Bahnhofsrestaurant, um sich ein kleines Frühstück zu genehmigen.

Marina Pascale fühlte sich nach der vergangenen Nacht wie neugeboren. Der Tanz der Hormone befeuerte trotz Schlafmangel die Lebensenergie. Als der schlammfarbene Opel Corsa auf den Parkplatz rollte, drückte sie übermütig auf die Hupe, um die Hundeführer zu begrüßen. Sie stieg schwungvoll aus. Das großzügige Dekolleté stach den Hundeführern aufreizend ins Auge. Einer der uniformierten Männer dachte, die Frau Gruppeninspektor ist ein verdammt scharfer Zahn, die Kurven können einen ins Schleudern bringen. Marlon Urstöger wischte sich im Gehen die Brösel vom Mund, welche die Buttersemmel hinterlassen hatte.

-Oh, auch schon da, Guten Morgen, begrüßte er die blendend aussehende Marina Pascale, können wir anfangen?

-Kollegen, wandte sie sich an die Hundeführer, ich führe sie jetzt zu der Stelle, an dem der Bestatter den Leichenwagen mit dem Überführungssarg geparkt hatte.

Miss Marple bellte aufgeregt. Kommissar Maigret zog tatendurstig an der Leine.

-Bei Dunkelheit ist die Stelle ein finsteres Loch, meinte Marlon Urstöger, der Lichtkegel der Straßenlampe reicht nicht bis hierher. Kein Wunder, dass sich keine Augenzeugen gefunden haben. Hoffentlich hat der Dieb die Leiche beim Umladen abgelegt sonst können wir einpacken.

-Die Chance ist winzig, sagte Marina Pascale, wir wissen nicht, ob der Leichendiebstahl tatsächlich hier stattgefunden hat, aber wir dürfen uns keinen Ermittlungsfehler leisten, sonst haut uns der Yeti die Keule aufs Dach.

Dann ließen die Hundeführer ihre Schützlinge los. Miss Marple und Kommissar Maigret schnupperten um die Wette und ließen keinen Zentimeter des Parkplatzes aus. Kommis-

sar Maigret wurde kurzzeitig durch die Duftmarke eines Artgenossen an der Mauerecke des Feuerwehrdepots abgelenkt. Indes war Miss Marple vollkommen bei der Sache. Sie folgte einer Spur, blieb am Fuß des Wolfshügels stehen und schlug mit lautem Gebell an. Kommissar Maigret zuckte und fand sich ebenfalls an der verdächtigen Stelle ein. Er steckte die Schnauze ins Gras und bellte laut auf.
-Miss Marple, gut gemacht, lobte der Hundeführer sein tüchtiges Mädchen, hier, er griff in die Hosentasche und holte einen Hundekeks heraus, du hast dir die Belohnung verdient!
Kommissar Maigret bekam wehmütige Augen. Er schien sich zu fragen, und wo bleibt mein Keks? Er musste nicht lange warten. Der Hundeführer liebte seinen Hund, der brav angeschlagen hatte, weshalb er auch ihm die Belohnung nicht vorenthielt.
-Mit hoher Wahrscheinlichkeit, sagte einer der Hundeführer, ist die Leiche an der Stelle abgelegt worden. Sehen Sie, das Gras ist plattgedrückt.
-Sie haben uns sehr geholfen, sagte Marina Pascale dankbar zum Hundeführer und tätschelte Miss Marples Flanke, während Marlon Urstöger Kommissar Maigret am Kinn kraulte.
Anschließend verständigte Marina Pascale die Spurensicherung, mit etwas Glück ließ sich ein Beweisstück finden, das einen Hinweis auf den Leichendieb liefern konnte.
-Ein gefundener Strohhalm macht noch keine Ernte, äußerte sich Marlon Urstöger skeptisch, aber, da die Leiche abgelegt wurde, können wir von einem Einzeltäter ausgehen.
-Scharf kombiniert, sagte Marina Pascale anerkennend, Leichendieb und Mörder sind ein und dieselbe Person. Bleibt die brennende Frage nach dem Motiv. Wir fahren jetzt zum Vater des Opfers und nehmen ihn noch einmal gehörig in die Mangel. Franz Plasser müsste seine eigenen Feinde doch kennen. In seiner Vergangenheit muss es einen dunklen Fleck geben oder er hat sich in der Gegenwart neben Stefan Ramskogler unwissentlich noch einen anderen Feind gemacht.

Im Haus der Familie Plasser ging es wahrhaft traurig zu. Es herrschte eisige Stimmung in der schaurigen Gruft. Annamirl Plasser musste ins Krankenhaus eingeliefert werden. Rudolf Plasser trug seit dem Überfall durch Zoran Markovic mehrere Pflaster im Gesicht und wurde von Blutergüssen und Prellungen gequält und Franz Plasser war zu Tode betrübt. Der Turm des Familiengefüges bröckelte und war einem Einsturz gefährlich nahe. Der Besuch von Marina Pascale und Marlon Urstöger kam denkbar ungelegen. Die Kriminalinspektoren waren alles andere als willkommen. Selbstredend widerstrebte es ihnen, in der Seelenpein der Opfer zu wühlen, aber sie hatten keine andere Wahl. Nach einem zähen Gesprächsbeginn erwähnte Kaiser Franz, der seine Ruhe haben wollte, den Namen eines möglichen Verdächtigen, den sie bei den Ermittlungen bisher außer Acht gelassen hatten. Obgleich sie das Motiv (Eifersucht – Berta Zacherl pflegte Franz Plasser seit Jahren zu umgarnen) als eher schwach betrachteten, stürzten sie sich in Ermangelung einer anderen Spur auf den Schotterbaron Matthias Zacherl und spulten das routinemäßige Ermittlungsprogramm – Hausdurchsuchung, erkennungsdienstliche Behandlung und Einvernahme sowie Zeugenbefragung – ab.

Weil Matthias Zacherl beileibe kein sanftmütiges Lamm war, sondern zum Jähzorn neigte, gestaltete sich die Arbeit der Ermittler als äußerst Nerven aufreibend. Matthias Zacherl beschäftigte sich mit dem Hund und fütterte ihn andauernd mit Schokolade und ignorierte die Ermittler auf geradezu aggressive Weise. Zwischendurch brauste er auf und warf den Kriminalinspektoren unflätige Schimpfworte an den Kopf. Auch die Ehefrau des Schotterbarons Berta Zacherl war zu keiner Kooperation bereit. Marina Pascale trank eine doppelte Ration *Red Bull* und qualmte mit Marlon Urstöger ständig Zigarillos, um den anfallenden Stress zumindest ansatzweise abzubauen. Es ergab sich, dass bei der Hausdurchsuchung eine Pistole gefunden wurde, was neue Hoffnung auf die baldige Lösung des Falles weckte. Doch der Ballistiker Obelix machte das zarte Pflänzchen zunichte, in dem er versicherte, dass das Kaliber der neun Millimeter Todespatrone nicht zur sicher gestellten Waffe passte. Als sowohl Matthias als auch Berta Zacherl für die Tatzeit ein Alibi vorzuweisen hatten, ging bei den beiden Kriminalinspektoren jede Hoffnung den Bach runter.

Marlon Urstöger kämpfte verbissen um einen Erfolg und ackerte in Linz die Datei der angemeldeten Schusswaffen gewissenhaft durch. Die für eine deutsche Präzisionspistole P226 X-STX von Sauer & Sohn ausgestellten Waffenscheine betrafen vor allem den Großraum Wien und die Tiroler Landeshauptstadt Innsbruck.

Er war entmutigt und fragte Marina Pascale, was können wir noch tun, um endlich Licht in den ungeklärten Mordfall zu bringen? Ich bin mit meinem Latein am Ende.

-Wir müssen etwas Wichtiges übersehen haben, erwiderte sie, die Frage ist nur, was?

17.

Die Beichtmutter

Seit Jutta Mayer vor etlichen Jahren ihren Frisiersalon aufgegeben hatte, war sie als mobile Friseurin in Bad Ischl und Umgebung tätig und besuchte die Kunden zu Hause, im Altersheim oder im Krankenhaus. Da sie sich durch ihre Tüchtigkeit einer großen Stammkundenstock erworben hatte, konnte sie es sich durchaus leisten, alle Kunden, die mit Trinkgeld geizten, ins zweite Glied zu reihen und gegebenenfalls auf einen freien Termin warten zu lassen. Jutta Mayer besaß zwei geschickte Hände, die wahre Traumfrisuren zustande brachten. Trotz ihrer Kunstfertigkeit verlangte sie äußerst moderate Preise, ein Umstand, der die Nachfrage zusätzlich steigerte.

Jutta Mayer verließ am Vormittag das Haus und verstaute die Koffer mit den Arbeitsutensilien im Kofferraum des roten Fiat Puntos den sie liebevoll "mein kleines Spuckerl" nannte. Dann begab sich die attraktive, groß gewachsene Frau hinter das Lenkrad, setzte die Sonnenbrille auf und startete ihr kleines Spuckerl. Nach zehn Minuten Fahrtzeit kam sie beim Altersheim in der Maxquellgasse an. Die erste Kundschaft des heutigen Tages bewohnte ein Zimmer im zweiten Stock. Frau Sams war eine liebenswerte, alte Dame, die viel Wert auf ihr Äußeres legte. Frau Sams widmete sich mit Hingabe der Kleiderauswahl und erschien stets in formvollendeter Eleganz. Unbestritten war sie die bestangezogene Frau des Altersheimes, und unermüdlich um die Aufrechterhaltung ihrer Position bemüht, wobei der Erhaltung einer jugendlichen Figur eine wesentliche Rolle zukam. Weil Frau Sams zu jeder Turnstunde geschniegelt und gestriegelt kam, erlaubte sich die Leiterin der Turngruppe anzuregen, sie möge sich doch statt der engaliegenden Stretschhose und Stretschbluse einen bequemen Trainingsanzug zulegen, der die Bewegungs-

freiheit weniger einenge. Das unästhetische Ansinnen löste bei Frau Sams maßlose Empörung aus und sie reagierte mit einem Sturm der Entrüstung. Keine Macht der Welt, betonte die alte Dame lautstark, könne sie jemals in so eine hässliche Schlabberkluft zwingen.
Als Jutta Mayer ein Handtuch um die Schultern von Frau Sams legte, schilderte die Kundin diesen Skandal in aller Ausführlichkeit, ist man erst einmal siebzig geworden, sagte Frau Sams, fängt die Bevormundung durch die Verwandten an. Ständig meinen Sie es gut mit einem und erteilen überflüssige Ratschläge. Mit achtzig steht dann die vollständige Entmündigung an. Die Verwandten meinen, man solle sich ausruhen und einen gemütlichen Lebensabend verbringen, mit einem Wort, sie wollen, dass man sich schleicht. Sie sind ja erst sechzig, also noch ein ziemlich junges Ding, aber ich rate Ihnen, sehen Sie sich vor! Wehren Sie den Anfängen!
Jutta Mayer hörte geduldig zu und versprach, die Warnung zu beherzigen. In vielen Fällen war die in Anspruch genommene Dienstleistung reine Nebensache. Zwar bestellten sie die Kunden, um sich die Haare waschen, schneiden, färben, föhnen zu lassen, aber bei den meisten stand die seelische Erleichterung an erster Stelle. Sobald die Menschen jemanden an ihr Haar ließen, öffneten sich die Herzen von selbst. Der fürsorgliche Körperkontakt streichelte offenbar die Seele und kitzelte intimste Geheimnisse heraus. Während Jutta Mayer die Arbeit erledigte, redete Frau Sams ununterbrochen, erzählte kichernd Streiche aus der Jugendzeit, verriet ihr das Erfolgsrezept einer langen Liebesbeziehung, lobte die Auswahl eines bestimmten Kleidergeschäftes in Bad Ischl, mokierte sich über die Hektik an den Supermarktkassen, zeigte der Friseurin ein Fläschchen lila Nagellack und ließ sich beraten, ob sie die gewagte Farbe tragen könne. Nachdem Jutta Mayer Frau Sams in allem bestätigt und nebenbei eine flotte Frisur zustande gebracht hatte, erhielt sie von der hochzufriedenen Kundin ein fürstliches Trinkgeld.

Ehe Jutta Mayer zur nächsten Kundschaft weiterfuhr, genehmigte sie sich am Parkplatz vor dem Altersheim noch schnell eine Zigarette. Dann bewegte sie ihr kleines Spuckerl mit im Ortsgebiet unerlaubten siebzig km/h zum Fertighaus der Familie Ramskogler. Jutta Mayer kannte Leni Ramskogler seit dreißig Jahren. Sie mochte die sensible Frau mit dem Helfersyndrom und ließ ihr hin und wieder Sachspenden zukommen. Als Leni Ramskogler die Tür aufmachte, erschrak Jutta Mayer. Leni war aschgrau im Gesicht. War Leni etwa ernsthaft erkrankt? Jutta Mayer fasste sich rasch wieder, ließ sich die Bestürzung nicht anmerken und begrüßte Leni herzlich.
-Ich möchte eine Dauerwelle, sagte Leni, ich habe die ewigen Schnittlauchlocken satt.
-Ein neuer Besen kehrt immer gut, erwiderte sie und stellte fest, dass die zierliche Person stark abgemagert war.
Ließ eine Frau die Frisur radikal ändern, bedeutete das immer eine Zäsur, die entweder bereits stattgefunden hatte oder noch bevorstand. Bei Jutta Mayer schrillten die Alarmglocken. Leni wirkte niedergeschlagen, und schien großen Kummer zu haben, irgendetwas stimmte da ganz und gar nicht. Leni nahm im Ikea Wohnzimmer auf einem Sessel am Fenster Platz. Dann zog sie ein Päckchen Zigaretten aus der Westentasche und zündete sich eine an. Jutta Mayer traute ihren Augen nicht! Leni rauchte! Die heilige Leni frönte einem Laster! Das war unfassbar! Dann stand Leni auf, ging zum Einbauschrank und holte eine Flasche Kirschrum aus der aufklappbaren Hausbar. Nun fielen Jutta Mayer buchstäblich die Augen aus dem Kopf. Bisher hatte Leni wie ein Gesundheitsapostel gelebt, Gemüse und Körndln gegessen und nie einen Tropfen Alkohol angerührt.
-Magst du auch einen Schluck Rum? Fragte Leni die total baffe Friseurin, die vor lauter Staunen den Mund nicht mehr zubekam.
Jutta Mayer nickte und dachte, in Lenis Leben muss sich etwas sehr Einschneidendes ereignet haben.

Nach dem die Frauen Rum getrunken hatte, erkundigte sie sich nach Lenis Vorstellungen betreffs der Dauerwelle.
-Sollen die Locken kraus oder wellig sein? Du bist ein Fay Dunaway-Typ, zu deinem schmalen Gesicht passen große Wellen. Das würde dir einen glamourösen Touch verleihen.
-Fay Dunaway, sagst du, danke für das Kompliment, Leni dämpfte die Zigarette aus und nippte am Rum und meinte, die Schauspielerin ist wirklich fesch und so schön verrucht! Einverstanden. Es sollen große Wellen sein.
Kaum hatte Jutta Mayer den ersten Lockenwickler gesetzt, paffte sich Leni eine zweite Zigarette an und schenkte sich Rum nach. Hat Leni etwa vor, sich scheiden zu lassen, rätselte Jutta Mayer, weil sie plötzlich einen auf wild macht. Das Interesse der Beichtmutter – die zum Glück an kein Gelübde oder Beichtgeheimnis gebunden war – war mehr als geweckt. Sie überlegte, wie sie die Kundin zum Reden bringen könnte. Da kam ihr Leni zuvor.
-Ach, Jutta, fing Leni an, ich habe einen schweren Fehler gemacht. Ich habe den falschen Mann geheiratet. Steff hat sich in der letzten Zeit drastisch verändert. Wenn ich nur wüsste, wie ich die negative Entwicklung bremsen könnte, Leni seufzte gedehnt, Steff ist einfach nicht mehr zurechnungsfähig. Er ist hochgradig schizophren, hat eine sadistische Ader, schlägt grundlos unsere Töchter, brüllt mich wegen Nichtigkeiten kurz und klein, verjubelt bei Saufgelagen das Geld, weigert sich, die Kreditraten für die Möbel zu bezahlen, spült das Essen, das ich ihm gekocht habe ins Klo, führt vor dem Spiegel Selbstgespräche. Ich schäme mich, es zu sagen, aber er pinkelt in Abfalleimer und Blumentöpfe, schau Jutta, Leni richtete den Zeigefinger auf eine Grünpflanze im Eck, wie elend der Asparagus aussieht, seit ihn mein Mann wässert, und dann lügt er auch noch wie gedruckt. Der Hausarzt hat mir Beruhigungstabletten gegeben, freiwillig schluckt Steff sie natürlich nicht, leider habe ich keine Gelegenheit, sie ihm unterzujubeln. Steff braucht aber dringend Medikamente gegen die ausufernde Geisteskrank-

heit. Seine Aggressivität steigert sich von Tag zu Tag und macht mir zusehends Angst. Es ist ihm alles Böse zuzutrauen. Steff hat jede Hemmung verloren. Manchmal, ich schäme mich für den Gedanken, kann ihn aber nicht verdrängen, glaube ich sogar, dass Steff den Ferdi umgebracht hat. Jutta, das muss aber unter uns bleiben, kein Wort zu niemand! Er hat einen Riesenhass auf den alten Plasser. Und seit Steff den Falschen erwischt hat, bricht der Wahnsinn alle Dämme. Ehrlich gesagt, wundert es mich, dass ihn die Polizei nicht eingesperrt hat. Ich fühle mich jedenfalls bedroht und unsere Töchter suchen das Weite, sobald sie Steff sehen. Ich habe einem Anwalt die Lage geschildert, doch für eine Zwangseinweisung gibt es keine rechtliche Handhabe. Das heißt, ehe ich etwas unternehmen kann, muss ich warten, bis Steff vollkommen durchdreht, sich selbst oder andere gefährdet. Doch, falls es mit ihm weiter so rasant bergab geht, landet er früher oder später sowieso in der Psychiatrie.
Jutta Mayer schwirrte der Kopf. Die abgelegte Beichte war schwer verdauliche Kost. Soeben hatte Leni Ramskogler ihren Mann des Mordes an Ferdinand Plasser bezichtigt.
-Ach, Jutta, sei froh, dass dein Mann brav ist! Ich beneide dich um den gemütlichen Kerl, plapperte Leni weiter, weißt du einen Rat, wie ich Steff helfen könnte?
Keine Ahnung, dachte sie und antwortete, bei Geisteskrankheiten kenne ich mich leider überhaupt nicht aus. Vielleicht solltest du einen Psychiater konsultieren?
-Mmh, das ist eine gute Idee. Es muss heimlich geschehen. Falls Steff etwas bemerkt, reißt er mir den Kopf ab.
Leni kippte einen großen Schluck Rum in den Rachen und redete weiter, das Schlimmste ist, dass ich böse Gedanken hege, und mir manchmal wünsche, Steff möge für immer fortbleiben und bei einem Verkehrsunfall sterben, damit ich aller Sorgen ledig wäre. Ich hasse mich für die eigene Schlechtigkeit. Mein Spiegelbild verursacht mir Ekel, deshalb brauche ich dringend eine neue Frisur, damit sich in meinem Leben zumindest etwas ändert.

-Die Dauerwelle wird dir super stehen, meinte Jutta Mayer und setzte den nächsten Lockenwickler, mit der neuen Frisur fühlst du dich bestimmt besser.
-Danke, Jutta, du bist ein Schatz!

18.

Der Yeti schwingt die Keule

Als Marina Pascale das Gemeinschaftsbüro des Kriminalreferates betrat, stürmte ihr die fürsorglich veranlagte Verwaltungsbeamtin Guggi Hager im Laufschritt entgegen und sagte aufgeregt, guten Morgen. Marina, hast du's schon gehört?
Sie schüttelte den Kopf.
-Der Yeti hat einen weißen Turban am Kopf. Angeblich ist er bei einem Waldlauf über einen Ast gestolpert und hat sich die Birne angeschlagen. Es ist furchtbar grantig. Ehrlich gesagt, schaut er mit dem weißen Kopfverband superlächerlich aus. Das ganze Landespolizeikommando lacht sich über seinen Aufzug dumm und deppert. Und, wie geht's dir?
-Gut. Kannst du eine Honigsemmel und Kaffee organisieren?
-Ich eile und fliege, flötete Guggi Hager, übrigens der Geselchte hat sich gemeldet und herrisch nach einem Rückruf verlangt. Offenbar glaubt unser *Mister Linz*, seit er den Titel in der Tasche hat, er könne sich alles erlauben.
Der Gedanke an Thomas Breitenfellner dämpfte die gute Laune. Marina Pascale wollte, dass die Suspendierung aufrecht blieb und den Geselchten nicht mehr im Team haben. Doch das konnte sie nicht allein entscheiden, da hatte der Yeti ein gewichtiges Wort mitzureden. Kaum denkt man an den Teufel, steckt er auch schon den bandagierten Pumuckelkopf durch die Tür! Marina Pascale unterdrückte das aufsteigende Lachen. Im Krankenhaus hatte man nicht an Verbandsmaterial gespart. Der weiße Turban besaß gewaltige Dimensionen. Das Grinsen von Guggi Hager reichte bis zu den Ohren.
-Guten Morgen, Herr Dr. Grieshofer, begrüßte Marina Pascale den Yeti, der seinem Spitznamen wieder einmal alle Ehre machte, ich komme gleich mit in Ihr Büro.

Marina Pascale setzte sich an den Schreibtisch, schlug die Beine übereinander, und hielt es für klug, den Vorgesetzten nicht auf die Kopfverletzung anzusprechen. Das Gesicht des Dienststellenleiters war Zorn gerötet. Sein stechender Blick verhieß wenig Angenehmes.
Dennoch ergriff sie das Wort und fragte, Herr Dr. Grieshofer wie sollen wir mit Thomas Breitenfellner verfahren? Ich möchte Sie bitten, den Kollegen in eine andere Abteilung zu versetzen.
-Es ist eine schwierige Aufgabe, der Yeti stöhnte, für unseren *Mister Linz* einen neuen Wirkungskreis zu finden. Jeder im Haus weiß, dass der Geselchte ein ausgemachtes Faultier ist. Keine Abteilung will ihn haben. Ich sehe nur eine Möglichkeit. Kollege Schmollwieser von der Pforte geht bald in Pension.
Marina Pascale kicherte innerlich und dachte, der Geselchte als Portier, das wird dem Schönling sauer aufstoßen.
-Soll ich ihn verständigen, fragte sie, oder übernehmen Sie das?
-Ich mache das schon. So, Frau Pascale, nun zu Ihnen, sagte er drohend, ich bin mit Ihrer Leistung absolut unzufrieden. Im Mordfall Ferdinand Plasser dümpeln Sie wie eine lahme Ente dahin, er schlug die Faust donnernd auf die Schreibtischplatte, der Polizeipräsident macht mir die Hölle heiß und will Ergebnisse sehen! Hiermit stelle ich Ihnen ein Ultimatum. In drei Tagen ist der Mord aufgeklärt, sonst entziehe ich Ihnen den Fall.
Die Heftigkeit der Kritik verschreckte Marina Pascale und sie erwiderte eingeschüchtert, jawohl, ich krempele die Ärmel hoch. In drei Tagen serviere ich Ihnen den Mörder am Silbertablett.
-So gefallen Sie mir, meinte der Yeti besänftigt, ich bin sicher, dass Sie zur gewohnten Form zurückfinden. Viel Erfolg! Danke für Ihren Einsatzwillen!
Sie verließ das Büro des Dienststellenleiters und war wütend auf sich selbst, weil sie mit keiner Silbe widersprochen hatte.

Was bildete sich der Sklaventreiber ein! War es etwa ihre Schuld, dass der aktuelle Fall wie verhext war. Schließlich konnte sie nicht zaubern! Aber du könntest, ging sie mit sich selbstkritisch ins Gericht, die grauen Zellen auf Trab bringen und einmal ganz scharf nachdenken. Du scheinst vergessen zu haben, dass dich die Kollegen in Wien Signora Superhirn nannten.

Die Mittagspause verbrachte sie ausnahmsweise in der Wohnung zuhause. Liebenswürdigerweise schwang Marco den Kochlöffel und bereitete eine exzellente Minestrone zu. Nach der Mahlzeit öffnete sie eine Tüte Gummibärchen und machte sich unter Zuhilfenahme der herzigen Tierchen daran, den Mordfall Ferdinand Plasser zu analysieren.

Marco blickte der Mutter über die Schulter und ließ einen Pfiff los.

-Oh, die berühmte Gummibärchenanalyse. Darf ich zusehen?
-Setz dich und halt den Mund.
-Sag einmal, war es eigentlich der Serbe?
-Still, schimpfte sie, nein, der war's nicht.
-Das enttäuscht mich. Und da heißt es immer, man könne aus der Geschichte lernen.
-Spätestens morgen müssen wir anfangen, die Küchenkästchen auszuräumen. Der Tischler beginnt am Montag mit der Demontage.
-Die neue Küche wird bestimmt cool, Mama.
-Bei dem geschmalzenen Kostenvoranschlag will ich das auch hoffen. Ab jetzt hältst du den Mund. Ich muss mich konzentrieren.

Sie schüttete den Inhalt der Tüte auf den Tisch, die Gummibärchen kullerten bunt durcheinander. Sie fischte ein weißes Gummibärchen aus dem kleinen Haufen und platzierte es in der Mitte. Das weiße Gummibärchen stand für das Opfer Ferdinand Plasser. Dann nahm sie mehrere rote Gummibärchen in die Hand und gruppierte sie um das weiße Gummibärchen in der Mitte. Die roten Gummibärchen standen für die eindeutig Verdächtigen, eines für den Taxiunternehmer

Stefan Ramskogler und eines für den Frühpensionisten Herbert Mitterbauer. Beide kamen nach wie vor als Täter in Betracht. Stefan Ramskogler unterhielt möglicherweise Kontakte zur Unterwelt und Herbert Mitterbauer war ein Schalk, der nicht auf den Kopf gefallen war. Beide Männer hätten den Mord in Auftrag geben können. Danach positionierte sie gelbe Gummibärchen für die abgehakten Verdächtigen, eines für den Serben Zoran Markovic und eines für den Schotterbaron Matthias Zacherl. Dann betrachtete sie das Bild und dachte, dass es recht dünn war. Sonst bestand es aus wesentlich mehr Gummibärchen. Der Eindruck nährte den Gedanken, dass sie etwas Wichtiges übersehen hatte. Als sie Harndrang verspürte, stand sie auf und ging auf den Lokus. In der Zwischenzeit tauschte Marco das weiße Gummibärchen gegen ein Grünes aus.

Als Marina Pascale aus dem Badezimmer kam und die Manipulation entdeckte, stutzte sie zunächst und schimpfte, Marco, pazzo! Was hast du angestellt?

-Ich wollte dir nur einen Denkanstoß liefern.

-Da lachen ja die Hühner! Du hast doch keine Ahnung!

-Mama, du hast doch erzählt, der Vater des Opfers hatte keine Zeit, die Rolle des Kaiserdoubles zu übernehmen, also hat er seinen Sohn Ferdinand gebeten, für ihn einzuspringen. Woher willst du wissen, dass es der Mörder auf den Vater abgesehen hat. Vielleicht wollte er Ferdinand umbringen. Und das hat er ja auch geschafft.

-Mach dich nicht so wichtig, reagierte Marina Pascale ungehalten, wer hätte ein Motiv für einen Mord an Ferdinand Plasser haben können? Wer bringt einen braven Schüler um?

-Noch nie etwas von Mobbing gehört? Möglicherweise war Ferdinand Plasser ein Streber und hat sich den Hass seiner Mitschüler zugezogen.

Marina Pascale ging ein Licht auf. Marco ist doch ein prima Junge, dachte sie glücklich, den Scharfsinn hat er von mir geerbt.

-Mama, was ist? Weshalb sagst du nichts?

-Ich sage es höchst ungern, aber ich gebe zu, dein Denkanstoß ist eine Überlegung wert.
Marco lächelte und erwiderte süffisant, ich helfe gern.

Am Nachmittag diskutierten Marina Pascale und Marlon Urstöger den neuen Ermittlungsansatz. Zunächst reagierte er skeptisch und wehrte sich gegen den Gedanken, änderte aber im Laufe des Gesprächs die Meinung. Die Kriminalinspektoren beschlossen, den Fall vollkommen neu aufzurollen. Als sie das Gemeinschaftsbüro zusammen verlassen wollten, kam der frisch gebackene *Mister Linz* Thomas Breitenfellner in den niedrigen Raum getrampelt.

Der Geselchte hatte Schaum vorm Maul und brüllte, ihr depperten Arschlöcher, ihr glaubt wohl, ihr könnt alles mit mir machen! Eine Versetzung an die Pforte, ihr habt einen Hau, das ist wirklich ein schlechter Witz!

-Die Versetzung fällt in die Kompetenz von Dr. Grieshofer, bot ihm Marina Pascale kühl Paroli, würdest du bitte die Freundlichkeit haben, die Beschwerde an der richtigen Stelle zu deponieren?!

-Arrogante, aufgeblasene, fette, schizophrene Itakerin! Dich habe ich mehr als satt. Wir sind fertig miteinander!

-Der Gute Ton zählte noch nie zu deinen Stärken, konterte Marina Pascale gelassen, Thomas, würdest du uns bitte unsere Arbeit machen lassen. Du störst.

-Ihr zwei seid's die grindigsten Arschgesichter, denen ich je begegnet bin. Jedes Wort aus eurem Maul ist ein stinkender Schaas!

-Selber Schaas, Marlon Urstöger packte den Geselchten am Jackenkragen und sah drohend auf ihn herab, und jetzt schau, dass du dich putzt, sonst hau ich dir die gebleichten Beißer raus, verstanden, Mister Superprolo?!

Da Marlon Urstöger dem Geselchten körperlich überlegen war, gab er schließlich klein bei und verließ das Gemeinschaftsbüro, um dem Yeti den Marsch zu blasen, was in weiterer Folge das unwiderrufliche Ende seiner wenig rühmlichen Polizeikarriere nach sich zog.

-Hiermit können wir, sagte Marina Pascale, das Kapitel Thomas Breitenfellner abschließen.
-Er war faul, ein Trottel und ein Prolo, zog Marlon Urstöger Bilanz, das war eindeutig zu viel des Guten, wir werden ihn nicht großartig vermissen.
-So, sie klatschte in die Hände, nun müssen wir uns wieder dem aktuellen Fall zuwenden. Wir zischen nach Bad Ischl. Marlon, du fährst!
Das ist zur Abwechslung einmal ganz etwas Neues, dachte Marlon Urstöger verärgert, ich muss ja sowieso immer fahren, das Schizo-Fasserl lässt wieder einmal die Vorgesetzte raushängen, aber, wenn ich dann erst Polizeipräsident bin, wird der Spieß umgedreht, dann werde ich sie mit Befehlen vollhageln und alle, die mich herumkommandiert haben, müssen dann nach meiner Pfeife tanzen.

19.

Die Schulkameraden

Im Salzkammergut hielt die Föhnwetterlage an. Die Strände an den Badeseen waren hoffnungslos überfüllt. Einheimische und Touristen rekelten sich in der Sonne und kühlten dann und wann die erhitzten Leiber im Seewasser ab. Auch der Klassenvorstand von Ferdinand Plasser Magister Hans Reibersdorfer verbrachte in den langsam zu Ende gehenden Sommerferien einen letzten Badetag. Nach einer anstrengenden Fahrt mit dem Schlauchboot grillte er auf dem privaten Ufergrundstück am Attersee Forellen. Frau Reibersdorfer schnitt am Campingtisch auf einem Holzbrett eine Salatgurke in Scheiben und viertelte kleine Strauchparadeiser für den Salat. Magister Reibersdorfer stand in der Badehose am Gartengrill. Er schwitzte wegen der aufsteigenden Hitze und ärgerte sich, weil die Haut der Forellen am Rost kleben blieb. Eine Bremse ließ sich in der Kniekehle nieder und zapfte ihm Blut ab.
Frau Reibersdorfer bemerkte vorwurfsvoll, Hans, auf deinem Bein sitzt eine Bremse.
-Scheiß Viech! Wo?
-In der Kniekehle. Dass du den Stich nicht gespürt hast, wundert mich ehrlich gesagt nicht. Du bist schrecklich gefühllos.
Hans Reibersdorfer hieb wild auf die Rückseite seines Beines ein, also, das nächste Mal schlägst du früher Alarm, beschwerte er sich bei seiner Frau, schau dir den großen Fleck an! Das Biest hat sich bis oben hin vollgesoffen. Wie das juckt!
-Fortuna mag nur ungern voll beglücken, sagte Frau Reibersdorfer abgeklärt, schenkt sie uns einen Sommertag, bringt sie uns auch Mücken.

Der provokante Tonfall machte Hans Reibersdorfer rasend, er biss die Zähen aufeinander, um die Wut zu unterdrücken. Seit Jahren schwebte eine Scheidung im Raum. Aber er konnte sich die Trennung schlichtweg nicht leisten. Manchmal träumte er davon, der holden Gattin den Hals umzudrehen, war aber für die radikale Endlösung viel zu feige. Er versuchte, die Fischhaut mit der Grillzange vom Rost zu lösen, bekam sie aber nicht ab und musste zusehen, wie das zarte Fleisch zerfaserte und teilweise zischend in die Glut fiel.

Frau Reibersdorfer sah ihm missbilligend über die Schulter und sagte, du hast die schönen Forellen ruiniert. Zum Glück habe ich uns einen ordentlichen Salat gemacht. Sonst müssten wir glatt verhungern. Da, sie richtete den Zeigefinger anklagend auf die Strauchhecke, brechen zwei Fremde durch den Busch. Wieder einmal zwei Trotteln, die unser Grundstück mit einem öffentlichen Badeplatz verwechseln.

-Verschwinden Sie, brüllte Magister Reibersdorfer Marlon Urstöger an, oder Sie haben eine Besitzstörungsklage an der Arschbacke!

-Entschuldigen Sie, ich ...

-Die Ausrede können Sie sich sparen, schnitt ihm Magister Reibersdorfer das Wort ab. Können Sie nicht lesen?! Vorne am Schild steht groß und deutlich – PRIVATGRUNDSTÜCK.

Marlon Urstöger nahm einen neuen Anlauf und wiederholte, entschuldigen Sie bitte, ich komme ...

-Jetzt ist aber Schluss mit den billigen Ausreden, fiel ihm Magister Reibersdorfer abermals ins Wort, Sie befinden sich noch immer auf meinem Grundstück. Ich verklage Sie. Das Maß ist voll! Nennen Sie mir Name und Adresse!

Marlon Urstöger zog den scheckkartenartigen Dienstausweis aus der Brusttasche des kurzärmeligen Hemds und händigte sie dem Wüterich aus.

Magister Reibersdorfer betrachtete das Kärtchen, öffnete verdutzt den Mund und schloss ihn wieder, öffnete abermals

den Mund und sagte deutlich weniger aggressiv, das ist ein Privatgrundstück. Was haben Sie hier zu suchen?
-Einen Mörder, antwortete Marlon Urstöger keck, es geht um Ihren Schüler Ferdinand Plasser.
-Oh Gott! Ich bin ein Idiot. Weshalb sagen Sie das erst jetzt! Es tut mir leid, dass ich Sie so angefahren habe. Ich möchte mich in aller Form bei Ihnen und, Magister Reibersdorfer blickte Marina Pascale in die Augen, Ihrer charmanten Assistentin entschuldigen! Es tut mir leid. Wie kann ich Ihnen behilflich sein? Der Mord an Ferdi hat uns alle tief erschüttert. Ich konnte deswegen nächtelang nicht schlafen. Gibt es bereits eine Spur? Leider kann ich Ihnen lediglich zwei Campingklappstühle anbieten, bitte sehr.
Frau Reibersdorfer zog rasch ein Sommerkleid über den karierten Altweiberbikini, lächelte unterwürfig und rückte die Klappstühle zurecht. Inzwischen verbrannten die Forellen endgültig am Rost. Beißender Rauch stieg auf.
Als Magister Reibersdorfer den Brandgeruch wahrnahm, schlug er die Hände über dem Kopf zusammen, oje, der Fisch ist im Eimer! Moment, ich kratze rasch den Grill ab.
Frau Reibersdorfer setzte sich ebenfalls auf einen Klappstuhl und lächelte die Kriminalinspektoren gezwungen an, ehe sie bemerkte, ich kannte Ferdinand Plasser nur vom Sehen. Mein Mann hat erzählt, dass er ein introvertierter Bursch gewesen ist, der alles mit sich selbst abgemacht hat. Seine Ermordung ist eine Tragödie!
-An ihm ist ein unfassbares Verbrechen verübt worden, ergänzte Hans Reibersdorfer betroffen, diese Niedertracht macht einen ohnmächtig vor Wut. Ferdinand Plasser war hochbegabt, Matura und Studium hätte er mit links geschafft. Außerdem hatte dieser Junge etwas Feines an sich und verhielt sich seinen Mitschülern gegenüber immer kameradschaftlich. Er besaß einen tadellosen Charakter. Ich werde ihn sehr vermissen.

-Gab es innerhalb der Klasse Rivalitäten, erkundigte sich Marina Pascale, gab es Kameraden, die Ferdinand Plasser wegen der guten Noten als Streber betrachteten?
-Ein paar Miesmacher gibt es überall, sagte Hans Reibersdorfer nachdenklich, möglich, dass ihn der eine oder andere um die hervorragenden Leistungen beneidet hat. Diesbezüglich fand in meiner Gegenwart aber nie eine Auseinandersetzung statt.
-Fielen spitze Bemerkungen?
Hans Reibersdorfer schüttelte verneinend den Kopf und sagte, in meiner Gegenwart nicht.
-Mit wem war Ferdinand Plasser befreundet?
-Max Wiesauer und Valentin Strubreiter, und ich glaube, Ferdinand war in Anna Blohberger verliebt.
-Halten Sie es für denkbar, dass ein Klassenkamerad Ferdinand erschossen hat?
-Nein, entgegnete Hans Reibersdorfer empört, ich verwehre mich gegen den abstrusen Gedanken. Unsere Schule ist sauber! An unserem Gymnasium gibt es keine Waffen! Bei allem Respekt, das halte ich für absolut ausgeschlossen.
-Das geht nun wirklich zu weit, gab Frau Reibersdorfer ihren Senf dazu, die Jugendlichen in der Klasse meines Mannes sind alle grundanständig.
-Ist Ihre Assistentin überhaupt befugt, richtete Hans Reibersdorfer das Wort an Marlon Urstöger, solche haarsträubenden Verdächtigungen zu äußern?
-Da liegt ein Missverständnis vor, klärte er Hans Reibersdorfer auf, Frau Pascale leitete die Ermittlungen und darf fragen, was sie will.
-Ach so, sagte Hans Reibersdorfer grantig, das wusste ich nicht. Ja, also, Frau Nasale, er musterte sie abschätzig, besonders rosig scheint es, um die Ermittlungen nicht bestellt zu sein.
-Herr Magister, das lassen Sie schön unsere Sorge sein, sagte Marlon Urstöger schnippisch, Frau Gruppeninspektor Pascale hat eine Aufklärungsquote von hundert Prozent.

-Na dann, braucht sie ja nur zu warten, meinte Hans Reibersdorfer sarkastisch, bis der Mörder vorbeispaziert kommt und ein Geständnis ablegt.
-Hans, funkte Frau Reibersdorfer tadelnd dazwischen, das geht uns nichts an. Frau Canale, ich wünsche Ihnen viel Erfolg! War's das? Der Salat steht in der prallen Sonne und wird langsam zum Gatsch.
Marlon Urstöger und Marina Pascale hatten im Moment keine weiteren Fragen. Sie verabschiedeten sich vom Ehepaar Reibersdorfer und verließen das Ufergrundstück.
-Danke Marlon, ich finde es großartig, wie du mich gegen die Untergriffigkeit des Herrn Magister verteidigt hast, sagte Marina Pascale beim Einsteigen in den Dienstwagen.
-Wer meine Chefin beleidigt, beleidigt auch mich.
Familie Wiesauer bewohnte einen Bauernhof in Traxlegg. Der sonnige Ortsteil von Bad Ischl lag etwas erhöht und bot Fernsicht bis ins wellige Oberland, das landschaftlich an die Toskana erinnerte. Als die Kriminalinspektoren vor dem Bauernhof der Familie Wiesauer vorfuhren, empfing sie der Wachhund mit ohrenbetäubendem Gebell. Der schwarze Labrador hörte auf den Namen Blacky und nahm seine Aufgabe sehr ernst. Frau Wiesauer kam, einen großen Strohhut am Kopf und eine frisch aus der Erde gezogene Karotte in der Hand, aus dem Gemüsegarten gerannt und sprach beruhigend auf den Wachhund ein. Blacky gehorchte und stellte das Bellen ab. Frau Wiesauer hörte sich das Anliegen der Kriminalinspektoren an und führte sie zu einer hölzernen Sitzbank vor dem Wohnhaus.
Als alle drei saßen, schlenkerte Frau Wiesauer beim Sprechen die Karotte auf dem Oberschenkel hin und her.
-Max ist zu seinem Lieblingsplatz gegangen, erzählte sie, er ist bei der Rossschwemme am Rettenbach, vielleicht trifft er sich dort mit Freunden. Ferdinand hat uns nur ein einziges Mal besucht, fuhr sie fort, er war ein liebenswerter Bursch und hat mir einen Strauß Wiesenblumen mitgebracht. Er war auch sehr gescheit und hätte es im Leben bestimmt zu etwas

gebracht. Ewig schade um ihn, sie schüttelte betroffen den Kopf, Max war wegen des Mordes völlig durch den Wind, er hat viel um seinen Kameraden geweint, ich konnte ihn kaum trösten. Mir ist das selbst zu viel. Behandeln Sie meinen Buben gut, Max ist seelisch angeschlagen, nehmen Sie bitte Rücksicht auf seine Verwundbarkeit.
Marina Pascale und Marlon Urstöger ließen sich den Weg zum Rettenbach beschreiben. Sie dankten Frau Wiesauer und verließen den Bauernhof. Sie parkten am Waldrand und gingen zu Fuß zur Rossschwemme hinunter. Der Bleistiftabsatz der roten Pumps verfing sich an einer Baumwurzel, Marina Pascale stolperte und wäre beinahe am bergabführenden Waldweg gestürzt. Zum Glück war Marlon Urstöger zur Stelle und fing sie auf. Max Wiesauer stand bis zu den Knien im eiskalten Rettenbach und versuchte in gebückter Haltung mit der Hand Fische zu fangen. Max Wiesauer hatte strohblondes Haar und im hübschen Gesicht mitten am Kinn ein Grübchen. Marina Pascale fand ihn auf Anhieb sympathisch und bedauerte es, den jungen Mann auf den Verlust seines Freundes Ferdinand ansprechen zu müssen.
-Max, begrüßte sie ihn sanft, ich heiße Marina und das ist mein Kollege Marlon, wir untersuchen den Mord an Ferdinand Plasser, und du möchtest doch sicher auch, dass der Mörder hinter Schloss und Riegel gebracht wird. Dafür brauchen wir deine Hilfe. Wie war Ferdinand so? Habt ihr euch gut verstanden?
Max Wiesauer stiegen Tränen in die Augen. Er senkte den Kopf und schwieg.
-Lass dir ruhig Zeit, bemerkte Marina Pascale, bis der Knoten im Hals verschwunden ist.
Nach einer Weile hob Max Wiesauer den Kopf und blickte ihr direkt in die dunklen Augen, als er gebrochen sagte, es bringt mich um, dass Ferdi nicht mehr lebt. Ich kann das nicht aushalten.
Das eiskalte Wasser des Rettenbaches rauschte.

-Ferdi war mein bester Freund. Warum hat gerade er sterben müssen? Ich kann es nicht begreifen. Er war ein lieber Kerl. Wer hat ihn, so sehr gehasst, dass er ihn erschießt? Ich verstehe es nicht. Das Ganze ist unerträglich.
-Das Problem ist, wir wissen nicht, ob der Mörder Ferdinand oder seinen Vater erschießen wollte. Zum Zeitpunkt des Mordes war Ferdinand als Kaiser Franz Josef verkleidet. Eine Verwechslung war leicht möglich. Max, denk einmal scharf nach, war Ferdinand wirklich bei allen beliebt?
-Ja, sicher, ging Max Wiesauer auf, das hab´ ich doch schon gesagt. Gut, einige Klassenkameraden haben ihn manchmal einen Streber genannt, aber das war nicht böse gemeint.
-Und, was ist mit Anna Blohberger?
-Ferdi war in die dumme Tussi verknallt.
-Hat sie seine Gefühle erwidert?
-Ja. Die zwei gingen miteinander.
-Ferdinand Plasser und Anna Blohberger waren ein Paar?
Max Wiesauer nickte, ja, sie waren voll auf megahammerkitschig drauf, haben auf große Liebe gemacht und sich lebenslange Treue geschworen.
-War jemand eifersüchtig oder neidisch?
-Na ja, Valentin war schon ein bisschen angefressen. Er war vorher mit Anna zusammen, bis ihm Ferdi die Tussi ausgespannt hat.
Das könnte eine Spur sein, dachte Marina Pascale und hakte nach, seit wann waren Ferdinand Plasser und Anna Blohberger ein Paar?
-Das ging schon eine Weile. Genau kann ich es nicht sagen, aber ich denke, sie waren zirka ein Jahr zusammen. Sie glauben doch nicht, dass Valentin ...
-Nein, nein, winkte Marina Pascale ab, wir müssen nur möglichst viel über Ferdinands Lebensumstände erfahren, jede Kleinigkeit ist wichtig, deshalb frage ich so genau nach. Max, kannst du dich sonst an etwas Bedeutsames erinnern, hatte Ferdinand mit jemand Streit oder Probleme mit einem Lehrer?

Max Wiesauer dachte intensiv nach und sagte dann, nein, ehrlich nicht. Ferdi war bei allen beliebt.
Marina Pascale ackerte in den roten Pumps mühsam den Waldweg hoch. Max Wiesauers Aussage über das innige Liebesverhältnis des Opfers bot einen neuen Ermittlungsansatz. Marlon Urstöger machte das in letzter Zeit stetig zunehmende Körpergewicht zu schaffen. Der kurze Weg bergauf strengte ihn sehr an. Er fauchte wie eine alte Dampflokomotive, als er den dicken Bauch hinters Lenkrad quetschte. Während der Fahrt drehte Marina Pascale das Autoradio auf. Im *Freien Radio Salzkammergut* war die sonore Stimme des Austronoms zu hören. Er hatte eine Sendung ins Leben gerufen, in der ausschließlich Austropop gespielt wurde. Der Austronom ließ die Weißen Pferde von Georg Danzer durch den Äther galoppieren: *Ich träumte von weißen Pferden, wilden weißen Pferden an einem Strand. Mitten zwischen den Sternen sah das Gesicht einer Wahrsagerin. Aber, sag mir woran, woran meine Liebe glauben wir noch, woran meine Liebe glauben wir noch, woran meine Liebe glauben wir noch?*
-Der Bursche hat mir wirklich leidgetan, bemerkte Marlon Urstöger, langsam geht mir der Fall an die Nieren.
-Ich glaube, wir müssen uns warm anziehen, stimmte Marina Pascale zu, ich möchte lieber nicht wissen, was der Mörder inzwischen mit der Leiche aufgeführt hat. Es grenzt an ein Wunder, dass der Vater von Ferdinand Plasser bisher nicht durchgedreht ist und Amok gelaufen ist. Wir nehmen uns jetzt Valentin Strubreiter vor. Verletzte Eitelkeit und verschmähte Liebe sind passable Mordmotive. Wir müssen vorwärtskommen. Wenn wir in drei Tagen keine Ergebnisse liefern, entzieht uns der Yeti den Fall.
Marlon Urstöger stieg unwillkürlich auf die Bremse. Das Dienstauto blieb mit einem Ruck mitten auf der Fahrbahn stehen.
-Na Servus! Spinnt der? An wen, will er bitte schön den Fall abgeben? Wir sind die besten Kräfte, die er hat.

-Richtig. Und genau das werden wir ihm auch beweisen.

Familie Strubreiter bewohnte im Ortsteil Pfandl am Zimnitzbachweg ein hübsches Häuschen am Waldrand. Da das Häuschen in die Jahre gekommen war, musste es renoviert werden. Das Grundstück rund um das eingerüstete Häuschen war eine einzige Baustelle. Im Garten befanden sich Paletten mit Ziegeln und Zementsäcken und mehrere Haufen Bauschutt und Sand und Reste von Styroporplatten. Am Baugerüst strichen einige Arbeiter die Fassade neu. Einige Arbeiter errichteten eine Ziegelmauer für ein neues Nebengebäude, das nach Fertigstellung als Sauna und Vorratslager gedacht war. Als Marina Pascale und Marlon Urstöger das Grundstück betraten, kreuzte ein rotbraunes Eichhörnchen ihren Weg. Das Tier ließ keine Menschenscheu erkennen und guckte die beiden Kriminalinspektoren neugierig an. Das Eichhörnchen war als Junges aus dem Kobel gefallen. Frau Strubreiter hatte es adoptiert und großgezogen. Sie deckte den ausgeliehenen Biertisch mit Holzteller und Besteck für die bevorstehende Jause der Bauarbeiter.

Als sie bemerkte, dass das putzige Eichhörnchen nahe an die vorbeiführende Straße gehüpft war, rief sie nervös, Pablo, komm her, Pablo, kooomm, nicht auf Strassi gehen, Pablooo, aufpassi!

Weil das putzige Eichhörnchen die Warnrufe ignorierte und durch den Thujazaun auf die Straße hüpfte, nahm Frau Strubreiter die Verfolgung auf. Valentin Strubreiter und sein Vater standen an der Mischmaschine und schaufelten Zement in die rotierende Trommel. Die Männer waren von Kopf bis Fuß mit grauem Staub bedeckt und sahen aus wie Gespenster. Marina Pascale näherte sich von hinten und berührte Valentin Strubreiter an der Schulter. Er drehte sich um und schaute die Fremden erstaunt an.

Valentins Vater sagte, Grüß Gott! Mit wem haben wir die Ehre?

-Kripo Linz, erwiderte Marlon Urstöger, es geht um Ferdinand Plasser. Wir haben ein paar Fragen an Ihren Sohn.

-Ogottogottogott, rief Herr Strubreiter, so ein großes Unglück hat die Welt noch nicht gesehen. Dass Gott so einen bösen Mord zulässt?
Der Mann steht offenbar auf den lieben Gott, da er ihn dauernd in den Mund nimmt, dachte Marina Pascale und sagte, wir möchten uns mit Valentin an einem ruhigen Platz unterhalten.
-Bei uns sind die Handwerker los, das ist wahr, meinte Valentins Vater, ja, mein Gott, unser Haus ist alt geworden und braucht dringend ein Lifting. Hinten im Wald steht eine Sitzbank. Dort pfeift nur der Wind.
Valentin steckte die Schaufel in einen Sandhaufen und ging über eine kleine Steintreppe in den Wald voran. Die dunkelgrünen Sitzlatten der Bank waren morsch und stellenweise zersplittert. Marina Pascale blieb stehen, um das teure Seidenkostüm zu schonen. Marlon Urstöger ließ sich auf die Bank plumpsen. Unglücklicherweise überstieg sein Körpergewicht die Traglast der brüchigen Sitzlatten und er krachte mit dem Hintern auf den Waldboden durch. Das Missgeschick ließ den blonden Riesen rot anlaufen. Er steckte fest und konnte sich aus eigener Kraft nicht befreien. Marina Pascale kicherte.
-Hihi, sehr witzig! Was ist, schnaubte Marlon Urstöger wütend, kann mir einmal jemand da raushelfen?!
Marina Pascale sah Valentin Strubreiter schmunzelnd an und forderte den Burschen auf, wir müssen ihn hochziehen. Du ziehst am linken Arm. Ich am Rechten.
Marlon Urstöger war die peinliche Lage äußerst unangenehm und schämte sich entsetzlich. Er hasste es, auf fremde Hilfe angewiesen zu sein. Mit vereinten Kräften zogen Marina Pascale und Valentin Strubreiter an den Oberarmen, doch der feststeckende Marlon Urstöger war schwer wie ein Granitblock und bewegte sich keinen Zentimenter.
Marina Pascale ließ seinen Arm los und schnaufte, ich glaube, meinte sie, zu zweit schaffen wir das nicht. Wir brauchen einen Kran.

-Eine Säge tut es wohl auch, regte sich Marlon Urstöger auf, jemand muss die eingebrochenen Sitzlatten absägen und ich komme dann schon von selbst hoch.
-Ich sage es meinem Vater, bot Valentin Strubreiter an, ich bin gleich wieder zurück.
Marina Pascale blickte schmunzelnd auf den eingezwängten Marlon Urstöger hinunter und dachte, die Blamage überlebt der Musterknabe nicht. Eine Krähe landete neben der ramponierten Sitzbank und scharrte mit den Füßen in den herabgefallenen Fichtennadeln. Die Gegenwart des gefiederten Voyeurs empfand Marlon Urstöger als Provokation.
Er fuchtelte mit den Armen und schrie wütend, gscha, gscha, gscha, scher dich weg, depperter Vogel!
Mit einer Säge in der Hand kam Valentins Vater im Laufschritt zur Sitzbank gerannt. Von grauem Staub bedeckt, sah er aus wie ein böser Waldgeist, der unfolgsamen Kindern die Köpfe absägt.
-Ach, du lieber Gott, rief er beim Anblick des eingezwängten Marlon Urstöger – der in der Tat ein Bild für Götter war – Sie sitzen ja schön im Reindl.
Marina Pascale drehte sich um, damit Marlon Urstöger das amüsierte Schmunzeln nicht mitbekam. Valentins Vater rückte den durchgebrochenen Sitzlatten mit der Säge zu Leibe und säbelte den eingezwängten Marlon Urstöger in wenigen Minuten frei, der sich schließlich mit hochrotem Kopf hochstemmen konnte. Er war saugrantig und wischte sich energisch den Hosenboden ab und bedankte sich anschließend bei Herrn Strubreiter für die Rettung. Langsam verschwand die Röte aus seinem Gesicht.
-Bist du okay, fragte Marina Pascale neckisch, oder hast du dir das Steißbein geprellt?
Marlon Urstöger blickte Hilfe suchend nach oben und sandte ein Stoßgebet zu Himmel, Herr, gib mir Kraft, sonst murkse ich das Schizo-Fasserl an Ort und Stelle ab!
Valentin Strubreiter entschärfte die brenzlige Situation, als er fragte, weiß man schon, wer Ferdi umgebracht hat?

-Noch nicht, antwortete Marina Pascale und fragte provokant, wie nimmt eigentlich Anna Blohberger Ferdinands Ermordung auf?
Valentin Strubreiter spürte den Stachel im Fleisch und setzte eine Trotzmiene auf, als er pampig antwortete, Anna ist mir gleich. Aber um den Ferdi tut es mir leid. Er war ein Superhaus.
-Wann hat sich Anna in Ferdinand verliebt?
Der schlaksige Bursche verkrampfte sich und machte eine abwehrende Handbewegung und sagte abgehackt, Anna war nie in Ferdi verliebt.
-Dann war Ferdinand eben in Anna verliebt. Immerhin waren die beiden ein Paar.
-Ein Paar, wiederholte Valentin verächtlich, dass ich nicht lache. Er ist ihr nachgerannt und sie hat sich von ihm anhimmeln lassen. Die Beziehungskiste war echt psycho. Total krank.
-Kann es sein, dass Eifersucht aus dir spricht? Du warst vorher mit Anna zusammen. Sie hat dich stehen lassen und Ferdinand zu ihrem Freund erkoren.
-Ja, das hat mich zuerst auch mega angezipft, aber dann habe ich die Tussi ziehen lassen. Anna ist eine Zicke. Sie will, dass man immer den Diener macht und ihr Gedichte schreibt, ihren Namen in Baumrinden schnitzt und lauter so romantischen Blödsinn.
-Ferdinand ist tot und Anna wieder frei. Vielleicht gibt sie dir eine zweite Chance?
-Das ist mir gleich. Ich mag die Tussi nicht mehr.
-Was hast du am Abend des achtzehnten Augustes gemacht?
-Muss ich das sagen, fragte Valentin unsicher.
-Ja, das musst du!
-Ich war mit dem Schneider Fritzl am Nussensee.
-Schwimmen?
-Auch.
-Was noch?
-Schwarzfischen.

-Aha.
-Bekomme ich jetzt eine Strafe?
-Nein, Marina Pascale atmete aus und fragte, wo wohnt der Schneider Fritzl?
-Am Einfangbühel.
-Eine letzte Frage habe ich noch. Hast du eine Idee, wer deinen Schulkameraden Ferdinand Plasser erschossen haben könnte?
Valentin Strubreiter wich ihrem Blick aus, als er sagte, das frage ich mich auch die ganze Zeit. Aber, so ein fieses Schwein kenne ich beim besten Willen nicht.

Marlon Urstöger hielt am Rückweg bei der Metzgerei Vieh-Heli in Pfandl und besorgte für Marina Pascale ein Salzstangerl mit Schinken und für sich eine Leberkässemmel. Da sie den Schneider Fritzl, den Freund von Valentin Strubreiter, der sein Alibi bestätigen sollte, in der Hochhauswohnung am Einfangbühel nicht antrafen – er war zusammen mit einem Onkel auf die Hoisenradalm gewandert – fuhren sie zum dreistöckigen Mehrfamilienhaus der Familie Blohberger neben dem Gasthaus Nockentoni. Familie Blohberger bewohnte die Mansardenwohnung im obersten Stock. Marina Pascale stöckelte die Treppe hinauf, Marlon Urstöger ging sicherheitshalber hinter ihr, um sie im Falle eines Sturzes auffangen zu können. Im zwielichtigen Stiegenhaus hingen Hirschgeweihe und Gamskrickeln in rauen Mengen an den Wänden. Das Stiegengeländer bestand aus pechschwarz lackiertem Schmiedeeisen, das zu einem schlichten Rautenmuster geformt, von seltener Freudlosigkeit war. Nahe der Wand standen auf den Stufen unglücklich wirkende Grünpflanzen, die verzweifelt nach Rettung schrien: Holt uns hier raus! Wir sind hier lebendig begraben! Auf der braunen Kokosfasermatte vor der Wohnungstür war eine grüne Raupe abgebildet, die so dämlich grinste, dass man sie gerne mit Füßen trat.
Frau Blohberger öffnete in einer altmodischen, weißen Küchenschürze – vom Latz standen ausladende Rüschen ab –

und sagte fröhlich, Sie kommen sicher vom Buchklub und bringen den Vorschlagband, stimmt's? Ich vergesse die Quartalsbestellung jedes Mal wieder, dabei lese ich so gerne! Krimis finde ich herrlich. Obwohl ich sagen muss, dass ich von der neuen Mode, den Täter gleich am Beginn des Buches zu verraten, rein gar nichts halte. Das ist dann wie bei Inspektor Colombo elendiglich fad. Obwohl Peter Falk gut spielt und besser schielt als der Löwe Clarence in Daktari. Ich liebe Überraschungen und bin gespannt, welchen Vorschlagband Sie mitgebracht haben?
-Leider muss ich Ihnen eine Enttäuschung bereiten, antwortete Marina Pascale freundlich, wir kommen nicht vom Buchklub. Wir ermitteln im Mordfall Ferdinand Plasser und möchten gerne Ihre Tochter Anna sprechen.
Das eben noch fröhliche Gesicht von Frau Blohberger verfinsterte sich. Sie senkte den Blick und zupfte verlegen an den Rüschen der Küchenschürze.
Dann hob sie den Kopf und sagte ernst, ich mache mir große Sorgen um Anna. Seid Ferdinand erschossen worden ist, vergräbt sie sich in Schweigen. Ich muss sie dreimal ansprechen, bis sie eine Reaktion zeigt. Sie steht völlig neben sich selbst. Anna macht eine schwere Zeit durch. Ich habe Angst, dass sie sich etwas antut. Sie hat sich in ihrem Zimmer eingeschlossen. Bitte, regen Sie meine Tochter nicht unnötig auf. Sie ist das heulende Elend. Kommen Sie herein, Frau Blohberger ging in den Flur und kündigte an, ich klopfe jetzt vorsichtig an die Zimmertür, Anna, sagte sie, ich bin's, Mama. Anna, die Polizei will dich was fragen. Hab bitte keine Angst. Bitte, sperr auf und lass uns rein.
Anna gab kein Lebenszeichen von sich. Frau Blohberger ließ die Schultern hängen, stemmte die Hände in die Hüften und jammerte, so geht das mit dem Kind nicht weiter. Meine Nerven sind ramponiert und mir wachsen lauter graue Haare.
-Was soll ich nur tun, fragte sie die Kriminalinspektoren verzweifelt, damit sich Anna wieder fängt?

-Abwarten, meinte Marlon Urstöger, bis Ihre Tochter den Tod des Freundes verkraftet hat. Wenn Sie erlauben, versuche ich einmal mein Glück.
Marlon Urstöger pochte leise an die Tür und sagte, Anna, ich heiße Marlon und bin gekommen, weil ich Ferdinands Mörder ausfindig machen will. Dafür brauche ich deine Hilfe. Es ist eine Schande, dass der Täter noch frei herumläuft. Ich bin überzeugt, Ferdinand hätte gewollt, dass du uns bei der Suche nach seinem Mörder unterstützt.
Ein Schlüssel drehte sich im Schloss. Anna machte die Zimmertür zaghaft auf und spähte unsicher auf den Flur.
-Hallo, sagte Marlon Urstöger, dürfen wir kurz reinkommen? Anna nickte. Marlon Urstöger ließ den Kavalier raushängen und bot Marina Pascale den Vortritt an. Sie stöckelte auf den blitzblauen Fransenteppichboden in Annas Zimmer und verheddderte sich mit einem Schuhabsatz in den langen Wollschlaufen, ruderte mit den Armen, kippte nach vorn und landete unsanft am Bauch.
-Jesusundmaria, schrie Frau Blohberger auf.
Jesus und Maria haben keine Stöckelschuhe getragen, dachte Marlon Urstöger, und bringen für den Unverstand des Schizo-Fasserl wohl schwerlich Verständnis auf. Als er sich bücken wollte, um Marina Pascale hochzuhelfen, kniete sie bereits.
Sie verzog keine Miene und befreite die dünnen Absätze behutsam von den hinterhältigen Fangarmen des blitzblauen Teppichs, streichelte liebevoll die roten Stöckelschuhe und flüsterte, meine Kinder, habt keine Angst, ich beschütze euch vor dem blauen Kraken, sollte er sich euch noch einmal nähern, zerquetsche ich ihn wie eine Laus.
Marlon Urstöger schloss betroffen die Augen und dachte, herrje, nun ist das Schizo-Fasserl endgültig verrückt geworden, der Sturz hat alle Schrauben gelockert. Anna stand verloren im Zimmer und kaute an den Fingernägeln. Die Wände waren durch romantische Poster zugepflastert: Weiße Pferde trabten durch die Sümpfe der Camargue, ein Marienkäfer

kroch ein mit Tautropfen benetztes Blatt hoch, zwei weiße Tauben steckten verliebt die Köpfe zusammen, ein Sonnenuntergang spielte am karibischen Palmenstrand in rosaroten und violetten Farben, am Hals einer weißen Perserkatze leuchtete ein großer roter Herzanhänger. Der Schreibtisch glich einem Altar. Die darauf aufgestellten Fotos – Marina Pascale zählte elf Stück – zeigten alle den ermordeten Ferdinand Plasser. Sie betrachtete das verstörte Mädchen und bekam Mitleid.
Marlon Urstöger erging es genauso, er räusperte sich und sprach Anna leise an, wie ich bereits sagte, geht es um Ferdinand Plasser. Hast du eine Idee, wer ihn erschossen hat?
Anna hielt den Kopf nach wie vor gesenkt und verkrampfte die Hände, dann presste sie mit bitterer Stimme hervor, das ist so eine Gemeinheit, das ist so abgrundtief böse, ich bin so wütend auf das Schwein, ich möchte die ganze Welt anzünden. Das ist ein wahnsinniger Schmerz. Das ist so brutal, ich kann überhaupt nicht mehr klar denken. Es macht mich verrückt, weil ich mir einfach keinen Grund vorstellen kann, weshalb jemand Ferdi umgebracht haben könnte. Ferdi war so ein lieber Kerl, sie schluckte und begann zu schluchzen.
Marina Pascale blies die Luft aus den Pausbacken und überlegte vergeblich, wie sie Anna trösten könnte. Marlon Urstöger zuckte ratlos die Schultern und dachte deprimiert, hier kommen wir keinen Schritt weiter. Frau Blohberger nahm die weinende Tochter in den Arm und kümmerte sich um sie.
Marina Pascale ging barfuß aus Annas Zimmer und Marlon Urstöger folgte ihr.
Im Flur zog sie die roten Stöckelschuhe an und flüsterte, Marlon, wir müssen Kriegsrat halten und unsere grauen Zellen ordentlich auf Trab bringen, sonst lösen wir den Fall nie.
-Wie wär's mit einem Abstecher nach Gosau zu meinen Eltern?
-Das machen wir. Erst entspannen wir uns bei einem guten Essen und dann werfen wir unsere Superhirne an.

Als die Kriminalinspektoren das Vordertal erreichten, boten die schneebedeckten, gezackten Berggipfel des Gosaukammes eine atemberaubend schöne Kulisse. Marina Pascale weidete sich an der beeindruckenden Naturlandschaft, fühlte sich wohl und vergaß im Nu den Arbeitsstress. Marlon Urstöger stellte den Dienstwagen am gut besuchten Parkplatz vor dem Café-Restaurant der Eltern ab. Von den wuchtigen Holzbalkonen des dreistöckigen Hauses rieselten bunte Pflanzenkaskaden. Die Farbenfrohheit der Balkonblumen erfreute das Herz. Die samtroten Zauberglöckchen und violettblauen Petunien harmonierten mit pinkfarbenen Verbenen und silberblättrigem Lakritzkraut. Die weiße Katze Minka sonnte sich neben der Eingangstür aus Schmiedeeisen.

Marlon Urstöger bückte sich, kraulte sie und liebkoste sie mit Worten, Minki Pinki, du bist die beste und liebste Katze der Welt. Meine Minki Pinki, ich hab dich gern, du fehlst mir in Linz oft sehr.

Marlon wäre ein guter Vater, dachte Marina Pascale gerührt, er kann sehr zärtlich sein. Ein älteres Ehepaar kam aus dem Café-Restaurant, die Frau beschwerte sich im Vorbeigehen bei ihrem Mann, der Kellner hat dauernd seinen langen Bart in mein Kalbsragout getunkt, schimpfte sie, das war unappetitlich und ekelig. Das nächste Mal nehme ich eine Schere mit und schneide ihm den Bart ab, bevor er uns bedient.

Marlon Urstöger und Marina Pascale setzten sich auf der Terrasse an den einzigen freien Tisch unter einen Sonnenschirm. Am Tisch stand ein kleines Plastikkärtchen auf dem frisch gebackener Weintraubenstrudel mit Eis und Schlagobers angeboten wurde. Der Amish-Kellner Pepi bediente die Gäste mit Schwung und Schmäh. Er rauschte dermaßen flink durch die Tischreihen, dass der lange, graue Vollbart zur Seite wehte.

Er begrüßte Marina Pascale entzückt, heute ist der schönste Tag meines Lebens! Ich darf die charmanteste und liebenswürdigste Polizistin des Landes bedienen, er verbeugte sich, Frau Inspektor, es ist mir eine Ehre!

Der Pepi trägt aber dick auf, dachte Marlon Urstöger, der alte Narr ist total in das Schizo-Fasserl verschossen.
-Die Steinpilzcremesuppe kann ich empfehlen, das Kräutersteak mit Paradeiserletscho oder wenn's was Vegetarisches sein soll, die Schupfnudeln mit Rucola und Gosinger Ziegenkäse und der frische Weintraubenstrudel, Frau Inspektor, er küsste die Fingerspitzen, ist ein Gedicht!
Pepis Liebenswürdigkeit tat ihrer Seele gut.
Sie belohnte den Amish-Kellner mit einem sonnigen Lächeln und erwiderte, ich verlasse mich auf Ihre Empfehlung und nehme die Schupfnudeln und den Weintraubenstrudel.
Der Amish-Kellner Pepi warf ihr noch einen verliebten Blick zu und schwirrte ab, ohne sich nach Marlon Urstögers Wünschen erkundigt zu haben. Marlon Urstöger schüttelte den Kopf und sauste ihm nach. Marina Pascale schmunzelte, weil der Amish-Kellner Pepi nur Augen für sie gehabt und den Sohn des Hauses übergangen hatte. An die Terrasse grenzte eine Weide, auf der Pferde grasten. Eine brünette Frau kam in Reithosen zu Fuß zur Koppel. Da die Sonne stark blendete und Marina Pascale keine Sonnenbrille zu Hand hatte, musste sie die Augen zusammenkneifen, um besser sehen zu können. Es bestand kein Zweifel: Die brünette Frau war Chantal Schmaranzer, die Frau, die ihrem Kollegen das Herz gebrochen hatte. Als Marlon Urstöger an den Tisch zurückkam, schaute sie rasch in die andere Richtung und brachte die Aussagen von Ferdinand Plassers Schulkameraden zur Sprache. Doch das Ablenkungsmanöver misslang. Plötzlich ging ein Ruck durch den blonden Riesen, er versteifte sich und starrte gebannt auf die brünette Frau bei der Pferdekoppel. Dann wechselte sein Gesicht die Farbe. Er sprang abrupt auf und stürmte querfeldein zur Weide. Marina Pascale sah ihm besorgt nach. Chantal Schmaranzer redete auf ein schwarzes Pferd ein, hielt die flache Hand unter die Schnauze und gab ihm Zucker zum Naschen. Marlon Urstöger geriet an den Weidezaun, der unter Strom stand und bekam einen leichten

Schlag am Arm ab. In dem Moment wurde Chantal auf ihn aufmerksam und erschrak ein wenig.

-Ja, du siehst richtig, sagte Marlon Urstöger mit beleidigter Stimme, ich bin's. Ich würde gerne mit dem Pferd tauschen. Das behandelst du besser als mich. Und, fragte er verbittert, bist du glücklich hier?

-Marlon, sagte sie sanft, ich kann deine Enttäuschung verstehen, aber ich kann in Linz nicht leben. Ich brauche das Land und frische Luft. In der Stadt ist es mir zu eng.

-Willst du mir weismachen, dass du mich wegen der STADT verlassen hast? Das kauf ich dir nicht ab. Du liebst deinen Mann immer noch, so ist das.

-Marlon, bitte! Glaub mir, ich habe mir die Entscheidung nicht leicht gemacht.

Er fuhr sie an, liebst du ihn noch? Sag mir die Wahrheit!

-Ein bisschen.

-Na also, das sage ich doch die ganze Zeit. Denkst du manchmal noch an mich?

-Jeden Tag, sage Chantal und brach in Tränen aus.

-Chantal, er nahm sie in den Arm und streichelte über ihren Hinterkopf, hör bitte auf, uns beiden wehzutun. Wer sagt, dass wir in Linz wohnen müssen? Wir ziehen aufs Land und alles wird gut.

Chantal hörte zu schluchzen auf und sagte erstaunt, das würdest du tun? Ich dachte, die Karriere bei der Polizei ist dir wichtiger als unsere Beziehung.

-Blödsinn. Außerdem können auch am Land wohnende Polizisten Karriere machen. Nimm zum Beispiel meinen Boss den Yeti. Er pendelt jeden Tag nach Linz. Man kann sogar im Mühlviertel wohnen und trotzdem ein großes Tier werden.

Marina Pascale beobachtete das sich umarmende Paar wohlwollend und dachte, kann gut sein, dass die zwei noch einmal die Kurve kratzen.

Marlon Urstöger kehrte strahlend auf die Terrasse zurück. Marina Pascale neckte ihn und sagte, du hast ja so putzige

Herzchen in den Augen. Wie das? Gibt es etwas bald doch noch ein Happy End?
Marlon Urstöger schmunzelte schweigend. Dann brachte der Amish-Kellner Pepi die Steinpilzcremesuppe und verbeugte sich vor Marina Pascale, ehe er die Suppentasse abstellte und dreimal guten Appetit wünschte. Während sie sich bedankte, dachte Marlon Urstöger, den Balztanz, den der Pepi vor dem Schizo-Fasserl aufführt, ist echt peinlich, der verliebte Trottel kommt vor lauter Buckel machen, gar nicht mehr in die Höhe, man könnte glauben, er laboriere an einem Hexenschuss. In der rustikalen Gaststube warf jemand die alte Jukebox an und die Musik drang auf die Terrasse. Jürgen Drews propagierte die Liebe unter freiem Himmel und sang, *ein Bett im Kornfeld, das ist immer frei, denn es ist Sommer und was ist schon dabei. Die Grillen singen und es duftet nach Heu, wenn wir träumen ...* Marina Pascale löffelte die Suppe und sang mit vollem Mund, *etwas später lag ihr Fahrrad im Gras. Und so kam es, dass sie die Zeit vergaß, mit der Gitarre habe ich ihr erzählt aus meinem Leben. Auf einmal rief sie, es ist höchste Zeit, nun ist es dunkel und mein Weg ist noch weit. Doch ich lachte und sprach: Ich hab´ dir noch viel zu geben.*
Da Marlon Urstöger bombig gut gelaunt war, ließ sich sogar er zum Mitsingen herab, *ein Bett im Kornfeld, das ist immer frei, denn es ist Sommer und was ist schon dabei. Die Grillen singen und es duftet nach Heu, wenn wir träumen ...*
Auch der Amish-Kellner Pepi sang während des Servierens eifrig mit, *ein Bett im Kornfeld zwischen Blumen und Stroh. Und die Sterne leuchten mir sowieso ...*
Nachdem Marina Pascale die Schupfnudeln mit Rucola und Gosinger Ziegenkäse verdrückt hatte, war Schluss mit lustig und sie wurde dienstlich. Marlon Urstöger weilte gedanklich bei seiner großen Liebe Chantal, weshalb sein kriminalistischer Scharfsinn einer Trübung unterlag. Bei der Analyse des aktuellen Mordfalls war Marina Pascale mehr oder minder auf sich allein gestellt. Sie dachte laut nach, überlegen wir

einmal, sagte sie, wo laufen in dem Fall alle Fäden zusammen? Wo treffen sich Verdächtige und Opfer? Wo kreuzen sich ihre Wege? Wo wurde Ferdinand Plassers Leiche entwendet? Beim Bahnhof in Bad Ischl. Das ist der Brennpunkt, an dem wir suchen müssen. Wir werden eine verdeckte Ermittlung starten und uns im Bahnhofsrestaurant umsehen. Leider kennt man uns dort bereits. Um eine Verkleidung kommen wir also nicht herum. Nun, Marlon, willst du dir etwas einfallen lassen?
-Wieso ich, blockte der blonde Riese ab, du bist die Tochter einer Schauspielerin. Ich kann so was nicht. Ruf deine Mutter an und lass dir einen Tipp geben. Außerdem kannst du deine Wiener Freundin, die Detektivin um Rat fragen.
-Von mir aus. Aber du machst den ganzen Schreibkram und tippst den Abschlussbericht.
-Abschlussbericht? Ich glaube, du träumst. Denkst du im Ernst, dass wir den Fall bald lösen werden?
Marina Pascale nickte entschieden und wählte am Diensthändi die Nummer ihrer Mutter. Die Volksschauspielerin Elfriede Leitgeb hob sofort ab.

20.

Verdeckte Ermittlung

Marlon Urstöger fielen die Augen aus dem Kopf, als er das Schizo-Fasserl in der Verkleidung sah. Marina Pascale war nicht wieder zu erkennen.
-Wau, sagte er bewundernd, als alte Schachtel, bist du echt eine Schau!
-Danke für die Blumen! Findest du die weißen Spitzenhandschuhe übertrieben?
-Übertrieben ist eher der blaue Deckel auf deinem Kopf. Sieht aus wie eine Salatschleuder. Der altmodische Hutschleier ist auch nicht schwach. Wo hast du bloß das verstaubte Kostüm her? So etwas Großkariertes hat man zuletzt in den Dreißigerjahren getragen.
-Die graue Perücke juckt teuflisch. Und die Altweiberschuhe sind einfach grässlich. Ich kann gar nicht hinsehen.
-Der Glitzerfrosch ist ein Hammer, Marlon Urstöger bog sich vor Lachen, wo hast du die geschmacklose Brosche aufgetrieben? Meine Güte! Die appetitlichen, fleischfarbenen Stützstrümpfe schlagen alles!
-Haha, du hast gut lachen, Faulpelz! Aber du hast recht. Mein Aufzug ist zu komisch, sie lachte nun ebenfalls, ich hoffe, dass ich mit achtzig nicht so daherkommen werde, das wäre der totale Absturz!
-Ehrlich, Marina, die Verkleidung könnte nicht besser sein, haha, sie ist wirklich perfekt. Gratulation!
-Ich musste tierisch viel Make Up und Puder auflegen, damit ich die Falten zustande brachte. Es hat fast eine Stunde gedauert, den ganzen Pick aufs Gesicht zu pappen.
-Ich werde dich an oberster Stelle für die Tapferkeitsmedaille vorschlagen.
Marina Pascale betrat am späten Vormittag das Bahnhofsrestaurant in Bad Ischl. Sie setzte sich an einen Tisch seitlich

der Bar und holte ein Pillendöschen aus der bestickten Handtasche, die aussah, als ob sie aus einem Teppich gemacht worden wäre. Die blonde Kellnerin Gerli stand gebückt hinter der Bar und schloss gerade ein neues Bierfass an. Im Hintergrund lief das *Freie Radio Salzkammergut*. Roland Neuwirth raunzte ein sinniges Liedchen, *jeder Rotz liebt sein Kanäu* (jede Ratte liebt ihren Kanal).
Da kam Hannes Heide ins Lokal und sah sich nervös nach der Bedienung um. Als Gerli hinter dem Bartresen auftauchte, meinte der Bürgermeister erleichtert, ich hab´ schon befürchtet, dass ich mir das Reparaturseidel selber einschenken muss.
-Oje, hast du etwa gestern einen Schweren gehabt, sagte Gerli mitfühlend, das Leben kann manchmal beinhart sein.
-Im Gemeinderat gärt es, sag ich dir, die Geschäftsleute und Hoteliers spinnen alle Vollgas, weil das Image der Stadt durch den Kaisermord Schaden genommen hat. Was kann ich dafür, dass bei der Linzer Kripo nur Pfeifen arbeiten. Es kann doch nicht so schwer sein, Ferdis Leiche zu finden und den Mörder zu schnappen!
Marina Pascale hörte das Gespräch mit und ärgerte sich über die Kritik. Die Eingangstür ging auf und der Künstler Spucka hockte sich grußlos zum Bürgermeister an die Bar.
Hannes Heide wunderte sich über seine Schweigsamkeit und fragte, was ist denn mit dir los? Sonst sprudelst du wie ein Wasserrohrbruch. Hast du Sorgen?
Spucka machte eine wegwischende Handbewegung, ach, es ist zum Deppertwerden, beklagte er sich, die Galerie in New York hat mir abgesagt.
-Mach dir nichts draus. Hauptsache, du bist ein gutes Haus. Erfolg ist nicht alles, sagte Hannes Heide, wahrscheinlich wirst du erst nach dem Tod berühmt. Künstler, die ihrer Zeit voraus sind, haben's immer schwer gehabt.
-Genau, stimmte Gerli zu, Spucka, das packst du schon. Reiß dich zusammen. Kopf hoch! Im nächsten Leben wird alles besser.

-Gerli, da hinten sitzt eine alte Frau, bemerkte Spucka, gut möglich, dass sie Durst hat.
Die blonde Kellnerin drehte den Kopf zur Seite und eilte zu Marina Pascale an den Tisch.
-Tschuldigung, sagte sie, ich habe Sie nicht hereinkommen sehen. Was darf ich Ihnen Schönes bringen?
-Einen Kamillentee, antwortete Marina Pascale mit brüchiger Stimme, und eine Speisekarte, bitte schön. Ihr habt doch sicher ein magenfreundliches Mittagsgericht. Die Verdauung macht immer wieder Probleme. Übelkeit und Sodbrennen bereiten mir Qualen. Zum Glück, sie blickte auf das Pillendöschen, habe ich vorsorglich die Tabletten gleich mitgenommen.
-Es wird sich sicher etwas finden, redete ihr Gerli gut zu, dass Ihrem empfindlichen Magen bekommt.
-Das ist reizend Fräulein. Danke.
Die Mobilfriseurin Jutta Mayer grüßte die verkleidete Marina Pascale und setzte sich an den Nebentisch. Die große, attraktive Frau rauchte sich eine Zigarette an. Dann nahm sie ein Gespräch am Händi entgegen. Sie holte den Kalender aus der Handtasche und notierte einen Termin. Als der Taxl-Steff das Bahnhofsrestaurant betrat, hielt Jutta Mayer kurz den Atem an und fragte sich, ob er tatsächlich als Mörder infrage kam und war unschlüssig, ob seine Frau Leni mit dem geäußerten Verdacht richtig lag. Der Taxl-Steff trug eine schwarze Lederjacke, blaue Jeans, Turnschuhe und eine altmodische Pilotenbrille. Er war fahrig wie immer und hüpfte an der Bar nervös von einem Bein aufs andere. Der Mann kann sich keine Sekunde ruhig halten, dachte Marina Pascale, und scheint innerlich schwer unter Druck zu stehen. Dann trottete Toden-Toni ins Lokal und blickte sich nach einem freien Platz um. Bitte nicht, flehte Marina Pascale im Stillen, aber das leise Stoßgebet verhallte ungehört – der Bestatter steuerte im zu weit geschnittenen schwarzen Anzug geradewegs auf sie zu.
-Gestatten, gnädige Frau, er verneigte sich leicht, Weinbacher. Ist bei Ihnen noch ein Platzerl frei?

-Bitte, antwortete Marina Pascale mit brüchiger Stimme, ich muss Sie aber ersuchen, auf das Rauchen zu verzichten. Meine Bronchien sind arg angegriffen.
-Kein Problem. Ich rauche sowieso zu viel, da kann eine kleine Pause kaum schaden. Verzeihen Sie meine Neugier, kommen Sie aus Wien?
-Aus Baden bei Wien. Sagen Sie, ich habe da etwas von einem schrecklichen Mord läuten hören. Es heißt, ein junger Mann wurde erschossen und seine Leiche gestohlen. Ist das wirklich wahr? Wie können Menschen bloß so brutal sein?
-Gnädige Frau, es ist ein Jammer auf derer grauslichen Welt. Es wäre besser gewesen, der Affe wäre ein Affe geblieben und hätte sich nicht zum Menschen entwickelt. Da ist dem Schöpfer ein verheerender Lapsus passiert. Ich stell mir das so vor. Der Himmelvater ist ein alter Mann und braucht jeden Tag seinen Mittagsschlaf. Er hat an der Konstruktion des Menschen gearbeitet und ist am Schreibtisch eingenickt. Im Hintergrund hat der Teufel auf seine Chance gewartet und hat sich an den schlafenden Himmelvater herangeschlichen. Er hat den Bauplan angeschaut und da und dort herumgemurkst. Als der Himmelvater aufgewacht ist, hat er den Bauplan an den Petrus weitergegeben, ohne ihn noch einmal zu kontrollieren. Und so ist der Pfusch – der sich MENSCH nennt – passiert.
-Das könnte so gewesen sein, gab ihm Marina Pascale recht, um das Gespräch am Laufen zu halten, Sie sind doch aus Bad Ischl und kennen die ganzen Leute hier. Haben Sie jemanden als Mörder in Verdacht?
-Na ja, wissen Sie, er begann zu flüstern, mit solchen Äußerungen sollte man besser vorsichtig sein.
-Mir können Sie alles bedenkenlos anvertrauen, ermunterte ihn Marina Pascale, ich erzähle bestimmt nichts weiter.
-Es geht um eine alte Geschichte, flüsterte er, aber, es könnte auch sein, dass ich falsch liege, deshalb möchte ich, er biss auf die Zunge, doch lieber nichts sagen.

Scheiße, dachte Marina Pascale, ich hätte ihn fast zum Reden gebracht. Ich muss ihm einen Rausch anhängen, dann bekomme ich vielleicht etwas aus ihm heraus.
-Herr Weinbacher, könnten Sie an die Bar gehen und zwei Obstler bestellen. Ich möchte Sie gern auf einen Schnaps einladen. Zu zweit ist man halt gleich viel weniger allein.
-Das ist aber nett, meinte Toden-Toni hoch erfreut und sprang an die Bar.
Er bestellte bei der Kellnerin Gerli zwei doppelte Obstler und brachte die Stamperl selbst zum Tisch. Gerli wunderte sich. Hatte die alte Dame nicht vorhin über einen empfindlichen Magen geklagt? Klaus Kalteis kam pünktlich zum Mittagessen und nahm am Tisch im Eck Platz. Marina Pascale musterte den etwa fünfzigjährigen Mann, der wie ein Vertreter angezogen war und sagte zu Toden-Toni listig, der Herr am Ecktisch erinnert mich an einen Bekannten aus Baden.
-Das kann nicht sein, fiel Toden-Toni auf den Trick herein, da täuschen Sie sich. Herr Kalteis ist ein waschechter Salzkammergütler. Er ist immer korrekt, aber warm werden kann man mit ihm nicht. Irgendwie ist er ein Zwängler. Sehr zurückhaltend. Seit ich ihn kenne, trinkt der Kalteis immer nur gespritzten Almdudler. Über dreißig Jahre geht das so. Verstehen Sie das? Dreißig Jahre gespritzter Almdudler? Es ist mir unbegreiflich, dass der Mann nicht einmal Gusto auf etwas anderes hat! Eigentlich müsste ihm der gespritzte Almdudler längst bei den Ohren herausgequollen sein. Der Wirt vom Bahnhofsrestaurant hat dem überzeugten Antialkoholiker zum Geburtstag eine Kiste Cola geschenkt. Meinen Sie der Kalteis hätte auch nur eine einzige Flasche angerührt? Das gebietet einem doch die Höflichkeit! Aber nein, der fade Zipf hat zum Essen einen gespritzten Almdudler bestellt!
-Das ist ja unfassbar, bemerkte Marina Pascale und teilte seine Empörung zum Schein, das muss ja ein ganz ein komischer Kauz sein.
-Prost, sagte Toden-Toni und hob das Stamperl, wir werden hundert Jahre alt! Wohl sein!

Marina Pascale stürzte den Obstler in die Kehle und dachte, für die Aufklärung des Mordfalls bleiben noch zweieinhalb Tage. Deshalb fragte sie, hat dieser komische Kalteis eine Frau abbekommen?
-Versteh einer die Weiber, rief Toden-Toni aus und entschuldigte sich im nächsten Moment, gnädige Frau, das ist mir nur so rausgerutscht. Ich wollte Sie nicht beleidigen. Sie sind eine feine Dame. Der Kalteis hat Manuela Hilpert geheiratet. Die Hilpert war bildschön und lebenslustig. Sie hätte jeden haben können. Weshalb die Hilpert ausgerechnet den introvertierten Kalteis genommen hat, hat nie jemand so recht verstanden. Auch ihre Eltern nicht. Ein Jahr nach der Hochzeit haben sie dann einen Sohn bekommen. Leider lebt Julian nicht mehr.
-Das ist ja schrecklich, feuerte Marina Pascale Toden-Toni an, was ist dem Sohn passiert?
-Ei, ei, ei, meinte Toden-Toni seufzend, das ist eine traurige Geschichte. Sind Sie sicher, dass Sie sich das zumuten wollen?
Marina Pascale nickte entschlossen.
-Ich hole noch geschwind zwei Stamperl Obstler, kündigte Toden-Toni an, ich brauche vorher dringend eine Stärkung.

In der Zwischenzeit setzte sich der Austronom zu Jutta Mayer an den Tisch und erkundigte sich bei der Mobilfriseurin, ob ihr seine letzte Radiosendung gefallen habe. Der Bürgermeister verleibte sich an der Bar bereits das dritte Reparaturseidel ein, während er mit Spucka lebhaft über die Neugestaltung der Bad Ischler Esplanade debattierte. Hannes Heide machte sich für elegante Kandelaber und Eschen stark. Indes Spucka die Esplanade mit modernen Skulpturen schmücken wollte. Dann stieß Kurdirektor Köhl zu den beiden und gab seine Meinung zum heiß diskutierten Thema ab.

Marina Pascale und Toden-Toni kippten zwei doppelte Obstler hinunter und der Bestatter erzählte mit gedämpfter Stimme, der Sohn vom Kalteis ist bei einem Verkehrsunfall ums Leben gekommen. An jenem Unglückstag hat er bei einem

Schulkameraden Party gefeiert und kräftig über den Durst getrunken. Es war im Winter und es hat mordsmäßig geschneit. Die Sicht war extrem schlecht. Über den Unfallhergang weiß ich nichts Genaues. Der Sohn vom Kalteis soll grölend auf der Straße herumgetorkelt sein und dabei von einem Auto erfasst worden sein. Angeblich soll er auf der Stelle tot gewesen sein. Die Frau vom Kalteis Manuela Hilpert kam gerade nach Hause und ist über den toten Sohn mit dem Auto drüber geradelt. Das konnte sie sich nie verzeihen. Sie hat einen Schuldkomplex entwickelt und gemeint, sie habe den Sohn totgefahren. Niemand konnte sie von der irrigen Überzeugung abbringen. Danach hat sie allerhand Blödsinn gemacht, Selbstverstümmelung und so und hat sich dann in der Verzweiflung die Pulsadern aufgeschnitten, konnte aber im letzten Moment noch gerettet werden. Sie musste ins Narrenhaus gebracht werden und dort ist sie noch heute. Ich bewundere den Kalteis. Er trägt das schwere Schicksal ausgesprochen tapfer.
-Und wer hat den Sohn tatsächlich totgefahren?
-Das ist ja der Wahnsinn bei der ganzen Sache! Der Lenker konnte nie ausgeforscht werden.
-Das ist wirklich eine traurige Geschichte, sagte Marina Pascale und fragte sich, ob sie im aktuellen Mordfall eine Rolle spielen könnte.
-Sie haben plötzlich eine ganz junge Stimme, stellte Toden-Toni fest, der Obstler hat Ihre Stimmbänder geschmiert.
Ich, Dilettantin, dachte Marina Pascale, habe vergessen, die Stimme zu verstellen, und antwortete fix, so ein Schnaps ist eben besser als jede Medizin.
-Genau das sage ich auch immer, pflichtet ihr Toden-Toni begeistert bei.
Dann sprach er Jutta Mayer am Nebentisch an.
-Jutta, fragte er leise, damit ihn Herr Kalteis nicht hören konnte, fährst du immer noch zur Hilpert Manuela ins Narrenhaus Haare schneiden?

Sie nickte, legte den Kopf in den Nacken und stieß den Zigarettenrauch in der Manier eines Feuerschluckers nach oben aus.
-Wie geht's der Manuela momentan, bohrte Toden-Toni mit leiser Stimme weiter, hat sich durch die ärztliche Behandlung ihr Zustand wenigstens etwas gebessert?
Jutta Mayer schüttelte den Kopf, es ist eine Katastrophe, flüsterte sie, Manuela ist so sediert, dass sie keinen vollständigen Satz herausbringt. Sie schaut fürchterlich aus. Beim Anblick des Elends gefriert einem das Mark in den Knochen.
-Und, was redet sie so?
-Lauter unzusammenhängendes Zeug. Vom Teufel und der Hölle, zum Beispiel. Dass der Teufel jede Nacht nach ihr ruft. Das letzte Mal hat sie etwas von ewiger Erlösung durch den Tod gefaselt. Ehrlich gesagt, höre ich ihr kaum zu und schalte immer auf Durchgang, sonst werde ich selbst noch verrückt. Die Besuche bei Manuela sind jedes Mal eine schwere Prüfung, das ganze Narrenhausambiente allein ist schon zum Davonlaufen, aber Herr Kalteis besteht darauf, dass ich ihr die Haare schneide, und ich bringe es einfach nicht übers Herz, ihn zu enttäuschen, der Mann hat's schon schwer genug.
-Du meinst also, flüsterte Toden-Toni, die Manuela kommt nie mehr aus dem Narrenhaus heraus?
-Leider, sie verzog den rechten Mundwinkel, sieht es ganz danach aus.
Marina Pascale knurrte der Magen. Sie winkte der blonden Kellnerin und bestellte grünen Salat, Kalbsgulasch und Nockerl. Toden-Toni verlangte kurz entschlossen dasselbe und zwinkerte Gerli aufmunternd zu.
-Und Sie meinen, erkundigte sich Marina Pascale vorsichtig, dass diese alte Geschichte vom überfahrenen Sohn des Herrn Kalteis etwas mit dem Mord an Ferdinand Plasser zu tun haben könnte?
-Wie kommen Sie denn auf die Schnapsidee, entgegnete Toden-Toni entrüstet.

-Aber, das haben Sie doch eben angedeutet. Und jetzt wollen Sie sich nicht mehr erinnern?
-Weshalb interessiert Sie das so brennend, meinte Toden-Toni vorwurfsvoll, von Ihrer Neugierde wird der arme Ferdi auch nicht mehr lebendig.
-Das habe ich auch nie behauptet. Aber, ich besitze einen ausgeprägten Gerechtigkeitssinn und vertrete die altmodische Ansicht, dass ein Mörder für die Bluttat bestraft werden muss. Und so viel ich gehört habe, bekleckert sich die Polizei nicht gerade mit Ruhm, also liegt es doch nahe, dass die Bürger versuchen müssen, den Mörder selbst zur Strecke zu bringen.
-Sie sind ziemlich resolut. Man merkt, dass Sie aus der Fremde kommen. Hier in den Bergen herrscht eher eine gemütliche Gangart.
-Geben Sie sich einen Ruck, forderte Marina Pascale, wo liegt Ihrer Meinung nach das Bindeglied zwischen dem Unfalltod des Sohnes des Herrn Kalteis und Ferdinand Plassers Ermordung?
-Sie stellen Fragen wie ein Advokat. Ich habe bereits zu viel geredet, blockte Toden-Toni ab, am Ende hängt man mir noch eine Verleumdungsklage an. Vergessen Sie, was ich gesagt habe. Da kommt das Essen. Ah, wie herrlich das Kalbsgulasch duftete! Guten Appetit! Lassen Sie es sich schmecken!

Nach der Mahlzeit hatte es der Bestatter plötzlich sehr eilig und verließ das Bahnhofsrestaurant im Laufschritt. Marina Pascale nahm Herrn Kalteis in Augenschein und spürte bei seiner Betrachtung einen Stich in der Brust. Der Mann besaß ein langes, ovales, schmales Gesicht, war brünett und an den Schläfen angegraut. Wenn sie sich nicht täuschte, waren die tief liegenden Augen braun. Herr Kalteis bezahlte und verschwand aus dem Lokal.

Marina Pascale nahm die Kellnerin Gerli vertraulich am Arm und fragte flüsternd, der fesche Herr, der eben gegangen ist, war sehr gut angezogen. Er ist bestimmt Vertreter, Versi-

cherungsagent oder Bankangestellter. Liege ich mit meiner Einschätzung richtig?
Gerli blickte die alte Dame verwundert an und antwortete, da jede Menge Arbeit auf sie wartete, knapp, Sie liegen falsch. Herr Kalteis ist von Beruf Tierpräparator.
Als Marina Pascale das Wort Tierpräparator hörte, spürte sie abermals einen Stich in der Brust. Sie fischte das Diensthändi aus der Handtasche und ersuchte Marlon Urstöger, im Archiv die Akte über einen Verkehrsunfall mit Todesfolge eines gewissen Julian Kalteis herauszusuchen.

21.

Doktor Katzenbeißer verlangt Schadenersatz

Als Marco die alte Dame – seine verkleidete Mutter – in die Wohnung kommen sah, bekam er vor lauter Staunen über ihr Aussehen den Mund nicht mehr zu. Marina Pascale zwickte ihn liebevoll in die Wange und kicherte hexenhaft. Anschließend ging sie ins Schlafzimmer und entledigte sich rasch der hässlichen Verkleidung. Sie verstaute den plumpen Hut, die sagenhaft ekligen fleischfarbenen Stützstrümpfe und das Übelkeiterregende, karierte Damenkostüm aus dem Jahre anno Schnee im Schrank. Danach schlüpfte sie in einen bequemen Jogginganzug. Der Kleiderwechsel war eine wahre Wohltat und sie konnte endlich aufatmen. Nach dem arbeitsreichen Tag verspürte sie Lust auf einen guten Schluck Rotwein und suchte in der Abstellkammer eine passende Flasche aus. Als sie die Küche betrat, traf sie beinahe der Schlag. Der Raum glich einem Schlachtfeld. Die gelben Küchenkästen lagen zertrümmert am Fußboden wirr durcheinander. Die alte Tapete hing in langen, zerrissenen Fetzen von den Mauern. Nur der Kühlschrank stand noch am alten Platz.
Marco lehnte lässig am Türrahmen und sagte, der Tischler lässt ausrichten, dass er morgen den demontierten Krempel abholt.
-Wo ist das ganze Geschirr hingekommen? Fragte sie mit sich überschlagender Stimme.
-Keine Sorge, Mama, ich hab´ alles in Schachteln verpackt und ins Kellerabteil runtergeschafft.
-Danke, sagte sie erleichtert, einen Moment dachte ich, der Tischler hat alles kaputtgeschlagen. Hast du den Entwurf für die neue Küche gesehen?
-Ja, der ist echt steil, Mama. Die Arbeitsfläche aus hellgrauem Marmor wird voll der Hit. Mit den kirschroten Möbeln und den silbernen Designerarmaturen und den modernen Kü-

chengeräten wird das die mega affengeilste, die superüberdrüber spitzencoolste Küche von ganz Linz. Fürs Abendessen habe ich uns unten beim Italiener Antipasti besorgt. Getrocknete Tomaten, Oliven, Sardellen, Artischocken und Wildschweinschinken.
-Marco, Marina Pascale legte den Kopf schief, deine Fürsorge stimmt mich nachdenklich. Was hast du am Herzen?
-Lass uns das nach dem Essen besprechen. Komm, ich habe den alten Küchentisch provisorisch ins Wohnzimmer gestellt und dort gedeckt.
Die getrockneten Tomaten schmeckten nach Sonne und Südwind. Die grünen Oliven besaßen den Duft von Zitronen und Wildkräutern. Das Salz der eingelegten Sardellen tränkte den Gaumen mit einer Ahnung vom Meer. Die Artischocken und der Wildschweinschinken harmonierten mit dem ungesalzenen Weißbrot auf perfekte Weise. Und der Rotwein aus Kampanien setzte der köstlichen Mahlzeit die Krone auf.
Marco beobachtete die wachsende Zufriedenheit im pausbäckigen Gesicht der Mutter und ließ den Katzenbeißer aus dem Sack.
-Doktor Katzenbeißer will zehntausend Euro für die lahme Ente. Das Auto war ein kompletter Rosthaufen, ehe ich ihm den Rest gegeben habe. Und er faselt etwas von einem einmaligen Liebhaberstück daher. Der Typ hat einen Hieb! Nur weil ich seine Ente geschlachtet habe, heißt das noch lange nicht, dass er mich, wie eine Weihnachtsgans ausnehmen kann. Ich habe dem Psychofuzzy nur die Hälfte zugesagt. Er kriegt fünftausend Euro von mir. Fünftausend Euro sind für so ein hässliches Auto mehr als genug. Aber, meinst du, der Typ würde nachgeben?! Der Typ ist echt gaga und bleibt steif und fest bei zehntausend Euro, andernfalls hat er gedroht, mich wegen Sachbeschädigung anzuzeigen.
-Ich wüsste nicht, wie ich dir da helfen könnte, sagte Marina Pascale kühl, wenn er zehntausend Euro will, wirst du sie ihm geben müssen.

-Aber, protestierte Marco und schnellte abrupt vom Sessel hoch, ich habe keine zehntausend Euro!
-Dann wirst du die Summe bei ihm abarbeiten müssen, das wäre doch auch eine Möglichkeit der Schuldbegleichung, oder?
-Mama, rief Marco entrüstet, Arbeit? Du stößt deinen Sohn in die finsteren Abgründe der Lohnsklaverei?! Ich soll bei dem linken Psychofuzzy arbeiten? Er hat mich bestohlen! Bist du noch ganz bei Trost?
-Hast du eine bessere Idee?
-Mama, ich dachte, dass du mir das Geld vorschießen könntest.
Marina Pascale blickte Marco scharf an und zeigte ihm demonstrativ den Vogel.
-Mama, du kannst mich doch nicht einfach so hängen lassen!
-Keinen Cent. Das ist mein letztes Wort. Es steht dir jedoch frei, jemand anderen anzupumpen. Geh doch zu Oma. Geh den vertrauten Weg des geringsten Widerstandes. Oma hat deinem Charme noch nie widerstehen können. Damit betrachte ich das Gespräch als beendet.
-Mama, sagte Marco ein letztes Mal geschockt.
Dann ging er wortlos in sein Zimmer und überlegte fieberhaft, wie er auf die schnelle zehntausend Euro auftreiben könnte. In der Zwischenzeit rief Marina Pascale ihre Mutter an und schilderte den neuesten Skandal, den Marco mit der Autoschändung verbrochen hatte. Die Volksschauspielerin Elfriede Leitgeb hörte ausnahmsweise ohne Zwischenrede zu und versprach der Tochter hoch und heilig, diesmal kein Geld für den Enkel locker zu machen. Dann erzählte Marina Pascale, dass die neue Küche bald installiert werde und wie froh sie sei, das alte, gelbe Ungetüm – in dem sich die Milch keine zwei Tage hielt, weil sie sofort sauer wurde – endlich loszuwerden, und bedankte sich bei der Mutter noch einmal für die Geldspende. So weit lief das Telefonat glatt.
Doch dann entgleiste es, weil Elfriede Leitgeb der Tochter eine intime Frage stellte, was macht der langhaarige Quack-

salber? Reitet er noch immer auf dir herum? Kind, ich rate dir entschieden von dem Mann ab. So ein kleiner Provinzdoktor ist nichts für dich! Er steckt dich bloß mit allen möglichen Krankheiten an ...
An der Stelle legte Marina Pascale wütend auf.
Zwei Sekunden später rief sie die Mutter noch einmal an und schrie erbost in die Leitung, hör auf, dich in meine Angelegenheiten zu mischen! Du kennst den kleinen Provinzdoktor doch gar nicht. Was bildest du dir bloß ein! Wie willst du ihn beurteilen können? Halt du doch dein böses Schandmaul, du überkandidelte Volkshure du, du bist doch mit jedem Intendanten, Regisseur und Kollegen ins Bett gesprungen, sobald es deiner Schauspielerkarriere nützlich war ...
An der Stelle legte Elfriede Leitgeb auf. Offenbar habe ich heute alle gegen mich, dachte Marina Pascale frustriert, meine Mutter ist gar keine Mutter, sondern in Wirklichkeit eine Kratzbürste und zeigt sich wieder einmal von der rauen Seite. Aber da hat sie die Rechnung ohne mich gemacht! Ich lasse mir keine untergriffigen Gemeinheiten mehr bieten. Sie seufzte gedehnt und goss Rotwein ins Stielglas und trank einen Schluck. Dann trank sie noch einen Schluck und noch einen und noch einen ... bis die Flasche leer war.
Bei Dienstbeginn lag die Akte über den tödlich verunfallten Julian Kalteis auf dem Schreibtisch. Marina Pascale setzte die randlose Lesebrille auf, pustete den Staub vom Deckblatt und schlug den dicken Packen Papier auf. Der Unfall lag über drei Jahre zurück und hatte sich zwei Tage vor dem Heiligen Abend bei dichtem Schneetreiben ereignet. Laut Obduktionsbericht der Gerichtsmedizin erlitt der damals fünfzehnjährige Julian Kalteis zahlreiche Knochenbrüche und wurde zweimal von einem Auto überrollt. Als Todesursache führte der Pathologe Dr. Zausek schwere innere Verletzungen an. Anschließend studierte Marina Pascale die Aussagen der Eltern. Die Angaben der Mutter waren erschütternd. Sie war der festen Überzeugung, den eigenen Sohn totgefahren zu haben, und ließ sich durch nichts und niemand von dem

Irrglauben abbringen. Der Vater sagte aus, dass er aus dem neben der Hauptstraße gelegenen Wohnhaus einen dunklen Mercedes mit verschneitem Nummernschild beobachtet habe, der seinen Sohn am Straßenrand bei der Zufahrt zum eigenen Grundstück erfasst, überrollt und anschließend Fahrerflucht begangen habe. Anschließend sei er ins Freie hinausgestürzt, um seinem Sohn zu helfen. Dort habe er mitansehen müssen, wie seine nach Hause kommende Frau – wohlgemerkt bei dichtem Schneetreiben und widrigsten Sichtverhältnissen – den am Boden liegenden Sohn mit dem Auto überfuhr. Aus den Ermittlungsprotokollen der Polizei ging hervor, dass der Halter des dunklen Mercedes nie ausgeforscht werden konnte.

Sie winkte Marlon Urstöger zum Schreibtisch und bat ihn, schau dir bitte die Akte genau an und sag mir, ob du einen Zusammenhang zu unserem aktuellen Mordfall herstellen kannst.

Der blonde Riese machte ein langes Gesicht und widersprach, soviel ich mitbekommen habe, ist der Unfall schon drei Jahre her. Ich verstehe nicht, wo du da einhaken willst.

-Lies dich erst einmal gründlich in die Akte ein. Danach reden wir weiter.

Die fürsorglich veranlagte Verwaltungsbeamtin Guggi Hager merkte Marina Pascale die Anspannung an und versuchte, mit einer Frage für Zerstreuung zu sorgen, Marina, darf ich dich daran erinnern, dass du bald Geburtstag hast, sagte sie fröhlich, wo bleibt der Wunschzettel? Wie sollen dich die Kollegen ohne jede Orientierungshilfe ordentlich beschenken? Du machst es uns verdammt schwer. Wie wär's mit einem kleinen Tipp?

-Tut mir leid, antwortete Marina Pascale geistesabwesend, dafür habe ich im Moment keinen Kopf. Ich muss ein wichtiges Telefonat führen.

Guggi Hager zuckte enttäuscht die Schultern und trollte sich an ihren Schreibtisch. In der weinroten Handtasche von Marina Pascale zwitscherte das Privathändi. Marco war dran und

appellierte an das gute Herz der Mutter. Er jammerte und klagte, spielte den Verzweifelten und haderte mit dem Schicksal, weil er doch so himmelschreiend ungerecht von Doktor Katzenbeißer behandelt wurde und der Psychofuzzy hartnäckig auf einem Schadensersatz von zehntausend Euro für die abgeschlachtete Ente bestand. Als sich Marina Pascale trotzdem strikt weigerte, den Sohn finanziell zu unterstützen, versuchte Marco sie zu erpressen und kündigte theatralisch an, nun – da er von aller Welt im Stich gelassen werde – keinen anderen Ausweg mehr zu sehen, als einen Bankraub zu begehen. Plötzlich bekam es Marina Pascale mit der Angst zu tun, am Ende kam Marco noch auf die Idee, die gefährliche Drohung tatsächlich in die Tat umzusetzen. Zähneknirschend lenkte sie ein und sicherte Marco zu, nach Dienstschluss noch einmal über die unerfreuliche Angelegenheit mit ihm sprechen zu wollen. Nachdem sie Marcos Hilferuf zum Verstummen gebracht hatte, dachte sie bitter, dass das schwierige Kind einer schweren Bleikugel am Bein glich. Kaum hatte sie das eine Problem zu Seite geschoben, tat sich das nächste in Gestalt des Dienststellenleiters Dr. Max Grieshofer vor ihr auf. Der Yeti steckte den bandagierten Pumuckelkopf bei der Bürotür herein und winkte mit dem Zeigefinger. Wie soll ich meine Arbeit machen, ging es ihr durch den Kopf, wenn ich dauernd davon abgehalten werde.
-Der Polizeipräsident gibt keine Ruhe, meinte der Yeti den weiß bandagierten Kopf schüttelnd in seinem Büro, der Mann ist zurzeit ungenießbar wie ein Giftpilz, hoffentlich hat seine Frau den italienischen Pizzabäcker bald satt und kommt zu ihm zurück. Deshalb frage ich Sie, liebe Frau Pascale, er faltete die Hände zum Gebet, ob Sie eine neue Spur oder wenigstens einen erfolgversprechenden Ermittlungsansatz im Mordfall Plasser vorzuweisen haben? Ich bin mit meinen Nerven nämlich am Ende.
-Es sieht gut aus! Ich verfolge eine neue Spur und bin zuversichtlich, den Fall in den nächsten Tagen zu lösen.

-Gott sei dank, stieß der Yeti erleichtert aus, Ihre Worte sind Balsam. Erzählen Sie!
-Vertrauen Sie mir. Da ich unter Erfolgszwang stehe, will ich keine wertvolle Zeit mit überflüssigen Gesprächen verlieren. Bitte, lassen Sie mich meine Arbeit machen. Kann ich jetzt gehen?!
-Bitte, erwiderte der Yeti leicht irritiert, dann muss ich eben beim Polizeipräsidenten die übliche Hinhaltetechnik noch etwas ausdehnen. Sie könne gehen. Sie bekommen alles bewilligt. Meinetwegen tun Sie, was Sie wollen, aber bringen Sie mir den Täter!

Im Gemeinschaftsbüro stürmte Marlon Urstöger Marina Pascale entgegen und berichtete aufgeregt, es gibt schlechte Neuigkeiten aus Bad Ischl. Die Freundin des Mordopfers Anna Blohberger gilt seit gestern als vermisst.
-Darum müssen sich die Kollegen vor Ort kümmern. Das Aknewunder Erwin Wimmer ist ein fähiger Mann. Wir fahren nach Bad Ischl und sehen kurz nach dem Rechten. Sonst haben wir allerdings Wichtigeres zu tun.
-Frau Blohberger hat Angst, ihre Tochter Anna könnte Selbstmord begangen haben.
-Uns fehlt leider die Zeit, sie zu beruhigen, erwiderte sie schroff, Marlon, weshalb stehst du hier steif wie ein angewurzelter Baum in der Gegend herum. Worauf wartest du noch?
Gefahr in Verzug, dachte Marlon Urstöger, das Schizo-Fasserl ist heute schärfer als eine Rasierklinge, ich muss einen Zahn zulegen, sonst gibt es ein Blutbad. Der blonde Riese sauste im Laufschritt zum Schreibtisch und nahm hastig die schwarze Aktentasche und den Autoschlüssel an sich.

Die Sonne lachte vom Himmel. Auf der kurvenreichen Straße am Traunsee wälzte sich eine schier endlose Blechlawine. Viele Autos besaßen ausländische Kennzeichen. Im Salzkammergut war immer noch Hochsaison. Marina Pascale ächzte ein paar Mal, weil die durchschnittliche Fahrgeschwindigkeit weniger als fünfzig km/h betrug. Sie trank eine Dose *Red Bull* und kaute Gummibärchen.

-Das nächste Mal nehmen wir den Hubschrauber, bemerkte Marlon Urstöger im Scherz, bei dem Verkehr dauert es eine Ewigkeit, bis wir ans Ziel kommen.

-Wenigstens funktioniert ausnahmsweise die Klimaanlage, sagte Marina Pascale, genießen wir den Luxus, er wird bestimmt nicht von Dauer sein. Themenwechsel. Ist dir im Bahnhofsrestaurant in Bad Ischl zufällig ein Vertretertyp aufgefallen?

-Nein. Hätte er mir auffallen sollen? Was ist mit dem?

-Mein innerer Bluthund hat gestern angeschlagen. Der Vertretertyp heißt Klaus Kalteis. Schade, dass du keine Zeit mehr gehabt hast, die Akte über den Unfalltod seines Sohnes zu lesen. Der Unfallverursacher konnte nie ausgeforscht werden. Laut Aussage des Herrn Kalteis soll es sich um einen schwarzen Mercedes gehandelt haben. Und, was sagt dir das?

Der blonde Riese runzelte die Stirn und antwortete, keine Ahnung. Worauf willst du hinaus?

-Ein schwarzer Mercedes, betonte Marina Pascale, klingelt da nichts bei dir?

-Du nervst!

-Wer könnte den schwarzen Mercedes gefahren haben, was meinst du?

-Ich verweigere die Aussage, sagte Marlon Urstöger pampig, ich hasse Ratespiele.

-Es wäre doch denkbar, dass es sich beim schwarzen Mercedes um ein Taxi gehandelt hat.

-Steht das so in der Akte?

-Nein, von einem Taxischild ist nirgendwo die Rede.

-Na, was willst du dann, Marlon Urstöger hob die Hände und ließ sie genervt aufs Lenkrad klatschten, das ist doch reine Spekulation!

-Mein Instinkt ist anderer Meinung. Wir fahren kurz bei den Kollegen in Bad Ischl vorbei und erkundigen uns wegen der

vermissten Anna Blohberger, anschließend schauen wir beim durstigen Bestatter vorbei und machen ein kleines Interview mit ihm.
-Weinbacher? Was hat er damit zu tun?
-Er hat mir die Geschichte von Klaus Kalteis und seinem totgefahrenen Sohn erzählt. Ohne die verdeckte Ermittlung hätte ich nie von der Tragödie erfahren.
Endlich kamen die Kriminalinspektoren bei der Polizeidienststelle Bad Ischl an. Das Aknewunder Erwin Wimmer hielt Marina Pascale zuvorkommend die Tür auf. Marlon Urstöger warf einen kurzen Blick auf das unappetitliche Gesicht des Stadtpolizisten und stellte fest, dass sich die Akne gebessert und der Mann nur noch halb so viele Wimmerl hatte. Hoppla, dachte er, da ist offenbar ein Wunder passiert! Erwin Wimmer erstattete Bericht und erzählte, dass die Gegend in der Nacht unter Zuhilfenahme einer Wärmebildkamera erfolglos nach Anna Blohberger abgesucht worden war. Die Lage war erschreckend ernst und es stand zu befürchten, dass sich das Mädchen tatsächlich etwas angetan hatte. Marina Pascale und Marlon Urstöger bedankten sich für die Information und fuhren nach Kaltenbach durch den Wald zum romantischen Haus des Bestatters. Weinbachers Gehilfe Toden-Gü mähte mit einer Sense gemächlich die Grünfläche vor dem Haus. Marina Pascale und Marlon Urstöger stiegen aus dem Dienstwagen.
Er beobachtete den in Zeitlupe agierenden Sensenmann und sagte lachend, die Erfindung der Schnelligkeit hat der Schnitter noch nicht gemacht.
-So viel Gelassenheit kann unsereins leicht neidisch machen, äußerte Marina Pascale, wir führen ein Leben zwischen Tür und Angel, zwischen Hektik und Hast.
Toden-Gü hielt beim Sensenschwingen inne und hob den Kopf, als ahnte er, dass über ihn gesprochen wurde. Er legte das Werkzeug auf eine Gartenbank und ging den Kriminalinspektoren entgegen.
-Grüß Gott, sagte Marina Pascale, ist Herr Weinbacher da?

-Der Chef ist oben in den Privaträumen. Soll ich ihn holen?
-Wir haben wenig Zeit und würden gern selbst hinaufgehen, sagte Marina Pascale.
-Kann sein, dass der Chef noch schläft. Aber Sie können ihn ruhig wecken. Am Nachmittag haben wir ein Begräbnis und deshalb muss er sowieso bald aufstehen. Das Schlafzimmer ist am Ende des Ganges. Rechts hinter der letzten Tür.
-Der Bestatter wird mir immer suspekter, meinte Marlon Urstöger beim Treppensteigen, er säuft wie ein Loch, lässt sich die Leiche unter dem Arsch weggrapschen und entpuppt sich nun auch noch als Siebenschläfer.
Das obere Stockwerk des romantischen Hauses war weniger luxuriös ausgestattet als der protzige Firmenbereich im Parterre. Der Fußboden im Gang war aus Holz und nicht aus Marmor. Das Holz knarzte unter den Schritten. An den Wänden hingen langweilige Landschaftsbilder, die zum Gähnen einluden. Marina Pascale klopfte laut an die angelehnte Schlafzimmertür. Alles war still. Nichts rührte sich. Vorsichtig stieß sie die angelehnte Tür auf und entdeckte ein leeres Bett.
-Wahrscheinlich ist er im Rausch am Klo eingeschlafen, mutmaßte Marlon Urstöger.
Aber er sollte unrecht haben. Der Bestatter lag angezogen in der Badewanne und schnarchte auf Teufel komm raus.
-Na Servus, sagte Marlon Urstöger, die Alkoholleiche bekommen wir nie wach.
Marina Pascale packte den Brauseschlauch und drehte grinsend den kalten Wasserhahn auf und richtete den Brausekopf auf das Gesicht des schnarchenden Bestatters. Erwartungsgemäß verfehlte der kalte Wasserguss seine Wirkung nicht. Der Bestatter tat einen Schrei und ruderte mit den Armen. Dann schnellte er hoch, schüttelte sich wie ein nasser Hund und starrte die Kriminalinspektoren belämmert an.
-Guten Morgen, Herr Weinbacher, sagte Marina Pascale, gestern ist es wohl etwas spät geworden. Erzählen Sie uns doch einmal, wie war das damals mit dem Sohn von Herrn

Kalteis? Haben Sie zufällig eine Idee, wer Julian überfahren haben könnte?
-Was soll die Holzhammermethode? Woher wisst ihr überhaupt ... Ah, jetzt verstehe ich, die alte Schachtel aus Baden war bei euch und hat mich verpetzt. Der schrottreife Besen wird mich kennenlernen! Tut auf fein und etepetete und vernadert mich schnurstracks bei der Kieberei!
-Keine Ausflüchte, fuhr ihn Marina Pascale an, wie war das damals mit dem Sohn von Herrn Kalteis? Was ist das Bindeglied zwischen dem Unfalltod von Julian Kalteis und dem Mord an Ferdinand Plasser?
-Herrgott, Sie sind aber hartnäckig!
-Je eher Sie antworten, desto schneller sind Sie uns wieder los.
-Das ist allerdings ein starkes Argument, er wischte sich nachdenklich das Wasser aus dem Gesicht, und sagte, ich hab´ den Kalteis sowieso nie ausstehen können. Eigentlich ist er mir mehr als wurscht. Nach dem Unglück hat der Kalteis steif und fest behauptet, dass der Kaiser Franz, also der Taxiunternehmer Franz Plasser der Fahrer des schwarzen Mercedes gewesen sei und seinen Sohn auf dem Gewissen habe. Ob an der schweren Anschuldigung etwas dran ist, kann ich beim besten Willen nicht sagen.
-Das finden wir heraus, erwiderte Marina Pascale und biss fest auf die Unterlippe.

22.

Heiße Spur?

Marlon Urstöger saß hinter dem Lenkrad und dachte angestrengt nach. Marina Pascale rutschte nervös am Beifahrersitz herum und blickte ihn vorwurfsvoll von der Seite an und fragte spitz, wird das heute noch was oder willst du bis morgen warten?
-Der Sohn wird totgefahren, erwiderte er in sachlichem Ton, der Vater beobachtet durch das Fenster des Hauses den Unfallhergang. Er sieht, dass der Autofahrer Fahrerflucht begeht und den niedergestoßenen Sohn hilflos liegen lässt. Er glaubt, den Autofahrer erkannt zu haben, und rächt sich am mutmaßlichen Mörder seines Sohnes. Das ist eine stimmige Geschichte. Leider hat sie einen kleinen Schönheitsfehler. Der Vater des getöteten Sohnes wartet volle drei Jahre bis zum tödlichen Vergeltungsschlag. Aus welchem Grund zögert er so lange? Mir fällt keiner ein.
-Doch es könnte einen geben. Der Vater war unsicher, ob er den Todeslenker tatsächlich erkannt hat, und erhielt erst Jahre später den entscheidenden Hinweis auf seine Identität.
-Daran habe ich nicht gedacht. Das erklärt aber nicht, weshalb er anschließend die Leiche gestohlen hat. Außerdem hat er den Falschen erschossen. Wie gehen wir vor?
-Keinesfalls direkt. Wir müssen uns eine raffinierte Taktik zurechtlegen. Der Verdächtige muss ungewarnt bleiben. Zuerst reden wir mit Franz Plasser.
Marlon Urstöger seufzte und jammerte, da wird es jede Menge Vorwürfe hageln.

Doch die Befürchtung bewahrheitete sich nur zu einem geringen Teil. Franz Plasser vulgo Kaiser Franz war an Bronchitis erkrankt und lag im spartanischen Eisenbett mit Fieber dar nieder. Sein Sohn Rudolf hatte unbezahlten Urlaub genommen und kümmerte sich um den erbärmlich hustenden

Mann. Rudolf Plasser ärgerte sich über die Sturheit des Vaters, der sich hartnäckig weigerte, die verordneten Medikamente einzunehmen. Erst als Rudolf Parallelen zur einstigen Erkrankung von Kaiser Franz Josef zog und dem Vater erklärte, dass die Bronchitis seiner Majestät seinerzeit zu einer Lungenentzündung und somit zum Tod des Monarchen geführt hatte, erklärte sich der Patient bereit, den Anweisungen des Hausarztes Folge zu leisten. Sämtliche Gardinen waren zugezogen und verdunkelten das Schlafzimmer. Der Patient ächzte, als er die Kriminalinspektoren am Eisenbett stehen sah. Er war sehr schwach und hustete fortwährend.
Rudolf Plasser äußerte zynisch, ich bin das einzige Familienmitglied, das noch aufrecht stehen kann. Mein Bruder ist tot. Meine Mutter liegt im Krankenhaus und mein Vater im Bett. Behandeln Sie ihn gut, sonst bekommen Sie großen Ärger.
-Es tut uns wirklich alles sehr ...
-Sparen Sie sich den scheinheiligen Schmus, fiel Rudolf Plasser Marina Pascale mit kalter Wut ins Wort, meine Familie ist kaputt. So ist das. Wir haben den Boden unter den Füßen verloren. Und Sie beide haben nichts zu ihrer Rettung beigetragen!
-Wir haben eine heiße Spur.
-Ach, das ging aber flott, meinte Rudolf Plasser zynisch, ihr habt dem Mörder nur einen k l i t z e k l e i n e n Vorsprung gelassen. Ihr solltet euren Job wegen Unfähigkeit schleunigst an den Nagel hängen.
-Wir verstehen Ihre Verbitterung, erwiderte Marina Pascale sanft, bitte, beruhigen Sie sich. Wir werden den Mörder Ihres Bruders finden.
Rudolf Plasser machte eine verächtliche Handbewegung, drehte sich weg und schwieg fortan.
Der erkrankte Franz Plasser vulgo Kaiser Franz horchte auf, als er Marina Pascale fragen hörte, kenne Sie den Tierpräparator Klaus Kalteis?
Er nickte.

-Hat er Sie jemals der Fahrerflucht beziehungsweise des Mordes an seinem Sohn Julian verdächtigt?
-Nein.
Das war die falsche Antwort, dachte sie frustriert und fragte nach, er hat sie nie bedroht?
-Nein.
Nun machte auch Marlon Urstöger ein langes Gesicht.
Franz Plasser hustete und sagte anschließend, der Taxl-Steff war's. Er hat mich aus dem Weg räumen wollen und meinen Sohn Ferdi irrtümlich erschossen.
-Und weshalb hat Stefan Ramskogler die Leiche Ihres Sohnes gestohlen?
-Weil er ein perverses Dreckschwein ist. Na ja, schwächte Franz Plasser ab, der Taxl-Steff hat den Mord aus Brotneid begangen. Wieso er die Leiche gestohlen hat, weiß ich nicht, er ist einfach nicht dicht.
Entmutigt verließen Marina Pascale und Marlon Urstöger das Haus. Obwohl die Sonne ganz in Gold erstrahlte und im Salzkammergut sommerliches Prachtwetter herrschte, zog die Ratlosigkeit in den beiden Seelen schmerzend düstere Kreise. Sie standen geknickt vor dem Dienstwagen und konnten sich nicht dazu entschließen, einzusteigen.
Marlon Urstöger brach das Schweigen und schimpfte zynisch, an Tagen wie diesem wird einem so richtig klar, was für einen Superjob wir haben. Wir Polizisten sind überall willkommen und sind bei allen hoch angesehen. Man sagt uns immer die Wahrheit, vor uns hat niemand Geheimnisse. Wir haben quasi gleitende Dienstzeiten, müssen nie Überstunden leisten oder Wochenenddienste schieben. Und das Allerschönste an unserem dankbaren, Prestigeträchtigen Beruf ist die ungemein motivierende Tatsache, dass wir jedes Monatsende ein saftiges Gehalt am Konto haben.
-Wir sind die Mülltonnen der Gesellschaft, pflichtete ihm Marina Pascale pathetisch bei und gab sich ebenfalls dem Berufsfrust hin.

-Weißt du was, wir gehen jetzt einen saufen, schlug Marlon Urstöger vor, ohne Dopingmittel kann ich heute nicht mehr weitermachen.

Im Café Lafayette – der Hochburg der Bad Ischler Countrymusik-Szene – saßen nur ein paar Leute an der Bar. Bei dem schönen Sommerwetter gingen die Stammgäste lieber Aktivitäten im Freien nach. Marina Pascale streifte die Stöckelschuhe ab und ließ die nackten Füße vom Barhocker baumeln. Marlon Urstöger richtete den Blick auf die rot lackierten Zehennägel.

-Neulich habe ich auf der Linzer Landstraße fantastische Pythonlederpumps in der Auslage gesehen, erzählte sie, da hat mich das High-Heel-Fieber gepackt.

-Du trägst keine Schuhe, bemerkte Marlon Urstöger, sondern Geschosse. Wer hat eigentlich die hohen Absätze erfunden? Ein zwergwüchsiger Schuster?

-Ich habe einmal in einem Buch gelesen, antwortete sie, dass die hohen Absätze im Mittelalter aufgekommen sind. Angeblich haben Reiter die Idee gehabt. Sie sind mit den Stiefeln aus den Steigbügeln gerutscht, was sie ziemlich genervt hat, und um das zu verhindern, haben sie am Stiefelende eine schmale Erhöhung – also einen Absatz – an die Sohle genagelt.

-Was trinken wir? Ich mag ein schönes kühles Bier und du?

-*Red Bull* on the rocks mit einem Schuss Gin.

Als Marlon Urstöger die Getränke bei der Bardame bestellte, kam die Mobilfriseurin Jutta Mayer ins Lokal und nahm Platz an der Bar. Die attraktive, groß gewachsene Frau zündete eine Zigarette an und blies den ausgeatmeten Rauch hoch in die Luft.

Die Bardame begrüßte die Stammkundin herzlich, Jutta, schön, dass du vorbeikommst. Warst du heute in Linz bei der Hilpert Manuela im Narrenhaus?

Sie bejahte Kopf nickend und sagte halblaut, ja, aber wahrscheinlich das letzte Mal. Ich brauche dringend einen Cognac.

-Steht es mit der Hilpert Manuela so schlimm?
Der Name Manuela Hilpert versetzte Marina Pascale in Alarm. Sie blickte Marlon Urstöger eindringlich an und legte den Zeigefinger auf die Lippen. Er verstand die Geste und hielt den Mund. Sie sperrten beide die Ohren auf.
-Schlimm ist ein Hilfsausdruck, erzählte Jutta Mayer betroffen, Manuela hat sich den üblichen Prinz-Eisenherz-Pagenschnitt gewünscht. Bei meinen früheren Besuchen hat sie sich nach dem Ergehen von alten Bekannten und Freundinnen erkundigt, diesmal hat sie nach keinem gefragt, sondern nur entsetzlich wirres Zeug dahergefaselt. Sie hat von der Hölle geschwafelt, von Teufeln, die sie zu jeder Tages- und Nachtzeit umgäben. Dass die Teufel ihr Blut wollten, weil sie ihren Sohn Julian totgefahren habe, hat sie gesagt und, dass sie vom Teufel mit einem Sohn schwanger sei, und dass dieses Kind der gefürchtete Antichrist sei und die ganze Welt auslöschen werde, sie seufzte und sagte, der Wahnsinn hat mich völlig fertiggemacht. Klaus Kalteis zahlt recht gut für die Besuche bei Manuela, aber ich glaube, ich halte das nervlich nicht länger durch.
-Du musst Klaus halt sagen, dass du nicht mehr kannst, riet die Bardame.
-Ich fürchte, das wird ihn kränken.
-Wie geht´s Klaus eigentlich?
-Er arbeitet viel, isst mittags im Bahnhofsrestaurant und ist sonst fast immer daheim. Er geht nur einmal die Woche zum Zimmergewehrschießen nach Ebensee.
-Wir können froh sein, meinte die Bardame, dass wir ein leichteres Schicksal haben.
-Das kannst du laut sagen, stimmte Jutta Mayer zu und führte den Cognacschwenker an die Lippen.
Das war ein interessantes Gespräch, dachte Marina Pascale aufgeregt, der Tierpräparator betätigt sich als Hobbyschütze, schau einer an. Dann stupste sie den blonden Riesen sanft am Oberarm und richtete die Augen auf die Tür. Sie bückte sich und zog die Stöckelschuhe an, während Marlon Urstöger die

Zeche bezahlte. Im Dienstwagen kam über Funk eine beunruhigende Meldung. Am Traunufer wurde ein Schuh der vermissten Anna Blohberger gefunden.
-Somit hat sich der Verdacht auf Selbstmord erhärtet, kommentierte Marlon Urstöger die Nachricht nüchtern, die Traun besitzt eine starke Strömung.
Marina Pascale nickte betroffen und fragte, erinnerst du dich an den Spaßvogel mit der rosaroten Spritzpistole aus Traunkirchen?
-Herbert Mitterbauer, antwortete er prompt, Whiskyschmuggel in Saudi-Arabien, Frühpensionist, Mitglied im Schützenverein Ebensee. Sektion Zimmergewehr.
-Alle Achtung! Dein Gedächtnis ist topp. Lass uns zu seiner Gartenhütte in Traunkirchen fahren.
Marlon Urstöger legte den Gang ein. Auf der Höhe der Ortschaft Langwies sagte er, in meinem Privatleben zeichnet sich in beziehungstechnischer Hinsicht ein rosiger Horizont ab. Chantal und ich wollen es in einem Häuschen am Land noch einmal miteinander versuchen. Stell dir vor, sie verlässt ihren Mann!
-Gratuliere! Das freut mich für dich! Dann fällt vermutlich die Anschaffung eines Gaules ins Wasser?!
-Aufgeschoben ist nicht aufgehoben, meinte Marlon Urstöger fröhlich, sollte Chantal eines Tages meine Frau werden, schenke ich ihr zur Hochzeit ein Pferd.
-Und, erkundigte sich Marina Pascale vergnügt, wie viele Kinder sieht die Familienplanung vor?
-Ursprüglich dachte ich an vier. Aber das Pferd kostet auch Geld. Drei Kinder werden fürs erste genügen.
Sie schmunzelte breit und sagte, von halben Sachen scheinst du nichts zu halten. Aber warte erst einmal ab, ob du die Nerven für ein Kind aufbringst. So ein kleines Rackerchen kann einen unter Umständen zum Wahnsinn treiben.
-M e i n e Kinder werden ganz brav sein, fegte er die Bedenken bei Seite.

-Könnte es sein, dass du zur Gruppe jener Menschen gehörst, die sich Illusionen machen?
Verstimmt verzog er das Gesicht. In dem Fall mangelte es ihm an Humor. Wut kam hoch und er dachte, anstatt mich zu kritisieren, soll das Schizo-Fasserl besser auf den kleinkriminellen Sohn aufpassen. Da stach ihm auf einem Parkplatz am Traunseeufer ein junger Mann ins Auge, der ungeniert auf den Asphalt urinierte. Er bremste abrupt und fuhr auf den Parkplatz.
Er sprang aus dem Dienstwagen und stauchte den jungen Mann, der den Penis in der Hand hielt, zusammen, Sie Schweinderl! Benutzen Sie gefälligst das Mobilklo!
-Das ist mir zu dreckig, erwiderte der junge Mann und schüttelte den Penis ab.
-Dann verstecken Sie sich beim Schiffen wenigstens hinter einem Baum!
-Krieg ich jetzt einen Strafzettel? Fragte der junge Mann und steckte den Penis in die Unterhose.
-Verdient hätten Sie einen! Sie haben Glück. Ich bin von der Kripo und Bagatelldelikte fallen nicht in mein Ressort.
-Muss ich mich jetzt geehrt fühlen, fragte der junge Mann frech, weil sich die Kripo mit meiner Open-air-Brunzerei befasst?
-Fahrzeugpapiere! Aber zack, brüllte Marlon Urstöger, sonst setzt es was!
Der junge Mann schloss den Reißverschluss der Hose, kroch in sein Auto und kramte die Fahrzeugpapiere aus dem Handschuhfach. Marlon Urstöger prüfte die Unterlagen auf ihre Richtigkeit und notierte sich die persönlichen Daten und verabschiedete sich mit den Worten, Sie hören von uns.
Marina Pascale hatte den Vorfall amüsiert vom Dienstwagen aus beobachtet und sagte zu Marlon Urstöger, na, haben wir den unbestechlichen Sheriff raushängen lassen? Fühlst du dich jetzt besser?
Er nickte.

Herbert Mitterbauer saß im Unterhemd und knallbunten Bermudashorts auf der kleinen Terrasse vor der Gartenhütte auf einer Holzbank und ließ sich die Sonne auf die Nase scheinen. Als die Kriminalinspektoren das Grundstück betraten, hüpfte eine Amsel am Rasen herum. Der schwarze Vogel war kein bisschen scheu und schaute die Fremden mit schief geneigtem Kopf neugierig an.
-Der Mastochse und das Dickerchen, begrüßte sie Herbert Mitterbauer mit gemischten Gefühlen, sagt's bloß, ihr zwei Witzfiguren habt's den Mörder noch immer nicht am Schlafittchen gepackt?
Marina Pascale und Marlon Urstöger wechselten die Blicke und fanden die Ansage alles andere als witzig. Beide waren nervös und angespannt.
-Uiii, sagte Herbert Mitterbauer, eure grantige Visage möchte ich nicht haben. Ihr schaut´s aus, als hättet ihr einen Kaktus im After.
-Sagt Ihnen der Name Klaus Kalteis etwas? Fragte Marina Pascale forsch.
-Ja, aber das ist kein Grund, mich gleich so anzufahren. Der Tierpräparator ist ein Schützenkamerad. Der Verein trifft sich jeden Freitag im ASKÖ-Sporthaus am Sportplatz in Langwies. Klaus besitzt Adleraugen und trifft selten daneben.
-Wissen Sie näheres über den Unfalltod seines Sohnes Julian?
Herbert Mitterbauer verengte die Augen misstrauisch zu schmalen Schlitzen und erwiderte zögernd, Klaus hat nie über das Unglück geredet. Er ist ein lebender Safe. Wir sind Vereinskameraden, keine Freunde.
-Hat er jemals Angaben zur Identität des Unfalllenkers gemacht? Hat er einen Namen erwähnt oder einen Verdacht geäußert? Konzentrieren Sie sich. Es ist wichtig.
Herbert Mitterbauer presste die Lippen zusammen, legte die rechte Hand über die Augen und dachte mit gesenktem Kopf nach. Die Amsel hüpfte auf die Terrasse und stieß den gelben

Schnabel mehrmals hintereinander gegen das Bein der Holzbank. Herbert Mitterbauer hob den Kopf und sagte im Aufstehen, Entschuldigung, mein kleines Vögelchen will etwas zum Naschen haben.
Als der Frühpensionist in der Gartenhütte verschwunden war, flüsterte Marina Pascale ungehalten, uns läuft die Zeit davon. Der Mann geht mir so was von auf die Nerven! Ich könnte ihn in der Luft zerreißen!
-Magst du ein Zigarillo, bot Marlon Urstöger an und nahm, als sie nickte, den Humidor aus der schwarzen Aktentasche.
Herbert Mitterbauer streute auf der Terrasse eine Handvoll Nüsse vor die wartende Amsel. Der Vogel pickte die Leckerbissen sofort auf. Er setzte sich behäbig auf die Holzbank und fragte zerstreut, wo waren wir stehen geblieben?
Marina Pascale schnaubte. Marlon Urstöger bewahrte Geduld und wiederholte die Frage. Herbert Mitterbauer räusperte sich, ehe er sagte, einmal hat Klaus etwas in der Art erwähnt.
-Was genau?
-Es ging um einen Mercedes, glaube ich. Er hat gesagt, dass er den Fahrer erkannt hat.
-Hat er einen Namen genannt? fragte Marina Pascale erregt.
Herbert Mitterbauer seufzte und jammerte, wenn ich mich doch nur besser erinnern könnte! Es tut mir leid. Ich weiß nur noch, dass von einem Taxi die Rede war.
Marina Pascale stampfte den Stöckelschuh in den Boden und blickte Marlon Urstöger triumphierend an. Einerseits freute er sich, andererseits war er neidisch, weil das Schizo-Fasserl wieder einmal einen genialen Riecher bewiesen hatte. Marina Pascale rauchte das Zigarillo genüsslich zu Ende.
Herbert Mitterbauer betrachtete ihre Stöckelschuhe und meinte bewundernd, Dickerchen, deine Fußgerätschaften imponieren mir! Nur eine Akrobatin kann auf solchen halsbrecherisch hohen Hacken gehen.
-Das Leben ist ein ständiger Balanceakt, sagte sie und verließ mit Marlon Urstöger das Grundstück.

In der weinroten Handtasche klingelte das Diensthändi. Sie hob ab, hörte ruhig zu, atmete geräuschvoll ein und aus, sagte frostig danke, und beendete mit geschockter Miene das Gespräch.
Marlon Urstöger hob fragend die blonden Augenbrauen und tippte sie vorsichtig an, gibt es schlechte Neuigkeiten?
-Ja, aber sie sind privater Natur, erklärte Marina Pascale, sie betreffen meinen Sohn.
Oje, dachte Marlon Urstöger, hat das G'frast wieder etwas ausgefressen.
-Du kannst es ruhig wissen, fuhr sie ungefragt fort, Marco ist wegen Körperverletzung und Sachbeschädigung auf freiem Fuß angezeigt worden.
-Diskretion ist Ehrensache, erwiderte er, reg dich bitte nicht unnötig auf, es hat sich bestimmt um Notwehr gehandelt.
Schön wär's, dachte sie, leider hat der Kollege vorhin am Telefon etwas ganz anderes gesagt. Es ist zum Verrücktwerden! Jede unternommene Anstrengung, um dem Früchtchen Herr zu werden und Marco auf den rechten Weg zu schubsen, endet mit einem Fiasko. Ich lege sämtliche Funktionen nieder, dachte sie deprimiert, und bin ab sofort raus aus dem Scheißspiel. Von nun an muss sich Marcos Vater um die Erziehung kümmern. Ich schaffe es einfach nicht, den Jungen zur Vernunft zu bringen. Marina Pascale nahm das Privathändi, entfernte sich von Marlon Urstöger, rief ihren Ex-Mann Karl-Josef Till in Wien an und schilderte dem Statistikprofessor die aktuelle Bredouille, in die sich Marco aus eigener Schuld hineinmanövriert hatte und die ihm höchst wahrscheinlich eine Vorstrafe einbrachte. Die ebenso verständnisvolle wie prompte Reaktion von Karl-Josef glättete die emotionalen Wogen ein wenig. Er versprach, sich noch heute ins Auto zu setzen und nach Linz zu kommen, um mit Marco – wie er es ausdrückte – Tacheles zu reden.

23.

Vom Wahnsinn gebissen

Im Volksmund heißt es: Verrückte, Kinder und Betrunkene sagen die Wahrheit. Marina Pascale und Marlon Urstöger machten es sich zur Aufgabe, die Volksweisheit auf ihre Richtigkeit zu überprüfen. Der Portier an der Rezeption der Linzer Nervenklinik Wagner-Jauregg stutzte kurz, als ihm die Kriminalinspektoren die Dienstausweise unter die Nase hielten, behandelte sie jedoch in der Folge zuvorkommend und rief in der Station an, in der Manuela Hilpert untergebracht war, um dort ihren Besuch anzukündigen. Anschließend beschrieb der Portier den Weg. Obwohl beide so taten, als hörten sie zu, behielt keiner die Angaben im Gedächtnis. Marina Pascale nahm an, Marlon Urstöger werde sich das Gesagte merken und er dachte umgekehrt dasselbe. Marina Pascale stöckelte derart zielstrebig los, dass Marlon Urstöger sicher war, dass das Schizo-Fasserl den Weg kannte. Als sie plötzlich am Ende des Flurs vor einer Tür mit der Aufschrift: EINTRTT VERBOTEN in einer Sackgasse landeten, bemerkte Marlon Urstöger, ich glaube, dein Orientierungssinn könnte die Unterstützung eines Navigationsgerätes gebrauchen. Ich werde dir eins zum Geburtstag schenken.
-Erinnere mich bloß nicht daran. Wieder ein Jahr älter! Wieder einen Schritt dem Grab näher! Der Portier hat doch gesagt, überlegte sie laut, geradeaus und dann in das nächste Anbaugebäude rechts. Stimmt's?
-Ja, ja, antwortete er geistesabwesend, wir kehren am besten um und nehmen den nächsten Gang rechts, der müsste dann zum nächsten Anbaugebäude rechts führen.
-Klingt logisch.
Sie nahmen den nächsten Gang rechts und marschierten munter weiter. Doch im langen, langen Flur befand sich kein einziger nach rechts abzweigender Gang, dafür gab es gleich

zwei Gänge, die nach links führten. Marina Pascale blieb vor einer Abzweigung stehen und blickte Marlon Urstöger ratlos an und sagte, ich bin mir nicht mehr sicher, hat der Portier rechts oder links gesagt? Hat er tatsächlich vom nächsten Anbaugebäude rechts gesprochen? Oder hat er das nächste Anbaugebäude links gemeint?
-Ich glaube, antwortete Marlon Urstöger verlegen, er hat vom nächsten Anbaugebäude links gesprochen. Das würde heißen, dass wir hier abzweigen müssen. Ich würde sagen, wir riskieren es einfach.
Sie nickte und stöckelte in den nach Links führenden Gang voraus. Als sie rechts eine große Tür entdeckte, nahm sie an, das müsse der Eingang zum Anbaugebäude sein. Sie riss die Tür auf und schaute auf Besen, Schrubber, Eimer und andere Putzgerätschaften. Marlon Urstöger blickte ihr über die Schulter und sagte, das hier ist die Putzkammer und kein Durchgang.
-Wir wenden uns am besten an die nächste Krankenschwester und erkundigen uns noch einmal nach dem Weg, sagte sie und winkte einer vorbeikommenden Frau in einer Kittelschürze, hallo, Entschuldigung. Könnten Sie uns eine Auskunft geben?
Höflicherweise blieb die Frau stehen und fragte bellend, wiee kann helffen?
-Wir suchen die geschlossene Abteilung, teilte Marina Pascale der vermutlich aus Osteuropa stammenden Putzfrau mit, wo müssen wir langgehen?
-Geschlossene? Ah, verstehe, dort ganz Depperte. Hier falsch. Musst du umkehren. Dann nexte Gang rechts und wieder rechte Gang. Zweimal rechte Gang. Du verstehen?
Marina Pascale nickte und fasste zusammen, zweimal rechter Gang, das ist kinderleicht. Danke schön. Sehr freundlich.
Die beiden Kriminalinspektoren machten kehrt und bemühten sich redlich, einen nach Rechts führenden Gang im Korridor ausfindig zu machen. Doch es war wie verhext. Es gab nur zwei nach Links führende Gänge. Das ist kein Kranken-

haus, dachte Marina Pascale, sondern ein verwirrendes Labyrinth. Marlon Urstöger ärgerte sich über die Orientierungslosigkeit des Schizo-Fasserls und stichelte, wie's ausschaut, können wir gleich hierbleiben und ein Doppelzimmer buchen. Offensichtlich haben wir nicht mehr alle beieinander.
-Kritik an Vorgesetzten ist grundsätzlich problematisch. Ich fürchte, das gibt erheblichen Punkteabzug bei der Dienstbeurteilung, konterte Marina Pascale im Befehlston, du rufst jetzt fix den Portier an und lässt dich von ihm per Händi zu Manuela Hilperts Zimmer lotsen.
Der blonde Riese lief glutrot an und wünschte, das Schizo-Fasserl möge augenblicklich zur Hölle fahren. Mit unterdrückter Wut holte er das Händi aus der Hosentasche und wählte die gespeicherte Nummer. Er kam sich vor wie ein Trottel, als er den Portier ersuchte, er möge ihm den Weg zur geschlossenen Abteilung noch einmal beschreiben. Marina Pascale trommelte die rot lackierten Fingernägel ungeduldig auf die von der Schulter hängende weinrote Handtasche und schaute den lauschenden Marlon Urstöger herausfordernd an.
Dann tauchte die Putzfrau in der Kittelschürze wieder auf und bellte Marina Pascale an, noch nix finden? Du haben schlechte Gedächtnis? Oder böse Alzheimer? Was ist mit Mann, Mann auch Alzheimer? Soll ich Weg aufschreiben oder zeichnen?
-Danke, das wird nicht nötig sein, meinte Marina Pascale verlegen, wir schaffen das auch so.
Die Putzfrau kniff skeptisch die Augenbrauen zusammen und sagte, ich dich nehmen an Hand und hinbringen! Du kannst nix dafür, Alzheimer sehr schlimm Krankheit! Du musst nicht schämen. Ich nehme dich an Hand, komm!
Ehe Marina Pascale ablehnen konnte, packte die Putzfrau ihre Hand und zog sie hinter sich nach. Marlon Urstöger folgte den Frauen und dachte, gut dass uns kein Kollege sieht, die Schande würde ich nicht überleben. Unterwegs versuchte Marina Pascale, sich aus dem Zangengriff der Putzfrau zu befreien. Doch die Frau in der Kittelschürze zählte zur reso-

luten Sorte und schimpfte, du nicht ziehen wie unfolgsames Hund an Leine. Du musst noch bissi Geduld haben, wir sind gleich da.

Als sie tatsächlich vor dem Eingang zur geschlossenen Abteilung landeten, drehte sich die Putzfrau um und sagte vorwurfsvoll zu Marlon Urstöger, du besser aufpassen auf deine Frau. Hohe Schuhe sehr gefährlich. Sie krank. Du musst Augen aufsperren und immer gucken, was macht.

Marlon Urstöger schlug die Hand gegen die Stirn und seufzte gedehnt. Marina Pascale bedankte sich bei der Putzfrau und drückte auf die Klingel. Die Tür ging automatisch auf und die Kriminalinspektoren traten ein. Drinnen wurden sie von der Oberschwester – einem weiblichen Dragoner – erwartet und scharf gemustert. Der Dragoner fixierte missbilligend die hohen Stöckelschuhe und presste die ohnehin schmalen Lippen zu einem dünnen Strich zusammen. Großer Gott, ging es Marlon Urstöger durch den Kopf, die Oberschwester hat einen Gesichtsausdruck wie ein gefräßiges Monster und schaut noch böser als Leonilla Grampelhuber – die mit Abstand absolut unausstehlichste Gerichtsmedizinerin der Welt. Marina Pascale fühlte sich unbehaglich und empfand die messerstichartigen Blicke der Oberschwester als beleidigend. Sie räusperte sich und fuhr den Dragoner an, Kripo Linz, Gruppeninspektorin Pascale. Es geht um Mord. Wir müssen Frau Manuela Hilpert einvernehmen. Bringen Sie uns bitte zur genannten Person!

Der Dragoner verzog die zusammengepressten Lippen und erwiderte eisig, jawohl. Folgen Sie mir.

Die Oberschwester schritt aus wie ein Gardeoffizier, setzte große und schnelle Schritte und schwang die Arme in der Manier einer Langläuferin schwungvoll beim Marschieren mit. Im hellen und freundlichen Gang hielten sich einige Patienten auf und beäugten die durchgehenden Fremden neugierig. Manuela Hilpert bewohnte ein Einzelzimmer. Sie saß mit dem Rücken zur Tür auf einem Gartenstuhl am Balkon und blickte hinunter ins Grüne. Der Dragoner ließ die Krimi-

nalinspektoren kommentarlos mit der Patientin allein. Im kleinen Patientenzimmer waren die Wände vollkommen kahl: kein Bild. Kein Kalender. Kein Foto.
Um Manuela Hilpert nicht unnötig zu erschrecken, kündigte sich Marina Pascale leise an, hallo, Frau Hilpert? Dürfen wir reinkommen?
Die Frau am Balkon gab keine Antwort, sondern saß stocksteif im Gartensessel und starrte auf die Grünanlage hinunter. Marina Pascale wagte sich bis auf den Balkon vor und erschrak bis ins Mark, als sie das verhärmte Gesicht von Manuela Hilpert sah. Kreuz und quer verlaufende Falten bildeten tief eingeschnittene geometrische Muster in der Haut. Die Lippen waren blass und blutleer. Der Blick besaß eine krankhafte Starre. Das einzig Hübsche an Manuela Hilpert war die Pagenfrisur. Dennoch konnte Marina Pascale erahnen, dass sie einmal eine sehr schöne Frau gewesen sein musste. Manuela Hilpert trug eine blaugeblümte Hemdbluse und einen schlichten grauen Rock. Die dünnen und knotigen Hände lagen gefaltet am Unterbauch. Obwohl Marina Pascale und Marlon Urstöger bereits einige Minuten am Balkon standen, schien Manuela Hilpert ihre Anwesenheit nicht zu bemerken. Marlon Urstöger holte zwei Sessel aus dem Zimmer und stellte sie auf den Balkon.
Nachdem sie Platz genommen hatten, sagte Manuela Hilpert plötzlich mit hoher durchdringender Stimme erregt, seid willkommen, Freunde des Luzifers! Leider habe ich heute noch keine böse Tat vorzuweisen, aber ich gebe mir Mühe und ärgere die Pfleger und Pflegerinnen bei jeder nur erdenklichen Gelegenheit. Ich gebe auch den Ärzten fleißig Saures und treibe sie mit meiner Widerborstigkeit zum Wahnsinn. Hähä, sie lachte dämonisch, Freunde des Luzifers, ich tue alles, um euch zufriedenzustellen. Doch ihr wisst, ohne Übung ist noch keine Meisterin aus der Hölle emporgeschossen.
Die Kriminalinspektoren schwiegen bestürzt.
-Die Freunde des Luzifers sind unzufrieden. Oje. Was kann ich tun, um euer Wohlgefallen zu wecken? Ich lege reumütig

die Beichte vor euch ab. Die Nachbarin vom Zimmer nebenan hat mich heute Morgen um Zahnpasta gebeten und ich habe ihr eine Tube gegeben. Das war ein unverzeihlicher Fehler. Nächstenliebe ist eine Todsünde. Schont mich nicht! Die härteste Strafe ist nicht hart genug für die Mutter des Antichristen.
Marlon Urstöger knetete nachdenklich das Kinn.
Marina Pascale atmete tief durch und sagte im Flüsterton, Frau Hilpert, Sie haben Ihr Kind beerdigen müssen, nicht wahr?
Manuela Hilpert drehte den Kopf abrupt zu Marina Pascale, der starre Blick ging in ein nervöses Flackern über.
Marina Pascale hakte nach, was ist damals mit Ihrem Sohn Julian geschehen?
Die sehr dünnen und knotigen Hände lösten sich ruckartig voneinander, tasteten die Oberschenkel entlang und umfassten die spitzen Knie. Manuela Hilpert senkte den Kopf und nahm eine Demutshaltung an. Marlon Urstöger schaltete das Diktiergerät ein. Bis sich Manuela Hilperts Zunge löste, zeichnete der Rekorder nur Vogelgezwitscher auf.
-Ich, sagte sie schließlich und stöhnte, habe Julian totgefahren. Schnee ist vom Himmel gefallen und Weihnachten stand vor der Tür. Julian ist ausgerutscht und lag in der Zufahrt vor unserem Haus am Boden. Ich habe ihn übersehen und mit dem Auto überrollt.
-Ihr Mann hat ausgesagt, dass Julian bereits tot am Boden lag und sie ihn nicht getötet haben. Erinnern Sie sich? Ihr Mann hat beobachtet, wie Julian vorher von einem Mercedes erfasst wurde.
-Klaus hat den Mercedes nur erfunden, um mich von der Last der Schuld zu befreien.
-Die Obduktion hat eindeutig ergeben, dass Julian zweimal überfahren worden ist. Der Mercedes war keine Erfindung, Frau Hilpert. Der Mercedesfahrer hat Ihren Sohn getötet, nicht Sie!

-Freunde des Luzifers, es ist euer Recht, mich zur Strafe zu quälen. Schlagt mich. Peinigt mich. Zerstört mich. Werft mich in das sengende Feuer des Schmerzes. Ich bin eine Kindsmörderin. Eine Mutter, die ihr eigenes Kind gefressen hat. Julian ist damals von einer Geburtstagsfeier gekommen. Ein Klassenkamerad hat eine feucht fröhliche Party steigen lassen. Julian war sehr vergnügt und ich habe ihm die gute Stimmung verdorben. Kurz vor Weihnachten ist er gestorben. Schnee ist vom Himmel gefallen und das ganze Land ist weiß gewesen und Weihnachten stand vor der Tür.
-Kennen Sie Franz Plasser? Er ist Taxiunternehmer und sieht Kaiser Franz Josef verblüffend ähnlich. Er hat zwei Söhne. Rudolf und Ferdinand.
-Ferdinand? Ja, ich kenne ihn. Er ist genauso alt wie Julian. Ferdinand ist nur drei Stunden nach Julian zur Welt gekommen. Annamirl hat schlimme Wehen gehabt. Es war eine schwierige Geburt. Sie war danach sehr geschwächt. Als sich Annamirl wieder erholt hat, sind wir oft am Krankenhausbuffet zusammengesessen und haben einander so manches Geheimnis anvertraut.
-Ferdinand Plasser ist ermordet worden.
-Ermordet? Der arme Bub! Weiß mein Mann von dem Unglück?
Marina Pascale wunderte sich über die Frage und über die Besorgnis in der Stimme.
Sie nickte und fragte, steht Ihr Mann in einer besonderen Beziehung zu Ferdinand Plasser?
-Nein, es ist nur, weil Julian und Ferdinand fast zu derselben Zeit auf die Welt gekommen sind. Und nun sind beide tot. Sie sind unter dem gleichen Unstern geboren. Annamirl tut mir leid. Der Schmerz des Verlustes ist unerträglich. Freunde des Luzifers, lasst uns gemeinsam die Welt auslöschen! Stürzen wir die Erde in den Untergang! Machen wir der Menschheit ein Ende!
Marlon Urstöger schaltete das Diktiergerät ab und dachte, das ist starker Tobak, Manuela Hilpert ist vom Wahnsinn ge-

bissen. Marina Pascale erhob sich langsam vom Sessel und bedauerte die schwer traumatisierte Frau von ganzem Herzen.

Im nichtssagenden Fertighaus der Familie Ramskogler stand das Barometer ebenfalls auf Sturm. Die Familie saß versammelt am Küchentisch und nahm das Mittagessen ein. Steff hielt den Löffel steil und verkrampft und schlang das Erdäpfelgulasch wie ein hochgezüchteter Windhund – der nur einmal am Tag eine Miniportion Futter bekommt – hastig hinunter und wippte nervös mit den Beinen. Leni beobachtete die raubtierhafte Gier mit Sorge und das gute Essen schmeckte ihr nicht. Indes sich die sechsjährige Auguste aufs Löffeln konzentrierte, beobachtete die achtjährige Helene den Vater. Als Steff den Teller leer gegessen hatte, knallte er den Löffel geräuschvoll auf den Tisch. Er sprang hoch und holte eine Flasche Bier aus dem Kühlschrank, öffnete eine Schublade und durchwühlte das Innere hektisch nach einem Bieröffner.
Da er keinen fand, stieß er einen abscheulichen Fluch aus und schimpfte, Leni, du verdammte Schlampe, hast du wieder einmal den Bieröffner versteckt, was? Hoffentlich beißt du bald ins Gras!
Die beiden blonden Mädchen erschraken und blickten den Vater furchtsam an. Leni ging zur geöffneten Schublade. Sie griff hinein und hielt Steff den Bieröffner hin. Er knurrte und riss ihr das Utensil unwirsch aus der Hand. Danach drehte er den Sessel um und setzte sich in Cowboy-Manier – mit gespreizten Beinen, die Arme auf die Lehne gestützt – an den Tisch. Er setzte die Bierflasche an und gurgelte das Getränk in großen Schlucken hinunter.
Die altkluge Helene bemerkte, Papa, die Lehrerin hat uns beigebracht, dass Autofahrer kein Bier trinken dürfen. Wer betrunken fährt, gefährdet das Leben der anderen Verkehrsteilnehmer. Außerdem ist es verboten, betrunken zu fahren.

Steff knurrte und plärrte, depperte Göre, was weißt du schon! Deine Lehrerin ist eine stadtbekannte Schwanzgarage, die treibt es mit jedem, von der hab´ ich mir gar nichts vorschreiben zu lassen, die soll lieber vor der eigenen Tür kehren. Ich trinke so viel Bier, wie ich will, merk dir das! Halt deinen dummen Schnabel, sonst hau ich dir eine rein.
In Leni stieg Wut hoch.
Ehe sie Steff kritisieren konnte, ergriff Helene abermals das Wort, die Lehrerin ist sehr lieb und sehr gerecht. Ich glaube ihr mehr als dir, Papa. Wenn du Bier trinkst und danach Auto fährst, sage ich es der Lehrerin, damit sie die Polizei holen geht.
Steff schnellte hoch und langte Helene eine. Leni packte seinen Arm. Steff entwand sich ihrem Griff und verpasste ihr ebenfalls eine schallende Ohrfeige. Aber Leni ließ sich nicht einschüchtern und packte wiederum Steffs Arm und biss zu. Helene unterstützte die Mutter und schlug die Zähne in Steffs Hand. Er bekam Helene mit der Linken an den Haaren zu fassen und schleuderte sie mit einem Griff zu Boden. Die sechsjährige Auguste fing am Tisch zu weinen an. Helene rappelte sich hoch und unterstützte die Mutter beim entbrannten Zweikampf, indem sie gegen des Vaters Schienbein trat – und zwar so heftig, dass Steff vor Schmerz jaulte. Leni konnte sich aus seiner Umklammerung lösen und flüchtete ins Badezimmer und schloss sich von innen ein.
Steff stieß Helene beiseite und trat gegen die Badezimmertür und schrie aus Leibeskräften, mach sofort auf, Pfaffenbankert, scheinheiliges, sonst schlag ich die Tür ein!
Leider brannten bei Steff alle Sicherungen durch. Er nahm sich Anlauf und warf sich mit der Schulter gegen die Tür, die unter dem Aufprall seines Körpergewichtes ächzte. Leni bekam im Badezimmer die helle Panik, als Steff ein zweites Mal gegen die Tür krachte. Ihr Herz schlug bis zum Hals. Da das Badezimmer nur zwei schmale Lichtschlitze besaß, existierte kein Fluchtweg. Jetzt ist es so weit, dass Steff sich und andere gefährdet, ging es Leni durch den Kopf, wie kann ich

ihn stoppen und ein Unglück verhüten? Ich muss ihm die Tür aufmachen. Sie bewaffnete sich mit einer langstieligen Rückenbürste und drehte den Schlüssel im Schloss. Steff hörte das Geräusch. Leni steckte vorsichtig den Kopf durch den Türspalt. Steff holte aus und schlug ihr ins Gesicht. Aus Lenis Nase tropfte Blut. Helene lief aus dem Haus zum gegenüberliegenden Bauernhof. Der Binder Bauer stand auf einer Leiter in der Krone eines Zwetschkenbaums und schaute verdutzt hinunter, als er Helene unten schreien hörte, schnell hilf uns, der Papa bringt die Mama um!

Der Binderbauer kraxelte langsam von der Leiter herunter und sagte zu Helene, ja, Mäderl, du bist ja ganz blass, und fragte, was tut dein Papa? Rauft er mit der Mama?

Helene nickte und antwortete aufgeregt, sie geben sich Watschen und Mama blutet.

-Oje, meinte der Binder Bauer behäbig, dann geht's um die Wurscht. Wir marschieren jetzt in die Bauernstube und rufen den Wimmerlbomber an, damit er für Ordnung sorgt.

Der Binderbauer nahm das verstörte Mädchen an der Hand und wählte die Nummer der Polizeidienststelle Bad Ischl. Inzwischen schlug Leni mit der langstieligen Rückenbürste auf Steff ein. Auguste verkroch sich unter dem Küchentisch und hielt sich zusammengekauert die Ohren zu. Steff war über Lenis erbitterte Gegenwehr erstaunt und fragte sich, was in aller Welt in die Sanftmut in Person gefahren sein mochte, da sie sich plötzlich wie ein weiblicher Rambo gebärdete. Leni versetzte Steff einen Schlag um den anderen. Es tat gut, den angestauten Aggressionen freien Lauf zu lassen. Als Steff genug gestaunt hatte und wieder aktiv ins Gefecht eingriff – bekam er Leni an den Haaren zu fassen. Während sie aufkreischte, riss er ihr die langstielige Rückenbürste aus der Hand. Lenis Kopfhaut brannte wie Feuer. Er zerrte sie unbarmherzig am Haar und zwang sie auf die Knie. Die Situation entspannte sich für einen Moment und beide konnten Atem schöpfen. Doch der Waffenstillstand währte nur kurz.

Obwohl Leni im Augenblick eindeutig die Unterlegene war, brüllte sie Steff an, du bist vollkommen wahnsinnig! Du bist geisteskrank und musst behandelt werden. Ich wette, du hast Ferdi umgebracht. Warum hast du das gemacht? Der arme Kerl hat dir nichts getan!
Lenis Worte trieben den Streit zur Eskalation. Steff ließ Lenis Haare los. Sie stand auf. Er rang um Fassung, schnaubte und schloss die Augen, weil die Anschuldigung ungeheuerlich war, dann holte er aus und versetzte Leni einen Faustschlag ins Gesicht. Leni taumelte nach rückwärts und konnte sich nur mit Mühe aufrecht halten. Sie starrte Steff entgeistert an und sah in seinen Augen den Wahnsinn flackern. Leni wurde schlagartig klar, dass Steff alles zuzutrauen war. Sie wurde von einer nie da gewesenen Furcht ergriffen und bangte um ihr Leben.
Um Steff zu besänftigen, sagte sie, entschuldige bitte, ich bin so zornig auf dich, dass ich nicht mehr weiß, was ich sage.
Steff funkelte sie böse an und brüllte, ja, das hast du richtig erkannt. Du bist wahnsinnig, nicht ich! Dich muss man weg sperren!
Leni zitterte am ganzen Leib. Steff war unberechenbar. Er packte sie am Oberarm und zerrte sie knurrend ins Badezimmer. Er zog innen den Schlüssel ab und sperrte Leni von außen ein. Als Steff das Haus verließ und zur Garage gehen wollte, wurde er von Erwin Wimmer gestellt.
-Uniformierter Sautrottel, bellte Steff den Stadtpolizisten an, dich hat niemand bestellt. Schau, dass du einen Abgang machst. Geh Strafzettel schreiben! Du hast eh zehn Jahre für den Sonderschulabschluss gebraucht.
Bin ich hier für alle der Fußabstreifer, dachte der nach Luft schnappende Erwin Wimmer beleidigt, dem Schandmaul werde ich Manieren beibringen.
Er zog die Waffe und schrie, Hände auf den Rücken!
-Geh, lass die Faxen! Den wilden Mann nimmt dir keiner ab! Erbärmlicher Hosenscheißer! Dir rutschen doch vor Angst die Windeln bis zu den Knien!

Nun war für Erwin Wimmer das Maß der Provokation voll und er feuerte einen Warnschuss ab. Der Knall ließ den Taxl-Steff zusammenzucken, aber danach wurde er sofort wieder frech, bravo, der Sonderschüler kann schießen, da freut sich die Mama! Lass mich ihn Ruhe. Leb deine Komplexe gefälligst woanders aus! Scher dich weg! Ich muss Geld verdienen. Mir schenkt der Staat nichts, weil ich nämlich kein Debiler bin. Also, Windelbubi, husch, husch, lauf schnell heim und kusch, kusch unter Mamas Rock.
Der Stadtpolizist lief rot an und setzte Steff den Pistolenlauf auf die Brust und herrschte ihn an, mitkommen, einsteigen und gusch!
Nun merkte sogar der Taxl-Steff, dass es dem Wimmerlbomber ernst war und so stieg er – wenn auch widerstrebend – in das Polizeiauto ein. Schaulustige Nachbarn beobachteten das Geschehen und mancher dachte schadenfroh, endlich kriegt der Ungustl sein Fett ab. Als das Polizeiauto abgefahren war, waren Lenis Hilfeschreie bis auf die Straße zu hören. Die Nachbarn schüttelten über die Unfähigkeit des Stadtpolizisten den Kopf. Zuerst wollte sich keiner in die Angelegenheiten der Familie Ramskogler einmischen, doch dann nahm sich einer ein Herz und ging ins Haus, um die eingesperrte Leni zu befreien.
Als Leni vom Nachbarn hörte, dass Steff von der Polizei abgeführt worden war, sagte sie, Gott sei dank! Ich habe um mein Leben gebangt.

Anschließend ließ sie den Nachbarn stehen und fuhr, obwohl sie stark aus der Nase blutete, mit dem Mercedes weg. Die achtjährige Helene betrat zusammen mit dem Binder Bauer das Haus und suchte die kleine Schwester und war überglücklich, als sie Auguste unter dem Küchentisch fand.
Helene redete beruhigend auf Auguste ein, du kannst herauskommen. Niemand tut dir was. Papa ist fort.

Inzwischen raste Leni Ramskogler zur Polizeidienststelle und beabsichtigte ihren Mann wegen Körperverletzung anzuzeigen. Mit Blut im Gesicht eilte sie in das Gebäude und ver-

langte nach Erwin Wimmer, der gerade den Taxl-Steff einvernahm.
Leni ignorierte ihren Mann und sagte zum hinter dem Kompjuter sitzenden Wimmerlbomber, Erwin, schreib auf, dass Steff meine Töchter und mich geschlagen hat. Ich verlange die Wegweisung von unserem Haus! Er ist geisteskrank und muss sich in psychiatrische Behandlung begeben. Außerdem glaube ich, dass Steff Ferdinand Plasser erschossen hat. Er war in jener Nacht nicht zu Hause und hat mir nie gesagt, wo er sich herumgetrieben hat.
Der Wimmerlbomber schnaufte und erwiderte, Leni, das sind sehr schwere Anschuldigungen, überdenke deine Aussage bitte noch einmal in Ruhe. Möchtest du sie tatsächlich in der Form beibehalten?
-Ich bleibe dabei, sagte Leni fest, meine Töchter und ich lassen uns von Steff nicht länger schikanieren. Und ich bin überzeugt, dass er den armen Ferdi umgebracht hat. Also schreibst du alles nieder!
Da Stefan Ramskogler Handschellen trug, konnte er nur mit den Füßen gegen seine Frau treten. Der Stadtpolizist Buchböck ging dazwischen und führte den Wutschäumenden Taxl-Steff in eine Zelle ab. Leni seufzte tief und setzte sich.
Der Wimmerlbomber gab ihr ein Papiertaschentuch zum Blut abwischen und sagte, der Mord ist Sache der Kripo. Ich verständige die zuständigen Ermittler. Sie werden sich mit deiner Aussage befassen.
-Danke, sagte sie und bemerkte, du hast ja fast keine Wimmerln mehr. Wie hast du das geschafft?
-Ich bin endlich raus aus der Pubertät, scherzte Erwin Wimmer, manche sind halt echte Spätzünder.
-Ohne Wimmerl schaust du direkt fremd aus, sagte Leni, ich muss mich erst an dein neues Gesicht gewöhnen.
-Wem sagst du das, ich auch. Die Umstellung ist schlimmer als eine Raucherentwöhnung. Meine Hände jucken und wollen dauernd Wimmerl ausdrücken. Das Nichtstun macht sie

fix und fertig! Genug geplaudert. Ich rufe Frau Inspektor Pascale in Linz an.
-Ist das die mollige Schwarzhaarige mit den Stöckelschuhen? Erkundigte sich Leni.
Marina Pascale und Marlon Urstöger saßen beim Wirt am Eck und sprachen über den tragischen Geisteszustand von Manuela Hilpert. Als sie im Begriff waren, sich ins Landespolizeikommando aufzumachen, rief Erwin Wimmer an und setzte sie in Kenntnis, dass Leni Ramskogler eine Aussage im Mordfall Plasser machen wolle. Daraufhin änderten die Kriminalinspektoren die Pläne, setzten sich ins Polizeiauto und fuhren nach Bad Ischl. Unterwegs stellten sie Spekulationen über die bevorstehende Aussage an. Im Salzkammergut trübte sich der Himmel ein. Die langanhaltende Schönwetterphase ging zu Ende. Die dünnen Altweiberfäden wurden von aufkommenden Böen zerrissen. Wolkenfetzen jagten über die Berggipfel. Erste Laubblätter wirbelten kreisend zu Boden. Auf den Wasseroberflächen der Seen wogten mystische Dunstschleier. Der Herbst hauchte dem Sommer nebligen Atem ein. Melancholie lag in der Luft.
Marina Pascale wurde auf der Polizeidienststelle Bad Ischl überschwänglich von Erwin Wimmer begrüßt, Frau Inspektor, schön, dass Sie uns beehren! Ich stehe Ihnen jederzeit zur Verfügung. Hatten Sie eine angenehme Fahrt? Darf ich Ihnen etwas zu trinken bringen?
Marlon Urstöger wunderte sich über die übertriebene Höflichkeit des Stadtpolizisten und dachte, dass dem Wimmerlbomber der Schleim bei den Ohrwascheln herausrinnt. Dann bemerkte er die verblüffende Veränderung: Die scheußliche Akne war beinahe verschwunden! Er konnte im Gesicht von Erwin Wimmer gerade einmal drei Wimmerl entdecken. Eins mitten auf der Stirn, eins auf der rechten Wange und eins am Kinn.
-Danke, ein Kaffee wäre prima, erwiderte Marina Pascale und blinzelte Erwin Wimmer vielsagend an, als sie sagte, gut schauen Sie aus!

Der Stadtpolizist platzte vor Stolz. Sein Grinsen reichte bis zu den Ohren.
Leni Ramskogler drängte sich in den Vordergrund und meinte pampig, ich warte seit zwei Stunden. Komm ich jetzt endlich an die Reihe?!
-Frau Ramskogler, antwortete Marina Pascale und setzte sich gegenüber, schießen Sie los!
-Mein Mann, der Steff, hob sie an, ist schizophren. Er ist nicht mehr zurechnungsfähig. Die Geisteskrankheit hat seine Persönlichkeit völlig zum Negativen verändert. Er ist entsetzlich reizbar geworden. Er beschimpft die Kinder und mich und schlägt uns ohne Grund. Ich bin völlig verzweifelt. Heute hätte er mir fast das Nasenbein gebrochen.
-In Ihrer Ehe gibt es Probleme, unterbrach Marina Pascale Leni Ramskogler, die nervös die Hände im Schoß knetete, das ist bedauerlich. Bitte kommen Sie zum Punkt. Was geschah in der Mordnacht? Haben Sie etwas Wichtiges beobachtet?
-Steff ist die ganze Nacht ausgeblieben. Er hat mir nicht gesagt, wo er gewesen ist. Das ist doch sehr verdächtig, oder? Steff hat den alten Plasser immer gehasst! Und seit er schizophren geworden ist, ist ihm alles Schlechte zuzutrauen. Ich glaube, er hat Ferdi umgebracht.
Der in einer Ecke stehende Marlon Urstöger verdrehte gelangweilt die Augen und dachte, die Frau weiß nichts Konkretes und stiehlt uns bloß die Zeit.
Auch Marina Pascale war enttäuscht und sagte, Frau Ramskogler, Vermutungen bringen uns keinen Schritt weiter. Wir brauchen handfeste Beweise.
-Verhören Sie den Steff doch, entgegnete Leni Ramskogler trotzig, fragen Sie ihn, wo er sich in der Mordnacht herumgetrieben hat! Ich bin seine Frau. Und muss es schließlich wissen. Noch einmal zum Mitschreiben: Ich glaube, dass mein Mann Ferdinand Plasser erschossen hat. Er war die ganze Nacht nicht zu Hause.

-Danke, Frau Ramskogler, meinte Marina Pascale matt, wir nehmen Ihre Aussage zur Kenntnis und protokollieren sie.
-Ist das alles, fragte Leni Ramskogler und schnellte empört vom Sessel hoch, ihr Ignoranten werdet eure Kurzsichtigkeit noch bereuen! Ich warte inzwischen so lange zu Hause, bis ihr angekrochen kommt, um mir zu sagen, dass ich recht gehabt habe.
Als Leni Ramskogler wütend bei der Tür hinausstürzte, fiel ein kühler Windzug in den Raum.
-Tut mir leid, entschuldigte sich Erwin Wimmer, die Aussage war wenig ergiebig.
-Sie haben nur Ihre Pflicht getan, meinte Marina Pascale gütig, ich hoffe, dass ich keinen Fehler mache, aber ich denke, Frau Ramskogler wollte sich nur den Ehefrust von der Seele reden. Freilich der Rest eines Zweifels bleibt immer. Wie denkst du über die Sache, Marlon?
Der blonde Riese machte eine abfällige Handbewegung und stimmte ihr zu, am besten vergessen wir das nichtssagende Blabla ganz schnell wieder und wenden uns der anderen Spur zu.
-Ach, es gibt noch eine andere Spur, sagte Erwin Wimmer begeistert, das ist super. Frau Pascale, Herr Urstöger, ich wünsche Ihnen beiden viel Erfolg!

24.

Das nackte Grauen

Marina Pascale traf ihren Exmann Karl-Josef Till und Marco abends im Wohnzimmer der Plattenbauwohnung an. Vater und Sohn waren in ein Gespräch vertieft. Sie grüßte die beiden kurz, streifte im Flur die Stöckelschuhe ab und ging ins Schlafzimmer, um etwas Bequemes anzuziehen. Die Küche war eine einzige Baustelle. Eine Wand war für die Verlegung neuer Leitungen aufgestemmt worden. Der nackte Betonfußboden war von einer dicken Staubschicht überzogen. Die Handwerker hatten einen Werkzeugkasten, drei leeren Bierflaschen und ein schmutziges Kofferradio an der Wand stehen lassen. Obwohl der Raum entsetzlich kahl war, empfand sie es als große Wohltat, die gelbe Nullachtfünfzehn-Küche auf den Müll geworfen zu haben. Sie schloss die Augen und stellte sich die neue Küche vor. Als die Fantasie so richtig in Schwung kam und das Bild Gestalt annahm, klingelte das Diensthändi. Marlon Urstöger hatte gute Neuigkeiten: Die vermisste Anna Blohberger wurde in Bad Ischl stark unterkühlt aufgefunden. Die junge Frau hatte versucht, sich in der Traun zu ertränken, doch der Lebenswille hatte sich als stärker erwiesen und hat sie wieder ans Ufer schwimmen lassen. Marina Pascale bedankte sich und ersuchte ihn, zum geplanten Großeinsatz am kommenden Tag pünktlich, um sechs Uhr morgens zu erscheinen. Da Marco und sein Vater sich einen lautstarken Wortwechsel im Wohnzimmer lieferten, zeigte sie ihnen den Vogel. Doch die zwei stritten leidenschaftlich weiter, ohne sie zu beachten. Sie stemmte die dichten, dunklen Augenbrauen hoch, zuckte die Schultern und brüllte, hallo, ihr beiden Streithähne, Ohrwascheln aufgesperrt! Ihr habt noch genau zehn Minuten Zeit, um euch gegenseitig zu zerfleischen. Danach möchte ich, dass Ruhe herrscht. Ich habe morgen einen harten Tag.

Keine Widerrede, alles folgt meinem Kommando, sonst kracht's!

-He, Mama, beschwerte sich Marco, du führst dich auf wie eine durchgedrehte Flintenlady aus einem billigen Western.

-Also, Marina, ich finde, dein Ton lässt in der Tat sehr zu wünschen übrig, tutete Professor Karl-Josef Till in dasselbe Horn, falls du echauffiert bist, rate ich zu einem Wannenbad, das entspannt die Nerven ungemein.

-Das ist meine Wohnung, konterte sie fix, hier bestimme ich die Spielregeln. Noch ein falsches Wort und ich schmeiße euch beide hochkant hinaus.

-Wir sollten bei deiner Mutter Nachsicht walten lassen, sagte Professor Karl-Josef Till mitleidig lächelnd zu Marco, vermutlich leidet sie unter ernsten Zivilisationsschäden. Übermäßiger beruflicher Stress, soziale Desintegration, Fettleibigkeit und Alkoholismus können verheerende Psychosen anrichten.

Marina Pascale fletschte die makellos weißen Zähne und stürzte sich auf den Exmann, packte ihn am Sakkokragen, bohrte ihm das Knie in den Bauch und schüttelte ihn aufs Heftigste, sofort raus hier oder ich vergesse mich! Für Besserwisser und Oberlehrer ist hier kein Platz! Verschwinde!

-Mama, mischte sich Marco ein, Papa hat es doch nur gut gemeint. Es ist doch wahr, dass du wegen jedem Schaas immer gleich auf hundertachtzig bist.

-Fall du mir auch noch in den Rücken! Ein herzliches Dankeschön. Du kannst deinen Vater gleich begleiten. Übrigens, Karl-Josef, ich erwarte, dass du dich in der Schadensersatzfrage mit Doktor Katzenbeißer einigst! Und jetzt Abgang, Marsch!

Mit hängenden Schultern und gesenkten Köpfen verließen Vater und Sohn wie geschlagene Hunde die Wohnung. Als die Tür ins Schloss fiel, dachte Marina Pascale selbstzufrieden, den beiden hab ich's ordentlich gezeigt! Zivilisationsschäden, Psychosen, Alkoholismus, Fettleibigkeit, so einen Stuss muss ich mir wirklich nicht anhören!

Als Stille eingekehrt war, und sie sich beruhigt hatte, zündete sie im Badezimmer eine Rosenduftkerze an und ließ Wasser in die Wanne ein. Als Badezusatz gab sie einen Schuss Melissenöl bei. Auf der Waschmaschine war ein Radio abgestellt. Sie schaltete es ein. In den Nachrichten kam eine Meldung über einen brutalen Raubmord in Wien. Rasch wechselte sie den Sender. Ein melancholischer Schlager von Christian Anders erklang, *es fährt ein Zug nach nirgendwo, bald bist auch du, genau wie ich allein. Sag doch ein Wort, sag nur ein Wort, und es wird alles so wie früher sein.*
Da der Text die negative Stimmung verstärkte, wechselte sie abermals den Sender. Roy Black und Anita sangen, wie bestellt, *schön ist es, auf der Welt zu sein, sagt die Biene zu dem Stachelschwein. Du und ich wir stimmen ein, schön ist es, auf der Welt zu sein. Schön ist es, auf der Welt zu sein, wenn die Sonne scheint für groß und klein.*
Marina Pascale aalte sich genüsslich in der Wanne und sang fröhlich mit, *schön ist es, auf der Welt zu sein.*

Am nächsten Tag empfand sie den Schlagertext als blanken Hohn. Die Brutalität des Polizeidienstes schlug mit besonderer Härte zu. Der Sondereinsatz in Bad Ischl sollte Marina Pascale für immer im Gedächtnis haften bleiben. Punktgenau um sechs Uhr morgens umstellten acht Cobrabeamte das zweistöckige Haus des Tierpräparators an der Bundesstraße. Sämtliche Vorhänge waren zugezogen. In der Luft lag ein Ruch von herbstlicher Verwesung, der von herabgefallenen Laubblättern herrührte. Es war vollkommen windstill. Der Pendlerfrühverkehr hatte noch nicht eingesetzt und den angespannten Polizisten drang bloß Vogelgezwitscher ans Ohr. Marlon Urstöger ging hinter einem Holzstoß in Deckung und fluchte, als er am beigen Staubmantel einen braunen Harzfleck entdeckte.
Neben ihm flüsterte Marina Pascale, Kalteis liegt noch in den Federn und wird gleich eine Bombenüberraschung erleben.
-Hoffentlich ist der Tierpräparator tatsächlich der Täter, erwiderte Marlon Urstöger skeptisch.

Auf ein Zeichen des Einsatzleiters rückten zwei Cobrabeamte zur Haustür vor. Einer durchschlug mit dem Lauf der Maschinenpistole die dicke Glasraute in der Mitte der Tür. Er griff durch die entstandene Lücke und öffnete die Tür von innen. Die zwei Cobrabeamten stürmten mit angelegten Maschinenpistolen ins Haus. Zwei weitere folgten nach. Im Parterre trafen die Männer niemand an. Sie liefen die Treppe hoch und durchsuchten die Räume im oberen Stockwerk. Als Klaus Kalteis im Schlafzimmer die Augen aufschlug, blieb ihm vor Schreck die Luft weg – es waren vier Maschinenpistolen auf ihn gerichtet!
Draußen gab der Einsatzleiter ein Handzeichen. Klaus Kalteis war gestellt worden. Marina Pascale und Marlon Urstöger ließen trotzdem Vorsicht walten und näherten sich mit gezogener Glock dem Haus. Marina Pascale stöckelte in geduckter Haltung langsam voraus. Marlon Urstöger warf einen entrüsteten Blick auf die hohen Absätze und dachte, die Scheißstelzen sind lebensgefährlich, das Schizo-Fasserl ist echt total tilt.
Der Tierpräparator saß aufrecht im Pyjama im Bett. In den tief liegenden, kleinen braunen Augen brannten Verachtung und Hass. Die Cobrabeamten hielten Klaus Kalteis nach wie vor mit Maschinenpistolen in Schach. Marina Pascale steckte die Glock in den Halfter und blickte forschend in das ebenso schmale als auch ovale Gesicht des Tierpräparators, dessen frostige Ausstrahlung Schaudern machte. Marlon Urstöger hielt sich im Hintergrund und beobachtete das Szenario aus der Distanz. Beklemmende Stille erfüllte das spartanisch eingerichtete Schlafzimmer, das an ein billiges Hotelzimmer für Durchreisende erinnerte. Klaus Kalteis schwieg mit versteinerter Miene.
Marina Pascale nahm sich einen Anlauf und kündigte sachlich an, Herr Kalteis, wir durchsuchen Ihr Haus und Ihre Werkstätte. Sie stehen im Verdacht Ferdinand Plasser erschossen und seine Leiche entwendet zu haben. Möchten Sie sich dazu äußern?

Klaus Kalteis blickte stur geradeaus und gab keinen Laut von sich.
-Während wir uns umsehen, sagte Marina Pascale, ziehen Sie sich bitte etwas an.
Beim Hinausstöckeln warf sie Marlon Urstöger einen beunruhigten Blick zu. Plötzlich saß ihr der Zweifel im Nacken.
Er flüsterte im Flur, der Typ ist ein Eisblock und schlimmer als ganz Sibirien. Da friert einem vor lauter Gruseln glatt der Schwanz ab.
Sie blickte schmunzelnd auf seine Hose und fragte, wo fangen wir an?
-Gleich hier. Wir arbeiten uns von oben nach unten durch. Da schau, er stieß die nächste Tür auf, das dürfte das ehemalige Zimmer von Julian Kalteis sein.
-Großer Gott, rief sie entsetzt und hielt sich wegen des stickigen Miefs die Nase zu, hier ist seit Jahren nicht gelüftet worden! Das ist die reinste Gruft hier. Die Staubschicht ist unglaublich dick.
Marlon Urstöger betrachtete ein Wandposter der Band Metallica und öffnete dann den Schrank, der mit Julians Kleidung angefüllt war. Marina Pascale durchwühlte die Schubladen des Schreibtisches und las die Titel der Bücher und DVDs am Wandregal: Herr der Ringe; Star Wars; Der Graf von Monte Christo; Die Jediritter; Stirb langsam; Alien; Weltraumpartisanen; Terminator; Galaxy Blues; Jurassic Park; Star Trek; Conan der Barbar; Amageddon – Das jüngste Gericht. Anschließend nahmen sie den nächsten Raum in Augenschein. In der Mitte stand ein altmodisches Doppelbett, das aus Großmutters Zeiten stammte. Rosarote Blümchenvorhänge verkitschten das antiquierte Schlafzimmer zusätzlich. Schränke und Nachtkästchen waren leer. Im daneben liegenden Badezimmer fanden die Kriminalinspektoren eine Reihe von Kosmetika. Klaus Kalteis legte auf ein gepflegtes Aussehen Wert. Marina Pascale hielt sich am Geländer fest, als sie die glatt polierte Holzstiege in den ersten Stock hinunter stöckelte. Marlon Urstöger zog die Stirn in Falten und

dachte, hoffentlich bricht sich das Schizo-Fasserl nicht das Genick. Gleich links lag die Küche. Sie war sauber und aufgeräumt. Nur ein Sandwichmaker und eine angebrochen Großpackung Toastbrot standen neben der Spüle. Im Kühlschrank lagerten mindestens ein Dutzend Dosen Almdudler sowie in Folie eingeschweißter Toastkäse und Toastschinken, eine Dose Ananas und eine große Flasche Ketchup.

-Beim Anblick der frugalen Lebensmittelvorräte würde es Paul Bocuse die Tränen in die Augen treiben, sagte Marina Pascale, es ist mir unbegreiflich, wie sich jemand freiwillig in derartige Niederungen der Geschmacklosigkeit begeben kann.

-Es gibt Menschen, meinte Marlon Urstöger, für die Essen reine Nebensache oder lästige Notwendigkeit ist. Ich, er streichelte stolz den stattlichen Bauch, bin zum Glück anders gepolt.

-Du vergisst deine Schokoriegelorgien, sagte sie spitz, von lukullischen Höhepunkten kann da nicht die Rede sein.

-Du bist jetzt besser ganz still, konterte er, nur eine kulinarische Wildsau trinkt *Red Bull*. Der Enertschiseich schmeckt wie ranzig gewordener Hustensaft.

-Okay, wir sind quitt. Schauen wir die Küchenkästchen durch.

Der Einsatzleiter der Cobra kam herein und erkundigte sich, Frau Pascale, haben Sie schon was?

Sie schüttelte den Kopf und antwortete, noch nicht, aber wir geben uns Mühe.

Nach fünf Minuten sagte Marlon Urstöger, hier ist gar nichts. Schauen wir uns die Werkstätte an.

Hinter der Metalltür tat sich ein großer Raum auf. Ein markantes Geruchspotpourri aus Verwesung, Moos, verbranntem Horn und faulen Eiern schlug ihnen entgegen.

-In welchem Horrorfilm sind wir denn jetzt gelandet, äußerte Marina Pascale bestürzt, das sieht hier aus wie Frankensteins Versuchslabor!

-Die Gänsehautfabrik kann sich sehen lassen, pflichtete ihr Marlon Urstöger bei, da jagt es einem die Katze den Buckel herauf.
An der Decke hingen unzählige Tierkadaver mit dem Kopf voran: Marder, Dachse, Hasen, viele Füchse, ein kleiner Schoßhund, etliche Fledermäuse, eine Katze, Fasane, Rebhühner, ein Bussard, ein Habicht, Wildenten, ein Auerhahn, ein Fischreiher, Waldkäuze, Uhus und kleine Singvögel. Am Arbeitstisch befand sich ein fast fertig präparierter Waller, dem nur noch die Glasaugen fehlten und eine angriffslustig aufgerichtete Kreuzotter, die sich auf einem Ast ringelte. In einer Holzkiste stapelten sich gegerbte Felle. Am Fußboden standen Plastikflaschen mit Chemikalien. An der Wand befanden sich ein Spind und ein Giftschrank, auf dem ein schwarzer Totenkopf angebracht war. Ein bodenlanger, schmutziger, brauner Vorhang diente als Raumteiler und verdeckte den hinteren Teil der Werkstätte.
-Ich seh mir den Giftschrank an, tat Marina Pascale kund und kitzelte den schwarzen Totenkopf am Kinn, kille, kille, kleiner Freund, scherzte sie, ich hab´ keine Angst vor dir und mach, was ich wille.
Marlon Urstöger verdrehte die Augen, zog ebenfalls Plastikhandschuhe an und nahm sich die Fächer einer alten Kommode vor, die zur Werkzeugaufbewahrung verwendet wurde. Hinter Messern und Schleifsteinen lehnte ein Rohr aus Styropor. Aufgeregt nahm er das weiße Teil in die Hand. Dahinter kam eine Pistole zum Vorschein.
-Ha, rief er triumphierend, ich habe das Corpus delicti gefunden, komm Marina, schau dir die Sig-Sauer P 226 an, und hier, er hielt ihr das Styroporrohr vor die Augen, haben wir sogar den dazugehörigen, selbst gebastelten Schalldämpfer!
-Bravissimo, jubelte sie, du arbeitest exzellentissimo! Somit ist Klaus Kalteis des Mordes an Ferdinand Plasser überführt!
-Jetzt müssen wir nur noch herausfinden, was er mit der Leiche gemacht hat.

-Soll ich Kalteis dazu befragen oder suchen wir auf eigene Faust weiter?
-Der Eisblock sagt sowieso nichts, meinte Marlon Urstöger, er hat die Tatwaffe weder versteckt noch entsorgt. Meine Nase sagt mir, dass sich die Leiche in der Nähe befindet.
-Wenn es nach dem Fäulnisgeruch hier drinnen geht, kann sie tatsächlich nicht weit sein.
-Der braune Vorhang sticht mir die längste Zeit ins Auge, sagte er, ich frage mich, was sich dahinter verbirgt?
-Das haben wir gleich, sagte Marina Pascale und stöckelte entschlossen auf den Raumteiler zu.
Sie zog die rechte Stoffbahn energisch zur Seite. Weil die Vorhangschiene seit Jahren nicht geölt worden war, entstand ein unangenehmes, schneidendes, metallenes Geräusch. Hinter dem Vorhang standen drei große durchsichtige längliche Apparate, die wie Zeppeline im Kleinformat aussahen. Zunächst betrachtete Marina Pascale die transparenten Röhren nachdenklich. Marlon Urstöger blickte ihr über die Schulter und kratzte sich irritiert am Hinterkopf. Bei näherem Hinsehen gerann den Kriminalinspektoren das Blut in den Adern. Ihre Augen weiteten sich vor Entsetzen. Sie hielten die Luft an. In der mittleren Röhre befand sich zwischen kleineren Tierkadavern ein Mensch.
-Bist du deppert, entfuhr es Marlon Urstöger, der Kalteis ist komplett gestört. Der Mann ist von allen Teufeln geritten! Erst bringt er den Burschen um und dann schaut er sich das Opfer auch noch jeden Tag an! Der Typ ist vollkommen irr!
-Offenbar wollte Kalteis die Leiche in der Röhre des Gefriertrockners konservieren, dachte Marina Pascale laut, vielleicht hat er vorgehabt, den Leichnam auszustopfen?
-Sei mir nicht böse, aber ich muss sofort an die frische Luft, sagte Marlon Urstöger panisch, sonst speib ich hier alles voll.
Während er sich draußen erleichterte, verharrte Marina Pascale in einer Art Schocklähmung. Sie rührte sich keinen Zentimeter von der Stelle weg, sondern betrachtete vor der Röhre stehend gebannt die eingeschrumpelte Haut des nack-

ten Leichnams und das eingetrocknete, faltige Gesicht. Das Denkvermögen war völlig blockiert. Der Einsatzleiter der Cobra stieß dazu. Beim Anblick der dehydrierten Leiche hielt er die Hand vor den Mund und gab erschüttert von sich, jessasna! Das ist ultrapervers! Frau Pascale, geht es Ihnen gut, fragte er besorgt, kommen Sie, er nahm sie am Oberarm, verlassen wir den gespenstischen Ort.
Marlon Urstöger stand im Freien vor einer Lache Erbrochenem und wischte sich mit dem Stofftaschentuch den Mund ab, in das seine Mutter das Monogramm M.U. eingestickt hatte. Als er das bleiche Gesicht von Marina Pascale weiß, leuchten sah, hörte er auf, sich für die eigene Übelkeit zu schämen. Unter einem alten Birnbaum stand eine Holzbank. Ächzend ließ er sich darauf nieder. Marina Pascale setzte sich neben ihn. Das Schweigen dauerte minutenlang. Die Grenze der Belastbarkeit war bei Weitem überschritten worden.
-Ich habe doch tatsächlich geglaubt, mich könnte nichts mehr erschüttern, sagte Marina Pascale schließlich leise, da wurde ich heute schnell eines Besseren belehrt.
-Ich trommle die Spuronauten und die Gerichtsmediziner zusammen, murmelte Marlon Urstöger mechanisch und zog das Händi aus der Manteltasche.
-Wenn's recht ist, machen wir uns auf den Rückweg, sagte der Einsatzleiter der Cobra, sollen wir den Täter abführen oder am Tatort lassen?
Marina Pascale antwortete, hier wird er vermutlich gesprächiger sein als im öden Vernehmungsraum. Legen Sie ihm Handschellen an und hängen Sie ihn irgendwo gut fest.
-Die Grampelhuber war wieder so was von ätzend arrogant und unausstehlich, beschwerte sich Marlon Urstöger nach dem Telefonat mit der Salzburger Gerichtsmedizinerin, jeder, der mit der Giftspritze in Kontakt kommt, stellt sofort die Patschen auf.
-Na ja, relativierte Marina Pascale, die Knirschmumie ist aber auch schwer zu ertragen. Sobald Doktor Zausek die Ge-

bisshälften im Mund hin- und herschrammt beginnt man zu frösteln.
-Da können wir uns ja richtig glücklich schätzen, sagte Marlon Urstöger sarkastisch, dass sie uns heute im Doppelpack beehren.
-Auweh, Bauchweh, Marina Pascale verzog schmerzhaft das Gesicht, mein Sohn Marco würde sagen, das ist echt hammerhart. Hast du den Humidor dabei?
Er nickte, holte die schwarze Aktentasche aus dem Auto und bot ihr ein Zigarillo an. Auf der vorbeiführenden Bundesstraße setzte der Frühverkehr ein. Die Sonne stieg höher und verströmte, über einer Bergkuppe platziert, angenehm wärmendes Morgenlicht. Marina Pascale legte den Kopf in den Nacken und blies den Rauch himmelwärts. Sie schnippte den Zigarillorest auf die Erde und trat das Glimmen mit der Laufsohle des Stöckelschuhs aus. Sie atmete kräftig durch. Marlon Urstöger packte das Diktiergerät aus der schwarzen Aktentasche und stand auf.

Klaus Kalteis saß in der aufgeräumten Küche. Eine Handschelle war am Elektroherd befestigt. Die andere am Griff des Backrohrs. Er wirkte vollkommen ruhig, so – als säße er stets an diesem Platz. Die Demütigung des Gefesseltseins schien ihm nichts auszumachen. Als Marlon Urstöger in die kalt flammenden Mörderaugen sah, reckte es ihn kurz. Tapfer drückte er die Aufnahmetaste des Diktiergerätes.
Marina Pascale sprach Klaus Kalteis im Stehen – sozusagen von oben herab – an, wir haben die Tatwaffe und das Opfer gefunden. Aus welchem Grund haben Sie Ferdinand Plasser erschossen?
Sein Leichenschänderatem kroch ihr kalt in die Nase, als er erregt gegenfragte, kennen Sie den Begriff der ausgleichenden Gerechtigkeit?
Sie nickte und dachte, endlich zeigt der Eisblock Emotion.
-Mein Sohn Julian musste sterben. Ferdinands Vater hat ihn mit dem Taxi totgefahren. Ich wollte dem dämlichen Operet-

tenkaiser eine Lektion erteilen. Er sollte am eigenen Leib erfahren, was es heißt, seinen Sohn zu verlieren.
-Und weshalb haben Sie Ferdinands Leiche in den Gefriertrockner gesteckt?
-Blöde Frage, ging Klaus Kalteis auf, natürlich, um sie zu konservieren.
-Ich verstehe nicht. Zu welchem Zweck?
Klaus Kalteis grinste dämonisch und leckte sich die Lippen. Fuck, dachte Marlon Urstöger, dem Schwein polier ich die Visage. Als Ersatzhandlung warf er das Diktiergerät krachend auf das Cerankochfeld.
-Heraus mit der Sprache, forderte Marina Pascale aggressiv.
-Das ist doch ganz simpel, äußerte Klaus Kalteis herablassend, ich wollte dem dämlichen Operettenkaiser eine Überraschung bereiten und ihm an Ferdinands Geburtstag die ausgetrocknete Leiche zum Geschenk machen.
Der Hass sprang die Kriminalinspektoren frontal an. Betroffen schloss Marina Pascale die Augen. Marlon Urstöger trat schnaufend in schneller Folge heftig gegen ein Küchenkästchen, dass es nur so donnerte und krachte.
-Mir reicht´s, sagte er schnaubend, und rannte aus der Küche.
Marina Pascale konnte die Nähe von Klaus Kalteis ebenso wenig länger ertragen und stöckelte dem Kollegen nach. Auf der Holzbank unter dem alten Birnbaum fielen beide ins Grübeln. Sie fragte, glaubst du, dass Franz Plasser Julian Kalteis tatsächlich totgefahren hat?
Er zuckte ratlos die Achseln und erwiderte matt, ich habe keine Ahnung, dann flüsterte er erschrocken, Gnade uns Gott, die Gerichtsmediziner rücken an!
  Im heranfahrenden Kleinbus klammerte sich Dr. Zausek ans Lenkrad. Da er stark kurzsichtig war, klebte das Mumiengesicht beinahe an der Windschutzscheibe. Dr. Leonilla Grampelhuber hockte am Beifahrersitz und zog eine Miene, als müsse sie todbringendes Giftgas einatmen.

-Man sieht sofort, die zwei sind wie immer ein Herz und eine Seele, bemerkte Marlon Urstöger spöttisch und rieb sich die Hände, ich liebe es, wenn sie sich gegenseitig beflegeln.
Leonilla Grampelhuber hüpfte aus dem Kleinbus und schlug die Tür energisch zu. Sie hielt den Arbeitskoffer in der Hand. Als sie Marina Pascale erblickte, dehnte sich der beißzangenartige Mund zu einem weichen Lächeln, Frau Inspektor Pascale, sagte sie überschwänglich, es ist mir eine Freude, sie zu sehen!
Marlon Urstöger wurde von ihr ignoriert. Männer waren ihr grundsätzlich keinen Gruß wert.
-Ich habe gehört, der Leichnam von Ferdinand Plasser soll dehydriert sein, das klingt nach einem forensischen Höhepunkt. Wo befindet sich das interessante Analyseobjekt?
-Im Parterre des Hauses, erwiderte Marina Pascale, gehen Sie geradeaus und dann links durch die Metalltür in die Werkstätte.
Dr. Zausek stellte sich Leonilla Grampelhuber in den Weg, zupfte nervös am Revers des altmodischen Sakkos und fuhr sie an, haben Sie vergessen, wer hier der Chef ist? Seit Sie in den Wechseljahren sind, verblöden Sie zusehends. Der Vortritt, er zeigte mit dem spindeldürren Zeigefinger auf die Brust, gebührt immer noch mir.
Leonilla Grampelhuber zog die Nase beleidigt hoch und sagte bissig, bitte sehr, Alter vor Schönheit!
Dr. Zausek schüttelte den kahlen Kopf und schob erregt die Gebisshälften knirschend im eingefallenen Mumienmund hin und her, ehe er sich tatterig in Bewegung setzte.
-Die zwei sind reif fürs Kabarett, sagte Marina Pascale, und könnten mit dem ständigen Hickhack, das sie einander liefern, eine Menge Geld verdienen.
  Gleich anschließend traf der Chef der Spurensicherung Michael Krebs mitsamt Mannschaft ein. Michael Krebs grüßte zackig, Tagchen, die Inspektoren. Was steht an? Das übliche Programm? Mit allem Pipapo?

Marina Pascale und Marlon Urstöger nickten gleichzeitig und deuteten mit der Hand auf den Hauseingang. Als Michael Krebs und die Spuronauten in die Präparatorenwerkstätte einliefen, stritten sich die Gerichtsmediziner aufs Heftigste. Dr. Zausek war der Meinung, dass sich eine weitere Obduktion des Leichnams erübrige. Leonilla Grampelhuber machte sich für das Gegenteil stark und wollte dem medizinischen Nachwuchs das seltene Studienexemplar nicht vorenthalten. Aber Dr. Zausek lehnte ihr Anliegen, das der Bildung von kompetenten Fachkräften dienen sollte, vehement ab. Nun beging Michael Krebs den fatalen Fehler, sich in die Auseinandersetzung einzumischen, in dem er für Leonilla Grampelhuber Partei ergriff. Durch das hektische Hin- und Herschieben der Gebisshälften lief die Kaumuskulatur des Dr. Zausek Gefahr, einem Krampf zu erliegen. Leonilla Grampelhuber goutierte die Parteinahme keineswegs, sondern keifte Michael Krebs böse an, kümmern Sie sich gefälligst um Ihre eigene Arbeit! Wir sind Gelehrte. Die Pathologie ist unser Spezialgebiet. Unser kleiner Disput ist rein fachlicher Natur. Sie Wichtigtuer haben doch noch nicht einmal die Matura geschafft und verstehen nichts von Wissenschaft!
-Sie aufgeblasene Person, konterte Michael Krebs prompt, ich wollte nur schlichtend eingreifen. Dafür, dass Sie promoviert haben, ist Ihr Benehmen reichlich unkultiviert. Ich besitze zwar keinen Doktortitel, habe dafür aber Anstand. Und nun sehen Sie bitte zu, dass Sie den unerquicklichen Disput beenden, ich muss mich nämlich um die Sicherung der Spuren kümmern und würde das gern in aller Ruhe tun.
-Verzeihen Sie, meldete sich Dr. Zausek zu Wort, ich kann nicht umhin, meiner Verwunderung über Ihre rüde Art Ausdruck zu verleihen. Frau Dr. Grampelhuber ist eine hochqualifizierte Mitarbeiterin und als Ihr Chef stelle ich mich selbstredend schützend vor sie. Ich weise Ihre Diffamierungen und Beleidigungen aufs Schärfste zurück und ich verlange, dass Sie sich augenblicklich bei ihr entschuldigen!

Um dem Gesagten Nachdruck zu verleihen, schob Dr. Zausek die Gebisshälften knirschend hin und her. Michael Krebs lief rot an und rang – obwohl er sonst nicht auf den Mund gefallen war – nach Worten. Anstatt zurückzuschießen, verließ er die Werkstätte und beschwerte sich draußen bei Marina Pascale und Marlon Urstöger über das impertinente Verhalten der Gerichtsmediziner. Die Kriminalinspektoren hörten sich die Beschwerde geduldig an. Marina Pascale meinte, Herr Krebs, wir sind hier nicht im Kindergarten. In dem Fall kann ich Ihnen lediglich den guten Rat geben, die Sache auf sich beruhen zu lassen. Irgendwie, sie flüsterte, haben die zwei einen Sprung in der Schüssel. Setzen Sie sich zu uns auf die Bank und warten Sie ab, bis sie sich gegenseitig erledigt haben.
Michael Krebs schmunzelte und ließ sich auf der Sitzfläche nieder. Nach einer halben Stunde erschienen die Gerichtsmediziner. Dr. Zausek hatte sich durchgesetzt. Der dehydrierte Leichnam blieb an Ort und Stelle. Leonilla Grampelhuber hatte derart miese Laune, dass sie beim Einsteigen sogar vergaß, sich von Marina Pascale zu verabschieden. Dr. Zausek klammerte sich ans Lenkrad und startete – das Mumiengesicht dicht an der Scheibe – den Kleinbus. Als das Fahrzeug zur Ausfahrt an die Bundesstraße rollte, ruckelte und grummelte es kurz, offenbar hatte Dr. Zausek beim Einlegen des Ganges vergessen, die Kupplung zu betätigen. Die drei auf der Bank grinsten sich eins und waren froh, dass die Luft wieder rein war.

25.

Du kannst nicht immer siebzehn sein

Von Marina Pascale fiel die Anspannung der vergangenen Wochen ab. Vom Erfolgsdruck befreit – schlief sie ungewöhnlich tief und lange und fühlte sich nach dem Aufstehen wie neu geboren. Die weinrote Küche stand kurz vor der Fertigstellung, Kästchen und Elektrogeräte waren bereits montiert, nur die Beleuchtung und der Esstisch fehlten noch. Draußen lachte die Sonne am Himmel. Alles war gut! Im Badezimmer pfiff sie fröhlich vor sich hin. Zum Frühstück löffelte sie ein Fruchtjoghurt und schlürfte summend einen doppelten Espresso. Marco lag noch in den Federn und träumte vom großen Hauptgewinn. Zum Glück konnte er sich mit Dr. Katzenbeißer gütlich auf eine Ratenzahlung einigen. Der Psychologe hatte die Anzeige großzügigerweise zurückgezogen. Marina Pascale schlüpfte in superfesche Pumps aus Florenz. Das graue Rauleder war mit hellgrauen Perlenornamenten verziert. Dieses elegante Schuhwerk verlieh der Trägerin Macht und sie fühlte sich damit unverwundbar, wie eine siegreiche Königin nach gewonnener Schlacht.

In der Tiefgarage sprang der schlammfarbene Opel Corsa auf Anhieb an. Sie lenkte das fahrbare Wimmerl in die Gruberstraße und sang einen Schlager von Tony Holiday, *Tanze Samba mit mir, Samba, Samba die ganze Nacht. Tanze Samba mit mir, weil die Samba uns glücklich macht. Liebe, Liebe, Liebelei, morgen ist sie vielleicht vorbei. Tanze Samba mit mir, Samba, Samba die ganze Nacht.*

Im Hochhaus des Landespolizeikommandos jagte der Lift in den elften Stock hoch. Im hässlichen Flur begegneten Marina Pascale zwei Kollegen von der Fahndung. Als sie im Gemeinschaftsbüro eintraf, stellte Guggi Hager gerade eine Tasse schwarzen Kaffee und ein Butterkipferl auf ihren Schreibtisch. Dankbar lächelte sie die fürsorglich veranlagte

Verwaltungsbeamtin an. Marlon Urstöger trat unmittelbar danach den Dienst an, frisch rasiert und sauber frisiert. Seinem Gesichtsausdruck haftete etwas Verschmitztes an, als führe er einen Schabernack im Schilde. Als der blonde Riese angeregt mit Guggi Hager tuschelte, fiel ihr ein, dass heute die große Feier anlässlich des 30-jährigen Dienstjubiläums von Dr. Max Grieshofer alias Yeti anberaumt war. Das Verfassen des Abschlussberichts über den Mordfall Ferdinand Plasser nahm den ganzen Vormittag in Anspruch. Das Mittagessen in der Kantine – Erdäpfelsuppe nach Wiener Art, Kalbsroulade mit Erbsenreis und Powidlbuchteln – schmeckte ausnahmsweise akzeptabel und der Koch heimste viel Lob dafür ein.

Am frühen Nachmittag trommelte Guggi Hager die Kollegen im bunt geschmückten Versammlungssaal zusammen. An der Stirnwand hing ein weißes Spruchband auf dem rot geschrieben stand: 30 Jahre Polizeidienst! Hurra! Und unser Max ist immer noch da! Sekt, Wein, Bier – sowie Mineralwasser für Magenleidende und trockengelegten Alkoholiker oder anderweitig gesundheitlich Beeinträchtigten – waren bereits eingekühlt. Gemeinsam mit drei emsigen Kollegen baute der beleibte Ballistiker Obelix das Buffet auf und kostete das eine oder andere Schmankerl. In seiner persönlichen Favoritenliste nahmen die Eiaufstrichbrötchen und Räucherfischkanapees die oberen Ränge ein. Der Versammlungssaal füllte sich nach und nach. Rege Gespräche waren in Gang. Als der Chef den unbandagierten Pumuckelkopf zur Tür hereinsteckte, brandete Applaus auf. Die Wangen des Yetis waren leicht gerötet, offenkundig freute er sich über die Zuneigungsbekundung der Belegschaft. Marlon Urstöger hielt im Namen aller Polizisten eine Lobesrede auf den Yeti, in der er, dessen Führungsqualitäten und dessen Menschlichkeit und die daraus resultierende Beliebtheit pries. Anschließend schleppten vier Beamte ein schweres Paket, das mit einer großen roten Schleife verziert war, in den Versammlungssaal. Marlon Urstöger überreichte dem Jubilar das Geschenk offiziell. Vor Rührung stiegen dem Yeti Tränen in die Augen. Mittels einer Schere durchschnitt er die große rote Schleife und packte das Geschenk aus. Als der Karton beseitigt war, spendeten die versammelten Polizisten abermals Applaus. Das Flyke war ein Volltreffer! Der Yeti platzte vor Freude und war unendlich stolz, ein derart innovatives Sportgerät geschenkt zu bekommen. Welcher Sportsmann konnte schon von sich sagen, ein fliegendes Fahrrad zu Hause zu haben? Der Yeti strahlte wie die Sonne selbst und bedankte sich herzlich für das wundervolle Geschenk. Dann wurde mit den eingekühlten Getränken ein Toast ausgebracht und das Buffet in Windeseile dem Erdboden gleichgemacht. Marina Pascale stieß mit dem Yeti an. Sie heimste viele Komplimente für die Lösung des Mordfalles in Bad Ischl ein. Nach einer Stunde war die Feier beendet, die Polizisten zerstreuten sich und gingen wieder an die Arbeit. Marina Pascale war etwas beschwipst, als sie im Gemeinschaftsbüro von Guggi Hager und Marlon Urstöger mit einem Geburtstagsständchen in Empfang genommen wurde. Zwar sangen die beiden falsch, dafür aber um so lauter: *Du kannst nicht immer siebzehn sein, Liebling, das kannst du nicht. Aber das Leben wird dir noch geben, was es mit siebzehn dir verspricht. Einmal, da wirst du siebzig sein, dann bin ich noch bei dir. Denn du wirst immer, immer geliebt von mir.*

Marina Pascale griff sich an die Stirn und dachte, über all dem Arbeitsstress habe ich doch glatt den eigenen Geburtstag vergessen! Als Geschenk erhielt sie einen Gutschein für einen Beratung bei der österreichischen Starastrologin *Gscherda Doggers*. Sie umarmte Guggi Hager und Marlon Urstöger und bedankte sich überglücklich. Die drei tranken ein Gläschen Sekt und fingen erneut zu singen an: *Du kannst nicht immer siebzehn sein, Liebling, das kannst du nicht ...*

Auch im Bahnhofsrestaurant von Bad Ischl herrschte Festtagsstimmung. Die gute Neuigkeit von der Aufklärung des Mordfalles machte im Kaiserstädtchen schnell die Runde. Die Gäste hatten bereits etliche Bierchen intus. Nach der

Verhaftung von Klaus Kalteis war in den Gemütern das Gleichgewicht wiederhergestellt. Das Leben verlief wie eh in gelassenen Bahnen, wie es sich für einen gediegenen Kurort geziemte. Hannes Heide trug zum grauen Anzug eine poppig rote Krawatte. Die modische Extravaganz dokumentierte seine ausgesprochen gute Laune. Er bemerkte erleichtert, dass sich die auswärtigen Journalisten verdünnisiert hatten, und freute sich, dass in seinem Reich endlich Ruhe eingekehrt war. Weil der Albtraum zu Ende und die negative Presse-Geschichte war, schwor er aus Dankbarkeit, das Bürgermeisteramt in Hinkunft mit noch frischerem Elan auszuüben. An der Bar steckten der Künstler Spucka und der Austronom die Köpfe zusammen und unterhielten sich schaudernd über die Infamie des Tierpräparators, mit der er die Leiche des armen Ferdi geschändet hatte. Die blonde Kellnerin Gerli hatte Mühe, den gewaltigen Durst der Gäste zu stillen, und kam mit dem Bierzapfen kaum nach. Die Mobilfriseurin Jutta Mayer, Kurdirektor Köhl und der Bestatter Toden-Toni prosteten sich gegenseitig freundlich zu. Der Serbe Zoran erzählte allen – unabhängig davon, ob sie es hören wollten oder nicht – überglücklich, dass er der Vaterschaft entgegensah und die Hochzeit mit der Kindesmutter beschlossene Sache sei. Am Barhocker zappelte der Taxl-Steff nervös mit den Beinen. Er trank bereits das dritte Bier. Einerseits war er erleichtert, dass die Macht des Verdachts gebannt war, andererseits musste er vor sich selbst die traurige Tatsache eingestehen, dass seine Ehe unheilbar zerrüttet war. Der Taxl-Steff hauste seit zwei Tagen in einem abgewohnten Zimmer in einer billigen Pension. Noch oblag ihm allein das Taxigeschäft, doch es war nur eine Frage der Zeit, bis der unerbittliche Konkurrent Franz Plasser vulgo Kaiser Franz zurückkam und ihm die Kundschaft erneut streitig machte. Die Boutiquenbesitzerin Berta Zacherl trug für alle Fälle – falls ihr Schwarm Kaiser Franz wider Erwarten doch noch auftauchen sollte – ein enganliegendes Leibchen mit sündhaft tiefem Dekolleté. Die mollige Frau feierte mit den anderen gemeinsam – nach einer

Phase der Irritation, welche durch den verabscheuungswürdigen Mord an Ferdinand Plasser hervorgerufen worden war – ausgelassen die Rückkehr zur Normalität.

26.

Ein Jahr später

Auf ausdrücklichen Wunsch bewohnte der Häftling Klaus Kalteis eine Einzelzelle. Da er über handwerkliches Geschick verfügte, bekam er Arbeit in der internen Buchbinderei. Anfangs konnte er den gleichförmigen und ereignislosen Alltag im Gefängnis kaum ertragen und entwickelte aus der inneren Leere heraus einen extremen Sauberkeitsfimmel. Der verdreckte, schwarze Zellenfußboden wurde ihm zum täglichen Ärgernis und er bekämpfte den Schmutz der Vorgänger mit besessenem Ingrimm. Als Reinigungsgerät stand ihm einzig und allein ein abgenutzter Kunstschwamm zur Verfügung. Weil der österreichische Staat eisern sparen musste, waren die Putzmittel streng limitiert – es gab nur in Ausnahmefällen einen stechend riechenden Essigreiniger – und so musste Klaus Kalteis meist mit purem Leitungswasser das Auslangen finden. Was anderen Insassen die tägliche Gymnastik war, war für Klaus Kalteis die tägliche Putzorgie. Auf Knien liegend, schrubbte er den Fußboden auf Teufel komm raus und rieb nach und nach die schwarze Farbe und dann den Belag selbst ab. Binnen eines dreiviertel Jahres schaute in seiner Zelle stellenweise der nackte Estrich heraus. Als dem Gefängnisdirektor Meldung über die Hyperaktivität des Häftlings gemacht wurde, besuchte er die Zelle, um sich selbst ein Bild zu machen. Er schüttelte den Kopf und meinte zum Wärter, na ja, wenn's dem Kalteis Spaß macht, lassen wir ihn gewähren. Was meinen Sie, schabt er den nackten Beton dann mit den Fingernägeln weg?
-So verbissen, wie der Kerl ist, traue ich ihm das zu. Ich schlage eine Wette vor und setze fünfzig Flocken, dass er auch noch dem Beton zu Leibe rückt.

-Einverstanden. Ich halte dagegen. Stimmt es, dass Kalteis seit seiner Inhaftierung mit niemand ein Wort gewechselt hat?
-Ja. Außerdem hört er kein Radio und sieht nicht fern. Und besuchen tut ihn auch kein Mensch.

In dem Punkt irrte sich der Wärter. Es kam der Tag an dem Julian Kalteis und Ferdinand Plasser neunzehn Jahre alt geworden wären. Annamirl Plasser beantragte in der Justizvollzugsanstalt Suben einen Besucherschein. Nach einer Stunde Wartezeit wurde sie aufgerufen und in den Besuchsraum eingelassen. Klaus Kalteis saß nervös hinter der Glaswand und starrte Annamirl Plasser verdutzt an.

Er nahm den schwarzen Telefonhörer der Sprechanlage und sagte ungläubig, du?

Annamirl Plasser fragte in den schwarzen Telefonhörer auf der anderen Seite der Glaswand, kannst du dich an den Kirtag in Altaussee erinnern?

Er nickte.

-Weißt du noch, wie wir im Bierzelt heimlich unter dem Tisch Händchen gehalten haben und dann in den Wald gegangen sind? Es war schön mit uns, nicht wahr?

Er nickte abermals und fühlte sich sehr unbehaglich, während ihn Annamirl Plasser mit Blicken tötete.

Sie befeuchtete die Lippen mit der Zunge und sagte, weißt du, mein Mann Franz hat Julian nicht totgefahren. An jenem Unglückstag bin ich im Taxi gesessen.

Klaus Kalteis holte Luft. Der Schock fuhr ihm in die Glieder. Ihm wurde schwindlig. Aber es war ihm keine Erholungspause gegönnt. Denn schon holte Annamirl Plasser zum tödlichen Vernichtungsschlag aus und riss den Altar seiner Selbstgerechtigkeit mit zwei Sätzen nieder.

-Das Ganze ist wirklich dumm gelaufen. Ferdinand war dein Sohn.

Übrigens gewann zum Leidwesen des Wärters der Gefängnisdirektor die Wette. Nach dem Besuch von Annamirl Plasser gab Klaus Kalteis jedwede Putztätigkeit auf.

Glossar

anzipfen, jmd. zipft etwas an – auf die Nerven gehen, ärgern

Blunzen – Blutwurst; dumme Frau

Geselchter – Mensch, der aussieht, als ob er geräuchert worden wäre

Gosch´n, Goschn – Maul, Mund, abschätzig gemeint

grottenschiach – erzhässlich

Fallot; Falott – Gauner, Betrüger

fesch – hübsch, flott, gutaussehend

Haderlump – Lump, Habenichts, Taugenichts

Häusl – Toilette

Herzkasperl – Herzinfarkt

Hudelei – etwas schnell und nachlässig machen

Kieberer, Kieberin, Kieberei – österreischische Bezeichnung für Polizistin, Polizei

Klescher haben; jmd. hat einen Klescher – einen Hau haben; bedeutet eine Meise haben

Kruzitürken – Schimpfwort; stammt aus den Türkenbelagerungen in Österreich; kruzi leitet sich von crux (lat. Kreuz) ab

Latsch, Lotsch – tölpelhafter Mensch

Pantscherl – Liaison, Liebschaft

Paradeiser; Strauchparadeiser – Tomate; Strauchtomate

patschert; potschert – unbeholfen, ungeschickt

Pfüati – österreichischer, freundschaftlicher Gruß

Piefkinese – ein Bürger der nördlichen Bundesrepublik Deutschland

Ribiselmarmelade – Johannisbeermarmelade

Schaas – wienerisch für Furz

schleichen; sich schleichen – verschwinden; verduften

Schmäh – Kunstgriff, Schwindelei, verbindliche Freundlichkeit, Scherze, Sprüche

Schnucki – niedliche, süße Person; im Roman ist ein homophiler Mann gemeint

schwarzfischen – unerlaubtes angeln

speibn, schbeiben, schbeim – sich übergeben

Spuckerl – kleines Auto oder Vehikel

Stadtwachtel – Stadtpolizist

Stöckelschuh – Damenschuh mit hohem Absatz

taxeln – Taxi fahren; sich als Taxifahrer verdingen

Tschutsch(en) – Ausländer aus dem ehemaligen Jugoslawien; abwertend

Ungustl – unsympathische Person

Watsche – Ohrfeige

Weihwasserfunzn – bigotte Frau, Nonne abwertend

Wetschina – Virginia Zigarre

Wimmerl – Pustel, Pickel, Eiterbläschen

wurscht auch wurst – gleichgültig, uninteressant

wuzelbraun – braun wie eine Wurzel

Impressum

Sämtliche Rechte vorbehalten.

1. Auflage November 2022

Verzeichnis Lieferbarer Bücher:

ISBN: 978-3-200-08672-2

Das Buch ist auch als E-Book im Kindle-Shop unter www.amazon.de erhältlich.

Herausgeberin:
Stefanie Elisabeth Auffanger
A-4820 Bad Ischl, Rettenbachweg 11

Umschlaggestaltung: www.traktor41.at

Druck:
Aumayerdruck+verlag. Gewerbegebiet Nord 3,
A-5222 Munderfing.
www.aumayer.co.at

HINWEIS auf Video und Buchtrailer GOISERER KRAWATTE auf www.youtube.com

Aktuelles und Veranstaltungstermine finden Sie unter www.stefanieauffanger.com sowie unter https://www.facebook.com/stefanieelisabeth.auffanger.7

Kontaktmöglichkeit: stefanie.auffanger@live.de

TASCHENBÜCHER und E-BOOKS

Der amüsante Kriminalroman **„Goiserer Krawatte"** bildet den ersten Teil der vierbändigen Salzkammergutkrimireihe und ist auch als E-Book bei www.amazon.de im Kindle-Shop erhältlich. Das Taschenbuch kann im Buchhandel bestellt werden.

Verzeichnis Lieferbarer Bücher

ISBN: 978-3-200-03906-3

Buchbeschreibung

Kein Selbstbinder, sondern schlimmer

"Goiserer Krawatte" lautet der Titel des Kriminalromans, den die in Bad Ischl lebende gebürtige Innviertlerin Stefanie Elisabeth Auffanger verfasst hat.

Dabei handelt es sich – der gelernte Salzkammergütler weiß es ohnehin – nicht um einen speziellen trächtigen Selbstbinder, sondern um jenen Strick, den sich der Lebensmüde überstreift, um sich zu strangulieren.

In Auffangers amüsantem Krimi wird ein Unbekannter mit einer „Goiserer Krawatte" um den Hals aufgefunden. Selbstmord oder Mord? Das fragt sich die Protagonistin des Buches. Kriminalinspektorin Marina Pascale. Im Zuge Ihrer Ermittlungen trifft die pfiffige Halbitalienerin auf die eigensinnigen Bewohner des Salzkammergutes und erlebt im wahrsten Sinne des Wortes ihre blauen Wunder.

Stefanie Elisabeth Auffanger tritt literarisch in die Fußstapfen ihres Onkels Loys Auffanger, der im Innviertel ein viel beachteter Verfasser heimatkundlicher Bücher war. Mit dem als Taschenbuch und E-Book erschienenen Werk legt die Autorin eine wunderbar augenzwinkernde Arbeit, vor, in der das Salzkammergut respektvoll und dennoch vorwitzig auf die Schaufel genommen wird.

Pressestimme - Oberösterreichische Nachrichten
vom 7. April 2015

Der zweite Teil der vierbändigen Salzkammergutreihe trägt den Titel **„Schneiderfahne"** und ist ebenfalls als E-Book im Kindle-Shop bei www.amazon.de im Kindle-Shop erhältlich. Das Taschenbuch kann im Buchhandel bestellt werden.

Verzeichnis Lieferbarer Bücher

ISBN: 978-3-200-04302-2

Buchbeschreibung

Hallstatt ist einer der schönsten Seeorte der Welt. Dort legt man großen Wert auf Brauchtumspflege. Aus diesem Grund führen die Bewohner ein reges Vereinsleben. Der beliebte und fidele Gemeindearzt Karl Straubinger ist Mitglied des Armbrustschützenvereines im Echerntal. Da er der schlechteste Schütze der vergangenen Saison gewesen ist, erhält er die SCHNEIDERFAHNE. Dieses Stück Stoff ist ein Zeichen der Schwäche. In früheren Zeiten hat der Beruf des Schneiders im Salzkammergut als unmännlich gegolten. Einem Schneider wurde unterstellt, dass er zu keiner körperlichen Arbeit fähig sei.

Dann geschieht das Unfassbare: Doktor Karl Straubinger wird mit einer Armbrust erschossen. Kriminalinspektorin Marina Pascale findet heraus, dass der verheiratete Arzt auf mehreren Hochzeiten gleichzeitig tanzte. Er hatte eine Geliebte. Tatverdächtig sind der Ehemann der Geliebten, die Witwe des Ermordeten, ein junger Arzt, der möglicherweise den alteingesessenen und übermächtigen Konkurrenten ausschalten wollte und die Vereinskameraden des Armbrustschützenvereins im Echerntal.

Kurz nach Beginn der Ermittlungen wird die Geliebte des Ermordeten tot in einer Höhle aufgefunden, was den kniffligen Fall nicht unbedingt einfacher macht ...

Der dritte Teil der vierbändigen Salzkammergutkrimireihe trägt den Titel **„Hirschtränen"** und ist ebenfalls im Kindle-Shop als E-Book bei www.amazon.de erhältlich. Das Taschenbuch kann im heimischen Buchhandel bestellt werden.

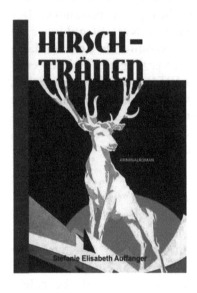

Verzeichnis Lieferbarer Bücher

ISBN: 978-3-200-05522-3

Buchbeschreibung

Seit Menschengedenken finden in der alpenländischen Volksheilkunde vielerlei Bestandteile von heimischen Wildtieren Anwendung. Unter anderem auch HIRSCHTRÄNEN. Darunter versteht man das Augensekret des Hirsches, das sich in der Augengrube des Wildtieres sammelt. HIRSCHTRÄNEN sehen wie rote Wachsklümpchen aus und sind von Härchen verklebt. In getrockneter und pulverisierter Form sollen sie eine schweißtreibende Wirkung besitzen – und aufgrund dieser Wirkung – den Körper von Schwachheiten befreien.

Godl Gaisberger lebt in Bad Ischl und gilt als eine Art alpenländischer Medizinmann. Er verkauft auf den Wochenmärkten im Salzkammergut HIRSCHTRÄNEN sowie andere Tierarzneien und Pflanzenpräparate. Das Erscheinungsbild von Godl Gaisberger erinnert an einen Neandertaler, der sich aus unerfindlichen Gründen in das einundzwanzigste Jahrhundert verirrt hat.

Als aus dem Mondsee eine Wasserleiche gefischt wird, gerät Godl Gaisberger ins Visier der Kriminalinspektorin Marina Pascale. Die resolute Ermittlerin bringt das Leben des Marktfahrers gehörig durcheinander, da er mit dem Opfer in Kontakt gestanden hat ...

Der Gedichtband mit dem Titel „BLÜTENAUSLESE" ist im Kindle-Shop als E-Book bei www.amazon.de erhältlich.

Über die Autorin

Foto: privat

Stefanie Elisabeth Auffanger trägt eine Krawatte, die das Wappen von Bad Goisern ziert. Die Autorin lebt und arbeitet im malerischen Salzkammergut. Sie ist im Innviertel geboren und tritt literarisch in die Fußstapfen ihres Onkels Loys Auffanger, der im Innviertel ein viel beachteter Verfasser heimatkundlicher Bücher war.